임화
문학
연구
4

임화문학연구 필자

임형택 _ 성균관대학교 명예교수
위상복 _ 전남대학교 명예교수
손정수 _ 계명대학교 교수
임규찬 _ 성공회대학교 교수
염무웅 _ 영남대학교 명예교수
정우택 _ 성균관대학교 교수
백문임 _ 연세대학교 교수
손유경 _ 서울대학교 교수

임화문학연구 4

초판인쇄 2014년 6월 15일 **초판발행** 2014년 6월 20일
지은이 임화문학연구회 **펴낸이** 박성모 **펴낸곳** 소명출판 **출판등록** 제13-522호
주소 서울시 서초구 서초중앙로6길 15
전화 02-585-7840 **팩스** 02-585-7848 **전자우편** somyong@korea.com **홈페이지** www.somyong.co.kr

값 20,000원

ⓒ 임화문학연구회, 2014

ISBN 978-89-5626-587-2 93810

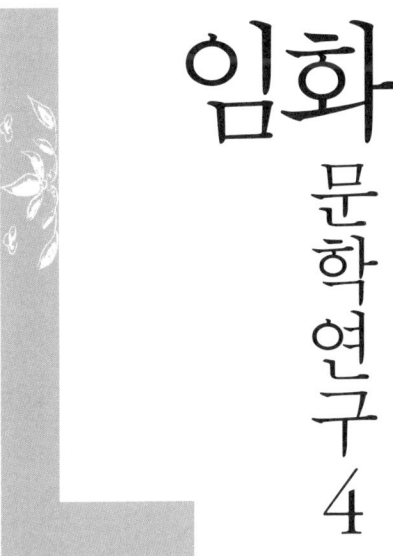

임화

문학연구 4

임화문학연구회 편

소명출판

휴전 60주년을 맞이하여 지난해 우리 사회 각 분야에서는 한국전쟁의 의미를 되돌아보는 행사가 꽤 많이 치러졌다. 전쟁 발발에서부터 휴전협정에 이르기까지 한반도를 삶의 터전으로 삼았던 이들이 겪은 불행은 아직 채 끝나지 않았다는 점에서 한층 문제적이다. 미처 아물지 않은 이 상처는 우리 삶의 주요 국면마다 어김없이 다시 드러나 새삼스런 분열과 갈등을 일으키곤 한다. 한국전쟁의 비극성을 그 특유의 환상적 기법으로 펼쳐 보인 연극 〈환도열차〉에서 주인공 지순은 과거의 시공간에 갇힌 비현실적 캐릭터이지만, 그녀가 온몸으로 구현하는 삶의 부조리와 비극은 그 자체로 강렬한 현실성을 띤다. "6·25 때 부산에서 출발한 열차가 2014년 한밤 서울에 나타났다"라는 설정을 통해 과거에서 바로 튀어 나온 '젊은' 지순은 전쟁의 지속성을 웅변하는 인물이다.

이런 인물이 연극에만 있는 것은 아니다. 식민지시기 최고의 시인이자 비평가로 월북 후 숙청당한 '젊은' 임화(1908~1953)도 〈환도열차〉의 지순처럼 여전히 지금 이곳에 살고 있는 듯하다. 비현실적이리만큼 비극적인 그의 생애는 우리 현재 삶의 모순을 지극히 현실적으로 보여주는 축도이다. 임화 연구가 현재진행형일 수밖에 없는 이유도 여기 있다.

『임화문학연구』 4는 2012년 10월 12일 숙명여자대학교에서 열린 제5회 임화문학 심포지엄과 2013년 10월 11일 서울시 시민청에서 열린 제6회 심포지엄의 성과를 바탕으로 만들어졌다. 5회 심포지엄인 〈임화 시대의 지식인들〉에서는 임형택(성균관대), 위상복(전남대), 임규찬(성공회대), 손정수(계명대)의 발표와 김재용(원광대), 신두원(민족문학사연구소), 권성우(숙명여대)의 토론으로 해방기 임화의 문학사 인식 및 민족문학론을 재조명하고 박치우와 서인식이 지녔던 좌파 지식인으로서의 비전을 심도 있게 살펴보았다. 〈임화, 서울, 아방가르드〉라는 주제의 6회 심포지엄에서는 염무웅(영남대), 정우택(성균관대), 백문임(연세대), 손유경(서울대)의 발표와 박정선(창원대), 문경연(동국대), 신형철(조선대)의 활발한 토론이 이루어졌다. 임화의 실제 동선을 바탕으로 '경성의 문학지리'를 구성하거나 영화인 임화의 아방가르드적 취향과 기질을 부각하는 등의 흥미로운 작업들이 시도되었다.

4·19혁명이 일어난 지 얼마 지나지 않은 시점에서 김수영은 "'알

맹이는 다 이북 가고 여기 남은 것은 다 찌꺼기뿐이야' 하는 말을 나는 과거에 수없이 많이 들었고 내 자신도 했고 아직까지도 도처에서 그런 인상을 받고 있다"(『사상계』, 1961.3)라는 발언을 한 적이 있다. 김수영과 그의 동료들이 '알맹이'라고 불렀던 이들 중에는 임화나 김남천 같은 카프 출신 문인뿐 아니라 박태원이나 이태준 같은 내로라하는 모더니스트들도 포함되어 있다. 해방 이후 우리 문단이 영광을 기리기보다는 상처를 덧나지 않게 하는 방향으로 전개되어 온 것은 이러한 사실과 무관하지 않다.

꽁꽁 싸매 둔다고 해서 환부가 사라지는 것은 아니다. 바람이 통해야 치료가 가능해진다고 한다. 임화가 상징하는 우리 현대문학사의 상처를 그대로 덮어두기보다는 자꾸 들춰보고 건드리고 언급하는 것. 앞으로 임화문학연구회가 감당해야 할 몫이 아닌가 한다.

2014년 5월
임화문학연구회 운영위원회

차례

임화의 문학사 인식논리*

임형택

1. 문학사가로서의 임화

나는 오래전부터 임화(林和, 1908~1953)에 대해 가진 의문점이 하나 있었다. 그의 『개설 신문학사』를 읽어보면 담긴 견해가 탁월할 뿐 아니라, 학적인 방법론과 체계가 자못 정연하다. 학문하는 사람이라면 누구나 절감하는 터지만, 근대 학문의 글쓰기는 결코 재주만 가지고

---

*   임화문학연구회, 숙명여대 한국어문화연구소 주최로 2012년 10월 12일 열린 제5회 임화 문학심포지엄 '임화 시대의 지식인들'의 기조발제문을 조금 줄여 정리하면서 일부 보완하여 『한국학의 동아시아적 지평』(창작과비평사, 2014)에 실었다.

되지 않으며 상당기간 제대로 훈련을 받아야 가능하다. 그런데 임화의 학력을 보면 중등과정 5년이 전부이고 학문제도에 입문한 기간은 보이지 않는다. '가방끈'이 짧아도 한참 짧은 그가 어떻게 손색없는 학술적 글쓰기를 수행할 수 있었을까?

임화 전공자들을 만나면 이 문제를 화제로 떠올려 보았으나 신통한 답이 나오질 않았다. 이 풀리지 않는 의문점의 해답은 다른 어디가 아니고 임화 그에게서 찾을 도리밖에 없지 않은가 한다. 그 자신 평론적 글쓰기로 벼린 두뇌와 솜씨가 학문적 글쓰기로 전용될 수 있었던 것이 주체적 조건이 되었을 것이요, 마침 1930년대 조선학이 발흥했던 사실이 객관적 조건이 되지 않았을까.

문학에 대한 역사적인 조사·연구가 바야흐로 착수되면서 조선문학 / 국문학이란 개념을 사고하게 되었다. 이 초창의 과정에 그가 처음부터 참여했던 것은 아니고 학적 성과가 차츰 제출되는 것을 보고 뛰어들었다. 그가 남긴 신문학사의 저작을 읽어보면 학습능력이 비상한 사람임을 짐작할 수 있다. 그토록 학습효과가 비상하게 발휘될 수 있었던 데서 보듯 필시 내면에서 학습의욕이 불탔을 것이다.

그 시절에는 요즘 흔히 연구와 비평을 겸업으로 하는 것과는 사정이 달랐다. 임화가 박사학위를 받아 교수가 되려고 열심히 신문학사를 썼겠는가. 당시는 조선학 / 국학의 첫 출발과 더불어 우리 문학에 대한 학적인 접근이 시도되는 단계였다. 당대 문학을 두고서는 누구도 학적 대상으로 돌아보지 않았다. 좌파문학의 현장이론가인 그가 문학사로 시선집중을 한 데는 무언가 각별한 동기와 의미가 있었을 것으로 보지 않을 수 없다. 그의 문학사 관련 작업은 1939~1942년 사이에 이루어졌다.[1] 앞서 1935년에 「조선신문학사론 서설」이란 글을 발표하는데 첫 장이 '문학사적 연구의 현실적 의의'다.

우리가 문학사적 사업에 요구하는 과학적 엄밀성은, 일층 가혹하고 또 고도의 것이다. 왜그러냐 하면, 오늘날에 있어서 처해지는, 근소한 과학적 부정확성은, 명일에 볼 수 있는 우리의 문학적 창조에 있어 실로 금일에 앉아 상상키 어려운 심대한 결과를 초래할, 출발점이 되는 때문이다.[2]

현실에서 문제의식이 발단한 것이다. 자신이 취한 좌파이론가의 논법으로 지금의 창조적 현실에서 내일을 심각하게 걱정하고 있다. 문학사 작업의 '과학적 엄밀성'은 문학의 실천적 방향을 설정하는 데

1　다음과 같은 글들이다. 「조선신문학사론 서설-이인직으로부터 최서해까지」, 『조선중앙일보』, 1935. 10. 9~11. 13; 「개설 신문학사」, 『조선일보』, 1939. 9. 2~10. 31; 「신문학사」, 『조선일보』, 1939. 12. 8~12. 29; 「속(續)신문학사」, 『조선일보』, 1940. 2. 2~5. 10; 「개설 신문학사」, 『인문평론』, 1940. 11~1941. 4(4회 연재); 「신문학사의 방법」, 『동아일보』, 1940. 1. 13~1. 20(연재시 제목은 「조선문학연구의 과제-문학사의 방법론」이었는데 그의 『문학의 논리』에 수록하면서 바꾼 것임); 「백조(白潮)의 문학사적 의의-전형기의 문학」, 『춘추』, 1942. 11.

2　임화, 「조선신문학사론 서설」, 『임화문학예술전집 2-문학사』, 소명출판, 2009, 374면. 『임화문학예술전집』은 임화 탄생 100주년을 기념하여 발간한 책이다. 그중 제2권 『문학사』는 임규찬(林奎燦)이 책임편집을 담당했고, 제4권 『평론』 1은 신두원(辛斗遠)이 담당한 것이다. 이하 이 책들은 각기 『문학사』, 『평론』 1로 줄인다. 본고에서 임화의 글은 『임화문학예술전집』을 인용 대본으로 하면서 원자료를 참고하기도 했다.

중요한 일임을 더없이 강조한 논리다. 당대현실을 그는 어떻게 진단한 것일까?

현재 우리 조선의 프롤레타리아 문학이 어떠한 조건하에 있으며, 또 그 외의 건전한 문학 전반이 미증유의 심각한 역사적 국면 위에 서 있다는 것은 다언을 요치 않을 것이다.[3]

1930년대 중반의 시점에서 프로문학이 어떤 조건에 놓여 있었으며, 그 밖의 '건전한 문학'이라고 지칭한 것이 어떤 미증유의 심각한 국면에 있었던지 그는 "다언을 요치 않는다"고 했지만, 오늘의 우리에게는 설명을 필요로 하는 대목이다.

1920년대가 전지구적으로 희망과 진보의 시대였다면 30년대는 불안과 퇴행의 시대였다. 당시 태풍처럼 휩쓴 대공황으로 1차대전의 종결과 함께 약동했던 '해방의 신기운'이 종식되고 파시즘이 맹위를 떨치기 시작한 것이다. 일제의 식민지였던 한반도는 그 직격탄을 맞았다. 비록 식민지 억압 아래였지만 20년대에 사상문화운동이 제법 활발해 신간회운동으로 역량이 집결되는가 싶었으나, 이마저 실패하여 군국주의의 진군에 짓밟히고 일체의 진보적인 사상문화운동이 금지된다. 앞에서 "조선의 프롤레타리아 문학이 어떠한 조건하에 있으며"

---

3   위의 책, 375면.

라 함은 카프(KAPF) 조직이 일제 관헌에 의해서 해체되고 프로문학이 더는 존립할 수 없게 된 사정을 뜻하는 것임이 물론이다.

프로문학이 일제의 물리적 탄압에 의해 퇴장하게 된 이 시기는 문학사에서 대개 '예술파의 득세'로 특징짓고 있거니와, 프로문학 진영 내부에서도 "잃은 것은 예술이요, 얻은 것은 이데올로기라"는 식의 투항주의적 발언이 나오기도 했다. 이뿐 아니라 예술이기를 포기한 속화·타락 현상이 만연했다. 임화는 그런 현상을 '근대문학의 위기'로 진단했던바 앞에서 "건전한 문학 전반이 미증유의 심각한 역사적 국면 위에 서 있다" 함은 바로 이를 염두에 둔 표현이다. 그가 가장 심각하게 우려한 것은 이른바 '복고주의의 탁류'였다.

그는 1936년 초두에 「조선문학의 신정세와 현대적 제상(諸相)」이라는 주목되는 평론을 발표한다. 「조선신문학사론 서설」을 기고한 1935년의 문학적 현황을 비판적으로 분석한 내용이다. '복고주의의 탁류'라는 한 장을 보자.

이병기, 최남선, 정인보, 한용운 씨 등의 동록(銅綠)이 슨 유령들은 더불어 새삼스러이 논할 것도 없지만, 그들 없이는 그 연대의 찬연한 신문학을 상상할 수도 없는 김동인, 이광수, 이은상, 윤백남, 김동환, 김억 등 제씨의 근황이야말로 문학을 사랑하는 사람의 가히 교훈받을 바이다.[4]

---

4   임화, 「조선문학의 신정세와 현대적 제상」, 『평론』 1, 557면.

앞에서 정인보(鄭寅普)와 한용운(韓龍雲)까지 싸잡아서 옛날에 관심을 두었다고 "동록이 슨 유령"이라고 타기(唾棄)한 것은 무분별이었음을 지적하지 않을 수 없다. 다만 당시 그가 복고주의적 경사(傾斜)에 얼마나 민감했던지 십분 짐작케 하는바 우리 신문학의 건설자인 이광수·김동인(金東仁)·윤백남(尹白南)이 통속적인 역사물로 퇴행한 사실을 고발한 다음, 이렇게 질타한다.

이들(이광수·김동인·윤백남)은 모두 문학자, 예술가로부터 대도예인(大途藝人)=야담사로 타락하고, 김동환, 김억 씨 등은 시인으로부터 창가사(唱歌師)라는 비참한 지경에 이르러 이미 문학비평의 권외에 선 것이다.[5]

"대도예인=야담사로 타락"했다는 인물은 주로 김동인과 윤백남에 해당하는데, 이들의 타기시된 행적도 침을 뱉을 일만은 아니라고 여겨진다.[6] 어쨌건 임화의 안목에 당시 팽배한 복고주의적 경향은 심각한 정도를 넘어서 침통하게 비친 것이다. "부르주아 문학의 복고주의는 근대로부터 중세에의, 문명으로부터 야번(野蕃, 바문명의 '야만')에의

---

5 위의 책, 557면.
6 1920년대 말부터 일어난 야담의 부활을 지칭하는 것이다. 야담운동은 김진구(金振九)가 시작했는데 윤백남이 『월간야담(月刊野談)』, 김동인이 『야담』이란 전문잡지를 발간했다. 야담가들이 대중을 상대로 직접 야담을 구연하기도 했던바 '대도예인'이란 이에 대한 비아냥거린 투의 표현이다. 관련하여 필자는 「야담의 근대적 변모」(『한국한문학연구』, 창립 20주년 특집호, 1996)라는 논문을 발표한 바 있다.

후퇴"로 판단한 것이다.[7] 복고현상을 그는 "카프운동 조락(凋落) 후 대두한 공연(公然) 또는 은연(隱然)한 후퇴운동의 일 결실"로 간주했다.[8] 지금 논의선상에 올려놓은 「조선신문학사론 서설」은 '이인직으로부터 최서해까지'라는 부제가 명시하듯 프로문학을 목적지로 잡고 있으나, 근대문학의 전반적 위기로 정세판단을 하고 변증법적 논리에 입각해서 근대문학 전체에 대한 역사적 고찰을 서두른 것이다. 그 결과가 신문학사 저술로 제출되었다.

임화의 신문학사는 이후 70년이 경과해 허다한 연구물이 퇴적된 현재 우리가 다시 읽어도 저자의 학문에 대한 열정이 느껴질 뿐 아니라 통찰력과 탁견이 곳곳에서 번득인다. 생명력과 현재성을 잃지 않은, 부정적인 측면까지 포함해서 문제적 저작이다. 나는 그 인식논리를 비판적으로 검토하려 한다. 우리의 근대문학에 대해 논하는 데서 나아가 '근대 다시 보기'가 되기를 희망하는 것이다.

---

7 임화, 앞의 글, 554면.
8 임화, 「복고현상의 재흥」, 『평론』 1, 781면.

2. 신문학사의 인식논리와 문제점

우선 먼저 임화가 쓴 신문학이란 개념을 거론해야 할 것 같다. 신문학이란 근대문학의 동의어로서 구문학에 대칭되는 말이다. 그의 특허품은 아니다. 중국에서는 일찍부터 보편적으로 사용했으니 후스·루쉰 같은 근대문학의 주역들이 직접 나서서 성과를 체계적으로 정리한 책이 『중국신문학대계(中國新文學大系)』(1935)였다. 우리 역시 최초의 문학사 저작인 안확(安廓)의 『조선문학사』에서부터 신문학이란 말이 등장하여[9] 대개 관행적으로 써왔는데, 이 개념으로 사고하고 사적(史的) 체계를 수립한 것은 임화다.

그는 "신문학이란 개념은 그러므로 일체의 구문학과 대립하는 새 시대의 문학을 형용하는 말일뿐더러 형식과 내용상에서 질적으로 다르고, 새로운 문학을 의미하는 하나의 개념이 될 수 있다"고 전제한 다음, "따라서 신문학사는 조선에 있어서의 서구적 문학의 이식으로부터 시작하는 것이다"라고 주장했다.[10] 임화의 문제적인 '이식사관'은 신문학 개념에 논리적으로 직결되어 있다.

동아시아 지역은 주지하는바 개항으로 근대세계에 진입했으며, 서구의 압도적 영향 아래에서 근대사회·근대문화가 형성된 것은 부인

---

9 안확, 『조선문학사』, 한일서점, 1922, 125면.
10 임화, 『개설 신문학사』, 『문학사』, 15~16면.

할 수 없는 사실이다. 그 이전의 일체를 구문학으로 돌리면서 신문학이란 개념이 성립하게 되었다. 임화는 이런 객관적 사실을 접수하면서 신문학 개념을 구사한 것이다. 다만 임화적 특성이라면 거기에다 이식사관을 도입한 인식논리다.

임화적 이식사관을 전통단절론 내지 종속논리라고 마구 폄훼하는 것은 타당하지 않다. 신두원의 주장대로 '이식과 창조의 변증법'이라고 해석할 수 있다.[11] 그러나 '이식'으로 규정한 임화의 인식논리에 문제점이 없지 않다고 본다. 나는 이 점을 기왕에 지적했던 터이기에 재론하지 않겠으나,[12] 논의하는 과정에서 아무래도 언급이 나오게 될 것이다. 이제 임화가 세운 우리 문학사 전체의 구도로 들어가 보자.

임화가 시선을 집중한 곳은 20세기로 들어와서 전개된 근대문학(신문학)이지만, 이 신문학사의 구도는 응당 우리 문학사 전체 속에서 잡아야 했다. 신문학의 전사(前史)가 되겠는데, 원래 우리 문학은 존재형태가 어떠했던가? 우리가 알다시피 종래의 문학이라면 외래적인 한문으로 쓴 한문문학과 자국어로 쓴 국문문학이 병존해왔다. 조선문학 / 국문학의 개념을 어떻게 규정지을 것이며, 신문학과 사적인 관계를 어떻게 설정할 것인가? 우리 문학에 대한 학적 접근이 시작되면서 제기된 일대 쟁점사안인데, 임화 역시 이 문제를 깊이 사고해 내린

---

11 신승엽, 「이식과 창조의 변증법 — 임화의 '이식문학론'」, 『창작과비평』 73, 1991 가을.
12 임형택, 「민족문학의 전개와 그 사적 전개」, 『민족문학사강좌』 1, 창작과비평사, 1995(『새 민족문학사강좌』 1, 창작과비평사, 2009에 개고 수록).

결론이 있었다.

　단적으로 말하면 조선문학 전사(全史)는 향가로부터 시조, 언문소설, 가사, 창곡에 이르는 조선어문학사를 중심으로 해 강수, 김대문, 최치원으로부터 강추금, 황매천, 김창강 등에 이르는 한문학사와 우리 신문학사를 첨가한 삼위일체일 것이다.[13]

　우리 문학의 개념범위를 설정함에 당해서 한문학을 제외한 것이 국문학 연구사에서 1970년대에 이르도록 주류적 견해였다. 그런데 임화는 일찍이 한문학을 우리 문학으로 인정하는 쪽으로 사고해 우리 문학사의 체계를 세우고 있다. 물론 이렇게 가닥을 잡기까지 그 자신 여러모로 고심하고 궁리했을 텐데, "그렇지 않으면 조선반도에 사는 수천 년간의 역사를 가진 한겨레의 문화로서의 문학의 역사는 기대할 수 없"음을 신중하게 고려한 때문이었다.[14] 그리하여 제시한 도표가 있다.

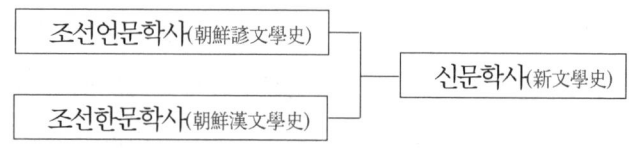

13　임화, 『문학사』, 20면.
14　위의 책, 21면.

이 도식에 임화는 "신문학사는 신문학의 선행하는 두 가지 표현형식을 가진 조선인의 문학생활의 역사의 종합이요 지양(止揚)이다"라는 해석을 붙이고 있다. 이상의 도식과 해설에 의거해서 말하면 신문학사는 선행의 언문문학사와 한문문학사의 통일이라는 것이 임화의 인식논리이다.

나는 임화의 이 문학사 인식논리가 당시는 물론 이후의 학계 상황에 비추어 특출한 고견이라고 자신있게 주장한다. 이렇게 평가하는 이유는 두 가지인데, 하나는 우리 문학의 범위 설정에서 일대 난관이요 쟁점이었던 한문학의 처리 문제를 일거에 해소한 점이고, 다른 하나는 전체 문학사의 체계에서 근대 이전과 이후의 단층을 무난히 극복한 점이다.

그런데 여기에 적잖은 의혹이 일어나지 않을 수 없다. 그가 제기한 문학사의 체계는 자신이 제기한 이식사관과 논리적으로 모순을 일으키고 있다. "조선인의 문학생활의 역사의 종합이요 지양이" 다름 아닌 신문학사라고 규정했으니, 이식사관과는 배치되는 논법이다. 이를 어떻게 설명할 수 있을까? 나는 바로 이 점에 유의하고 싶다. '이식의 극복'이라는 창조적 변증법은 임화에게 있어 신문학사에서 실천된 현실이 아니다. 그것은 미래의 방향이었으며, 현실의 신문학사는 의연히 수입되고 이식된 역사. 임화의 입장에서 돌아보면 '이식의 신문학사'를 냉철하게 인식하고 이를 극복할 창조적 변증법을 고민했다. 거기에는 불가피했던 시대적 한계와 함께 인식론상의 문제점이 있었다고 여겨지는 것이다.

임화가 실제로 지면을 대폭 할애해서 기술한 신문학사는 앞에서 언급했듯 1900년대이다. 이 단계를 그는 '과도기'로 설정하고 있다. "과도기란 항용 어느 하나의 시대가 몰락하고 다른 하나의 시대가 발흥하는 중간의 시기"라고 명확히 규정짓는다. 따라서 과도기는 "독립되고 완결한 일 시대이지 못하고 두 시대가 교체"하는 지점이다.[15] 임화는 과도기로 이 시기를 파악함에 당해서 이웃의 일본, 그리고 중국과 비교 검토를 수행했다면서, "평범한 과도기란 용어를 사용함은 (…중략…) 객관적으로 이 시기를 보고자 하는 미의(微意)가 있었다"고 한다.[16]

(일본에 있어서) 개화기라 함은 구시대를 몽매기라 해 그것이 문명개화됨에 중대한 역할을 연(演)한 서구 외래문화를 중히 평가한 데서 온 결과 같고, (중국에 있어서) 문학혁명이라 함은 신문학에 주관적 입장을 설정해 구문학을 개혁했다는 의미에서 이 시기를 보아, 새문학의 탄생과 구문학의 몰락에 있어 서구 외래문화의 큰 역할을 몰각(沒却)한 것 같아 취(取)치 아니했다.[17]

동시기를 일본의 경우 '개화기'로, 중국의 경우 '문학혁명기'로 표현

15 위의 책, 132면.
16 위의 책, 134면.
17 위의 책, 134면.

하고 있는데, 자기의 견해로는 양자 모두 문제점이 있다는 것이다. 그의 지적에 나는 각각 다른 차원에서 덧붙일 말이 있다. 일본이 채용한 개화기에 대해 임화는 구시대를 몽매기로 자인하는 듯해 꺼려진다고 했다. 임화가 이렇듯 부적절하게 본 개화기라는 용어가 이 시기를 지칭하는 개념으로 오늘날까지 두루 통용되고 있으니, 솔직히 한심한 느낌마저 든다. 중국에 대해서는 임화에게 약간의 오해가 있는 것 같다. 문학혁명기는 중국문학사에서 5·4운동(1919) 전후를 지칭하며, 그 전시기에는 적용하지 않고 있다. 어쨌건 임화는 '새 문학'의 탄생을 혁명적 변화의 측면에서 고려하지 않았다는 점을 확인할 수 있다.

> 내가 신문학사에서 쓰는 과도기라는 말은 육당의 신시(新詩)와 춘원의 새 소설이 나오기 이전 그리고 한문과 구시대(이조적인—원주)의 언문문학이 지배권을 상실한 중간의 시대를 지칭하는 좁은 의미에 한정된다.[18]

이처럼 임화는 신문학사의 본격적인 출발선을 최남선의 신시「해에게서 소년에게」와 이광수의 '새 소설'『무정』으로 잡는다. 교과서적 통설로 굳어진 그것이다. 그 이전에서 갑오경장까지가 과도기에 해당한다. 이 과도기를 임화는 단연 이인직(李人稙) 중심으로 파악하고 있다. "신소설 시대의 작가 중에서도 가장 현대문화에 가깝고 또한

---

18 위의 책, 133면.

현대문학의 생탄을 위해 직접의 산모가 된 이인직 같은 작가는 초기에 가졌던 절충성을 종합적·통일적인 방향으로 발전시켜온 것이다."[19] 그렇기에 "현대소설의 건설자인 이광수가 계보적으로 연결되는 사람은" 오직 이인직이라고 단정하게 된다.

그[이인직]는 그의 소설에서도 볼 수 있듯 사상적으로 개화주의자였고 정치적으로는 친일당(親日黨)이었다.[20]

임화가 이인직을 신소설의 최고봉으로 치켜든 논거는 소설의 형식과 사상 양면 모두였다. 그는 이인직 평가에서 '사상적 개화주의'가 당연히 높은 점수를 받도록 했거니와, '정치적으로 친일당'이었다는 사실은 감점요인으로 작용하지 않았다. 이인직이 "모사(謨士)로서 혹은 정치가로서 한일합병에 적지 않은 공로"가 있었다고[21] 그의 매국적 행각을 적시하면서도 별로 괘념하지 않은 것이다. 왜일까? 다른 어디가 아니고 과도기를 바라보는 그 자신의 시각에 왜곡현상이 일어난 결과가 아닐까. 임화는 당시 신교육이 발흥한 상황을 소개하면서 총독부 시학관(視學官)을 역임한 일본인의 기록을[22] 전재하고 있다.

---

19 위의 책, 318면.
20 위의 책, 183면.
21 위의 책, 183면.
22 타카하시 하마키치[高橋濱吉]라는 인물인데 『朝鮮敎育史考』(帝國地方行政學會, 朝鮮本部, 1930)를 저술했다. 임화는 이 책에서 인용한 것이다.

차등(此等) 사립학교는 명(名)을 학교에 적(籍)했으나 조금도 그 실(實)이 무(無)하고 부질없이 청소년들을 모아 유희(遊戲), 조련(調練)을 일삼고, 정치와 교육을 혼동해 불량한 교재를 사용하고 불온한 사상을 주입해 써 학생 생도의 전도(前道)를 그르침이 파다해[23]

1900년대 당시 애국계몽운동의 일환으로 사립학교가 우후죽순처럼 출현했으며, 이 논자가 지적한 대로 부실한 학교도 있었던 것은 사실이다. 하지만 신랄한 어조로 비꼰 부분은 뒤집어 읽어야 할 내용이다. "청소년들을 모아 유희, 조련을 일삼"는 것은 체력과 기상을 향상시키려는 취지였고, "불량한 교재를 사용하고 불온한 사상을 주입"한다는 것은 신지식과 함께 애국적인 정신을 고취했음을 말한다. 임화는 식민지 교육관료의 글을 인용하고서 사립학교 교육의 대강을 짐작할 수 있을 것이다"라고 액면 그대로 접수하는 태도였다. 당시 활발했던 애국계몽운동에 대해서는 간과하거나 아니면 착시를 범한 셈이다.

임화는 신구 문명이 혼효·착종해서 문명적 갈등을 일으킨 과도기적 상황의 리얼리티를 읽어내지 못하고 일본제국주의에의 병탄으로 귀결되고 만 사실만을 결과론적으로 인식한 것이다. 그리하여 친일 개화주의로 도색된 이인직의 신소설을 과도기의 중심에 놓고 신문학의 선구자로 치켜세웠다. 이 문제점은 따지고 보면 임화만의 것이 아니라

---

23 위의 책, 65면.

식민지시기에 주도적이고 일반화된 논조였다. 이는 실은 한국의 근대 상황이며, 지금껏 여기서 벗어났다고 보기도 어렵지 않은가 싶다.

다음에 3·1운동 이후 문학의 동향을 임화가 어떻게 인식했는지 보자. 이 지점은 우리 문학사에 있어서 신문학, 다시 말하면 한국적 근대문학의 양식이 수립된 단계이다. 우리의 3·1과 중국의 5·4는 시기적으로 합치하지만 양쪽이 제각기 문화운동으로 연계되었던 점 에서도 역사적 상동성을 갖는다. 한국의 신문화운동은 (기본적으로 식 민지 치하라는 현실적 제약이 있었으므로) 중국의 신문화운동처럼 혁명적 형 태로 전개되진 못했으나, '문화열'이라 일컬을 정도로 대단히 활발했 다. 임화는 역시 이 지점을 중요한 고비로 인식하면서도 당시 출현한 문학의 성격을 자연주의로 규정한다. 물론 평가 절하한 것이니 요컨 대 3·1운동 이후로 "민족부르주아지가 그 역사적 진보성을 포기한" 데 기인한 것으로 임화는 판단하고 있다.

사실 이 시대에 있어 기미(己未, 1919년) 전의 고조되었던 정치열은 급작 히 문화열 내지 산업열이란 것으로 변형되어 전후 양자의 차이는 실로 당목 (瞠目)할 바 있었다. 이곳에는 단지 조선 사람의 문화적 성각(醒覺)이란 피 상적 관찰을 불허하는 한개 본질적 내용의 것이 있다. 그것은 기미 대풍을 중심으로 민족부르 계급이 역사적 도정 가운데서 연(演)하는 바 역할과 차 지한 위치의 근원적인 변화가 내재한다. 다름 아니라 그것은 기미에 이르기 까지 이 계급은 다소간이나 진보적이었고 전진운동의 일우(一隅)에 처해

있었음에 불구하고 대풍은 그들을 곧 이 반대자로 전화시킨 것이다.[24]

임화는 3·1운동 이후 일어난 '문화열'과 '산업열'을 '정치열'의 변질된 모습으로 단정해 여지없이 매도한다. 까닭은 민족부르주아지가 진보적 역할을 포기했다는 데 있다. 3·1의 큰바람이 그들을 "반대자로 전화"시켰다고 보니, 곧 반동이 되었다는 뜻이다. 논지가 목적론적이고 다분히 좌파적 편견으로 느껴진다.[25] 이처럼 그는 당시의 문화열풍을 환멸하면서도 상당한 점수를 준다.

결국 자연주의는 이인직, 이해조 등의 정론적·계몽적인 문학 이래 이광수에 이르기까지 근대적 발전이란 이상만을 추구해 질주하던 문학에게 비로소 현실을 보라!고 소리친 문학이요, 실제로 부정의 면을 확대 제시함으로 편벽되게나마 현실을 그려 보인 문학이다.[26]

3·1 이후의 단계를 자연주의로 인식한 것은 그의 지론이었다. 그

---

24 임화, 「조선신문학사론 서설」, 앞의 책, 398~399면.
25 3·1운동 이후로 조선의 시민계급은 타협주의로 흘러 반동화되었기 때문에 역사의 진로는 프롤레타리아의 주도로 넘어가게 되었다는 논법은 임화만의 개인적인 견해가 아니다. 일제하에서 좌파 일반이 취했던 관점이며, 지금 북한의 공식적인 입장이기도 하다. 이 문제는 우리 근대사의 인식구도에서 매우 중대한 쟁점사안인데, 필자는 당시 조선의 현실이나 세계사적 상황, 이후 역사의 전개과정에 비추어 결코 그렇게 재단할 수 없다고 생각해왔다.
26 임화, 「백조의 문학사적 의의」, 앞의 책, 471면.

가 규정한 바 3·1 이후의 자연주의는 이인직으로부터 이광수를 거쳐서 발전한 신문학의 궤적이다. 그렇긴 한데 그가 붙인 자연주의라는 표지판은 한계가 분명함을 표출한 것이다. 앞서 인용한 「조선신문학사 서설」이 '이인직으로부터 최서해까지'라고 부제를 붙였듯 프롤레타리아 문학이라는 목적지로 향해 가는 중간지점이며, 거기에는 결함을 내포한 문학이라는 부정적 의미가 전제되어 있다. 3·1 이후 신문학의 성과를 과연 자연주의로 폄하할 수 있을까? 실상이 자연주의적 성향을 띤 면모도 없지 않으며 감상과 퇴폐로 흐르기도 했다. 그러나 염상섭(廉想涉)·현진건(玄鎭健)의 우수한 소설작품을 싸잡아서 자연주의로 평가절하하기 어렵다는 점은 긴 설명을 요하지 않을 터다. 그럼에도 왜 임화는 무리하게 자연주의로 단정했을까?

소시민의 문학으로서의 자연주의는 대시민층과 향배(向背)를 달리하기에 이르렀다. '이것이 생활이냐?'(염상섭 소설 「만세전」 - 원주)라고 한 자연주의 문학의 대표적 작가 염상섭의 심히 히스테리컬한 부르짖음은 정히 이러한 기분의 표현이다.[27]

임화의 논리에서 자연주의는 시민문학의 변질된 성격이다. 그가 조선의 자연주의 문학의 대표적 작가로 손꼽은 염상섭의 대표작 「만

---

27 위의 책, 469면.

세전」에서 임화는 소시민문학으로 전락하게 되는 뚜렷한 징표를 제시한다. "이것이 생활이냐?"라는 부르짖음은 극심한 스트레스의 표출임이 분명하다. 그렇다고 이 언표를 자연주의적으로 읽고 말 것인가? 그것은 '묘지'로 상징되는 식민지 조선의 현실, 봉건적 유제로 얼룩진 조선인의 삶의 리얼리티의 절박한 부르짖음이 아니겠는가. 그럼에도 자연주의로 폄하한 까닭은 임화가 이 지점을 목적지로 가는 도정의 한낱 디딤돌로 본 때문이다. 지식인들이 흔히 범하기 쉬운 역사적 '조급증'으로 느껴지기도 한다.

앞의 애국계몽기에서 이인직에 대한 과대평가가 근대주의적 편향이었다면 뒤의 3·1 이후 신문학운동에서 「만세전」에 대한 과소평가는 진보주의적 편향이었던 셈이다. 이처럼 모순을 일으키면서 인식상의 오류와 왜곡을 범한 것은, 각각의 역사단계에서 역동적 실상의 의미를 그 자신이 제대로 읽어내지 못한 때문이었다고 보겠으나, 이또한 궁극적으로 보면 서구중심주의에 매몰된 정신현상이다.

3. 임화의 '구문학'에 대한 관심

임화의 문학사 작업은 근대문학에 국한되어 있었다. 따라서 근대이전의 문학에 대해서는 본격적으로 거론하지 않았지만, 의외로 관심의 폭도 넓고 경청할 발언도 없지 않다.

임화에게 있어 근대 이전의 문학은 신문학의 대척점으로서 구시대의 문학, 즉 구문학이다. 이식사관의 입장에서 부정의 대상일 뿐이었다. 반면 앞에서 주목했듯 그는 '언문문학'과 '한문문학'의 종합이자 지양으로 신문학이 위치한 문학사 체계를 그려냈다. 임화가 구도한 문학사 체계는 분명히 신구 문학이 통일되어 있는 형국이다. 그 자신의 인식논리 내부에서 모순을 일으키고 있는데, 구문학에서 어떤 존재의미를 발견했는지 살펴보자.

"우리에게 있어 전통은 새 문화의 순수한 수입과 건설을 저해하였으면 할지언정 그것을 배양하고 그것이 창조될 토양이 되지는 못했다."[28] 이처럼 구문학을 부정적으로 치부한 것은 그 자신이 취했던 관점에서는 당연한 귀결이다. 하지만 이 현상을 '행복'으로 여긴 것은 결코 아니었다.

이 불행은 어디서 왔느냐 하면 그것은 결코 우리 문화전통이나 유산이 저질의 것이기 때문이 아니다. 단지 근대문화의 성립에 있어 그것으로 새 문화 형성에 도움이 되도록 개조하고 변혁해놓지 못했기 때문이다. 그것은 우리의 자주정신이 미약하고 철저히 못했기 때문이다.[29]

---

28 위의 책, 57면.
29 위의 책, 57면.

우리 근대에서 문화적 불행을 초래한 요인은 전통이나 유산에 원죄가 있어서가 아니요, 그것을 "개조하고 변혁해놓지 못했기 때문"이라 한다. 결국 그가 과도기로 설정한 20세기 전후의 시점에서 잘못된 것으로 간주했다. 이 대목에서 아주 흥미롭게 여겨지는 점이 있다. 임화는 구문학에서 역사적 가능성을 들여다본 것이다.

아무도 시조류(時調類), 고소설, 잡가 등속을 당당한 국민문학이라고 떠받칠 용기는 없을 것이며, 또 춘향전, 그 타(他) 대표적인 문학작품도 엄밀한 의미에서 보면 근대 조선소설의 한개 단초에 지나지 않는다. 그곳에는 명확히 상업자본의 발달에 인(因)한 시민적 의미의 인생관이 표시되었는 것으로, 이것 등은 과학적으로는 조선문학사 서론에 기재될 것이다.[30]

이 글은 약간의 해설을 요한다. 논의의 초점이 된 '『춘향전』, 그 밖의 대표적 문학작품'이란 판소리계 서민소설을 가리키며, '과학적 의미의 문학사'란 근대문학사, 임화적 개념으로 신문학사에 해당할 것이다. '국민문학' 역시 근대문학의 특성을 지칭할 텐데, 일반적인 시조·소설·잡가 등은 국민문학이라고 내세우기 도저히 곤란하다고 본다. 반면『춘향전』같은 작품은 조선의 근대문학사의 서두로 잡아도 좋다는 것이 그의 소견이다. 이렇게 평가하는 근거는『춘향전』에

---

30 임화, 『평론』 1, 543~544면.

"명확히 상업자본의 발달에 인한 시민적 의미의 인생관이 표시"된 데 있다. 임화는 분명히 『춘향전』에서 근대성을 착안한 것이다. 이러한 『춘향전』 해석은 조선소설사로 국문학을 개척한 김태준의 견해에 닿아 있다.

임화의 글은 1936년 초에 발표한 「조선문학의 신정세와 현대적 제상」의 한 대목이다. 바로 전해에 김태준은 「춘향전의 현대적 해석」이란 논문을 발표했다. 사적 유물론을 적용해 우리 고전을 해석한 첫 사례로서 연구사적 의의를 갖는 논문이다. 김태준은 『춘향전』에 묘사된 생활실태를 분석해서 "의식기완(衣食器玩)이 호사를 다한 시민들의 손에 근대적 소유관계의 맹아를 보게 되는 것이요, 이러한 의식기완도 다소 종래보담 개량된 기계로 다소 상품적 전제하에 가공하는 수공업의 맹아도 보게 되는 것이다"라고 천명했다.[31] 상품경제에 기반한 신흥세력의 등장을 말한 것이다. 그리하여 『춘향전』의 문학적 성격을 "종래의 봉건적 형식을 전수하야 집대성한 저수지를 이뤄서 다음 시대의 중계적 역할을 한 것"이라고 규정짓게 된다. '다음 시대'란 곧 근대이다. 즉 『춘향전』의 문학사적 위상을 근대 이전과 이후의 문학을 연결하는 가교로 보았다. 임화는 김태준의 『춘향전』 해석을 수용한 것이다.[32] 김태준과 임화는 1930년대에 문학사를 사고하면서

---

31 김태준, 「춘향전의 현대적 해석」, 『원본 춘향전』, 학예사, 1939, 21면.
32 김태준의 「춘향전의 현대적 해석」은 『동아일보』에 1935년 1월 1일부터 10회에 걸쳐 연재된 것이다. 임화는 1939년 『문학사』를 집필, 연재하는 한편, 따로 문고를 기획·발간했는

근대문학의 자생적인 싹을 발견한 셈이다. '자본주의 맹아'란 표현을 직접 쓰진 않았으나, 두 문학사가는 『춘향전』에서 근대로의 길, 근대문학의 가능성을 읽어냈다.

비서구사회가 자기발전의 논리에 의해서 역사적 '근대'로 진입할 수 있는가? 그 당시에는 실제로 사례가 없었고 이론적으로 불가능하다고들 생각했다. 우파건 좌파건 불가능하다고 보는 점에서는 마찬가지였다. 좌파 쪽이 오히려 이론적 장애가 심했던 것으로 보인다. 거기서 벗어난 것은 1960년대에 이른바 '자본주의 맹아론'이 제기되면서다. 1930년대에 선각적으로 자생적 근대를 감지한 것은 당시 발흥한 조선학에서 최고의 창조적 대목이 아닌가 싶다. 거기에는 조선학의 기원으로서 실학이 존재했다.

임화 역시 실학을 신문학의 태반으로 중시한다. 실학자를 "조선 신문화를 건설한 급진적 인텔리겐차의 선구", 실학의 실사구시를 "개화문명사상과 실증정신의 모태"라고 높이 평가한 것이다.[33] 요컨대 그는 실학사상을 '새로운 시대의 정신적 준비'로 인식하고 있다.

실사구시의 정신은 단순히 청조 고증학의 모방이 아니라 성리(性理)

데(학예사의 『조선문고』) 그 제1부 제1책이 『춘향전』이었다. 임화가 『춘향전』을 얼마나 중시했는지 짐작케 한다. 이 책에 권두논문으로 김태준의 「춘향전의 현대적 해석」을 전재하고 있다.

33 임화, 앞의 책, 32면.

에 대립해 사실을 신성시하는 만큼 당연히 과학정신, 과학적 진리탐색의 길에까지 미치는 것으로 지나와 내지(內地, 일본을 가리킴), 구미 등으로부터 유입하기 시작한 근대 서양과학에 대한 무한한 흥미와 호기심과 동경과 학득욕(學得欲)을 감추지 못하였다.[34]

여기서 실학의 실사구시 정신은 성리학에 대립되는 학문자세로 이해된다. 실사구시를 "과학적 진리탐색의 길"이라고 간주한 것은 과잉해석으로 여겨지는바 이는 "사실을 신성시"한다는 데서 도출된 논리이다. 실증주의라는 혐의가 없지 않다. 그리고 앞의 인용문에도 비치지만 실학이 서학으로부터 받은 영향을 과도하게 인정한 것은 더 큰 문제점이다.

임화가 주시한 실학자는 이 땅에 신문화를 건설한 인뗼리겐찌아의 선구요, 실학의 학풍은 개화사상의 모태였다. 그런데 임화는 이 실학의 결정적 계기를 서학의 유입에서 찾은 것이다. "이것(서학)은 봉건조선에 최초로 그러면서도 가장 뿌리깊이 내리박힌 근대정신의 대철추(大鐵鎚)다."[35] 물론 그 특유의 과장적 수사지만, 그런 과장적 수사를 구사할 만큼 '근대'를 서양의 압도적 영향으로 사고하고 있었다. 그결과 실학의 성립에 미쳐서도 서양의 영향을 과다하게 인정한다. 인

---

34 임화, 『문학사』, 50~51면.
35 임화, 앞의 책, 32면.

식론적으로 서구중심주의라고 보지 않을 수 없다.

그런데 임화는 왜 자기의 인식논리 내면에서 스스로 모순을 일으키면서까지 이식사관을 철회하지 못했을까? 요컨대 20세기 전후 근대계몽기의 신구 문명이 혼효·착종하는 과정의 창조적 혼돈을 간과하지 못한 때문이다. 그리하여 그는 한국 근대문화의 전통단절이라는 '불행'을 일으킨 단초를 이 단계에서 잘못한 데 있다고 단정했다. 당시 애국계몽운동이 결과적으로 무위로 돌아가고, 식민화된 다음 일제하의 어두운 민족현실이 그의 시야를 제약하기도 했다. 그래서 나는 임화의 이식사관에는 그 자신의 인식론상의 문제점과 함께 시대적 한계가 있었다고 평했던 것이다.

4. 끝맺음

이 글은 임화의 신문학사를 비판적으로 읽은 것이다. 그의 문학사 인식논리는 당시 학계의 눈높이에 비추어 대단히 탁월하면서도 적잖은 문제점을 내포하고 있다. 나 자신 한국문학사를 공부하면서 임화의 신문학사는 오랫동안 접할 수 없었다. 분단체제하에서 금기시된 때문이다. 만약 이 저술들을 연구자들이 자유롭게 읽고 논평할 수 있었다면 국문학의 인식수준 자체가 현저히 달라졌을 것으로 생각된다. 임화 신문학사를 어떻게 계승, 극복하느냐는 과제는 한국문학 연구자들에게 중요한 사안의 하나다.

끝으로 하고 싶은 말이 있다. 임화의 인식논리에서 문제점으로 거론한 면들은 대체로 오늘에 이르도록 해결되지 못했거나, 심지어 문제점이 증폭되기도 했다. 특히 두 가지를 들어둔다. 하나는 근대주의의 자장에서 벗어나지 못한 점이다. 그 자신 자본주의를 부정하는 입장이었지만 결국 정신적으로 근대주의 내지 서구중심주의에 포획된 상태였다. 다른 하나는 진보적 입장의 문제점이다. 진보를 관념적으로 사고해 현실에서 실사구시를 못하고 조급증세를 드러낸 경향이 없지 않았다. 이제 임화가 문학사를 사고했던 시점에서 70여 년이 지났다. 그럼에도 지금 이 두 문제점은 지식인들의 정신현상처럼 되어서 사고와 행동에 부단히 작용하고 있는 것 같다.

인문학 또는 철학의 '운명'과 그 '사명'*
박치우의 철학사상을 중심으로

위상복

1.

철학은 우선(于先) 하나의 '이데오로기'다. 철학은 자기 자신만을 먹고사는 그러케 청백(淸白)한 그러케 초연한 학문이 아니다. 결국 현실에 관한 하나의 사회적인 의식 즉 '이데오로기'인 것이다. 과거에 잇서서 특정의 철학이 언제나 특정의 사회적 지반을 떠나서는 존재할 수 없엇을 뿐만 아니라, 이와 동시에 그가 지지(支持)되고 잇는 그 사회적 지반의 존속과 강화를 위하야 없지 못할 현실적 봉사를 담당하여 왓다는 역사적 사실은 실로 철학이 '이데오로기'인 이상 당연한 일이다고 할 수밖에 없을 것이다.[1]

박치우의 이와 같은 철학에 대한 물음과 대답을 떠나 먼저 철학 일반에 대한 물음을 다시 한 번 제기해보자.

철학이란 무엇인가? 이 물음은 철학에서는 새삼스러울 것도 없는 흔한 물음이다. 철학은 항상 그렇게 물어야 하는 학문이기 때문이다. 수학이란 무엇인가? 수학이란 학문에서 그렇게 묻지 않는다. 간혹 그렇게 묻는다고 하더라도 대답은 아주 간단하다. 수를 다루는 학문, 그것이 그 대답이다. 의학(醫學)이 '의(醫)'를 다룬다고 해서 설마 철학(哲學)이 그처럼 '철(哲)'을 다루는 학문이라고 대답하지는 않을 것이다.

철학은 여타의 학문과는 달리 그 대상이 무엇이라고 규정하기가 쉬운듯하면서도 매우 어려운 학문에 속한다. 예컨대 물리학은 자연의 물리적인 현상을 대상으로 한 학문이며 경제학은 경제를 대상으로 한 학문이지만, 철학은 무엇을 다루어야 한다는 그 대상을 명시하고 있지 않다. 서구어 Philosophia가 그러하며, 그 말을 번역한 '철학'이란 명칭에도 역시 무엇을 다루어야 한다는 학문적인 대상이 명시되어

---

*   이 논문은 제5회 임화문학 심포지움(2012.10.12)에서, 그리고 동일한 제목으로 그 일부를 한 국철학사상연구회 학술대회(2013.6.1)에서 발표한 것이며, 이때 발표한 글은 한국철학사상연구회의 『시대와 철학』 24권 3호에 실렸다. 비슷한 시기에 학술대회에서 발표한 글들이고 동일한 제목이지만 이 책에 실은 글은 많은 부분을 수정·보완한 것이다.

1   노고수, 「'테오리아'와 '이슴'―이데오로기로서의 철학의 양면(兩面) (상)」, 『동아일보』, 1936.1.15; 박치우, 「철학의 당파성―테오리아와 이즘」, 『사상과 현실』(재판), 백양당, 1947.4(1946.11), 11면. 노고수(魯古秀)는 박치우의 익명이며, 『동아일보』에 발표한 이 글은 그의 『사상과 현실』에서는 제목을 약간 달리하여 재수록한다. 여기 인용문은 『동아일보』에 발표한 것이다.

있지 않은 것이다.

모든 학문은 따라서 그 학문이 다루어야 하는 대상의 영역에 따라 경계선이 그어지며, 수학이 다루게 되는 대상의 영역, 의학이 다루게 되는 대상의 영역 등등은 비교적 분명한 경계선이 그어질 수 있다. 수학이 다루는 대상을 물리학이 다룰 수 없으며, 경제학이 다루는 영역을 의학이 다룰 수는 없다. 그렇다고 학문과 학문 사이에 어떤 상관관계가 전혀 없다는 의미는 아니다. 그러나 철학은 여타의 학문과는 달리 무시로 다른 학문들의 영역을 넘나들며, 경제학에 대해서는 경제철학, 역사학에 대해서는 역사철학, 문학에 대해서는 미학, 또는 예술철학, 자연과학에 대해서는 자연철학 등등의 영역들이 그러한 것처럼 철학만의 고유한 대상의 영역을 규정한다는 것이 불가능한 듯이 보인다.

그러면 철학은 자기의 고유한 대상이 없이 다른 학문들에 달라붙어 존립하는 기생적 학문일 뿐인가? 학문의 역사에서 보면 모든 학문들이 철학, 곧 고대적인, 또는 중세적인 의미의 논리학(Logik), 윤리학(Ethik), 자연학(Physik)으로부터 각기 독립해가면서 차츰 철학의 대상은 그만큼 축소되어 왔었던 것 같다.[2] 근대 말에 출현한 경제학이나

---

2 B.M. Kedrow, L. Keith · L. Pudenkowa(독일어) trans., *Klassifizierung der Wissenschaften(1)*, Köln : Pahl-Rugenstein Verlag, 1975, pp.49~54 참조. 철학, 또는 학문의 분류는 플라톤으로부터 시작되며, 사유의 기술로서 변증학(Dialektik), 감성적 지각의 형태로서의 자연학(Physik), 의지나 소망에 대한 표현 형식으로서의 윤리학(Ethik)으로 구분한다. 그 이후 아리스토텔레스는 이론철학과 실천철학으로 구분하며, 그에 곁들여 좀더 다양한 학문의

사회학, 또는 그 역사가 얼마 되지 않은 심리학 등등이 새로 출현하면서 철학은 그들 학문에 대상들을 빼앗기고 말았다. 그것을 다르게 표현하여 철학이 그런 학문들의 모태였다고 소리치곤 하지만, 사실은 그만큼 철학은 그 대상을 잃어버림으로써 학문 영역이 축소되면서 방황하게 되는 처지로 몰리게 되었다.

이와 같은 철학의 대상에 대한 물음은 오늘날의 물음인 것도 아니다. 철학이란 학문이 다루어야 하는 어떤 고정된 대상이 있었던 것이 아니라 부단히 그 대상을 찾아가면서 다시 또 그 대상을 다른 학문들에 넘겨주게 되고, 그리하여 새로운 대상을 찾아가는 과정을 밟아왔던 것이다. 그럼에도 불구하고 철학이 다루어야 하는 대상이 없었던 것도 아닐 것이며, 비록 철학이 그 자신의 대상들을 다른 학문들에 넘겨준다고 하더라도 다시 또 그 자신의 대상들을 찾아가곤 했다. 그러면서도 철학이 출현하면서 오직 그 자신만의 대상이었던 그것을 우리는 이념, 또는 사상이라고 부르는 것이다. 즉, 이념, 또는 사상이야말로 철학의 고유한 대상이며, 따라서 철학은 이념을, 또는 사상을 추구하는 학문이라고 할 수 있다. 인간이 사유를 떠날 수 없는 것처럼, 결국 사유가 지향하고자 하는 이념과 사상이야말로 철학의 본질적인 대

분류가 이루어진다. 특히 이론철학으로는 분석학(논리학), 자연학, 수학, 형이상학으로 구분한다. 자연학과 수학이 철학으로부터 분리되어 가고, 그리하여 이론철학으로 논리학과 형이상학이 남게 되며, 이 두 학문의 관계는 헤겔에 이르러 변증법으로 정리되기에 이른다. 그런 의미에서 변증법은 형이상학의 지양에 따른 논리학이기도 한 것이다.

상인 것이다. 적어도 서구의 근대철학을 완성한 것으로 평가되곤 하는 독일 이상주의 철학이 다다른 철학의 대상에 대한 결론은 바로 그러했다. 즉, 독일 이상주의 철학을 완성한 헤겔에 의하면 철학의 본질적인 대상은 이념이며 사상이라는 것이다. 그러니까 헤겔적인 변증법은 이념과 사상을 향하여 나아가는 논리학인 것이다.[3] 헤겔 철학에 '형이상학'이 따로 없는 이유가 여기에 있다. 다시 말해 헤겔 철학에서 형이상학은 곧 지양되고 만 변증법이기도 한 것이며, 그 실체가 변증법적 이념으로 구현된 형이상학이었다.

이념은 적합한 개념이며, 객관적인 진리인가 하면 또한 진리 그 자체이다. 그 어떤 것이 진리를 갖고 있다면 그것은 그 자신의 이념을 통해서 갖게 되는 것이며, 이를테면 그 어떤 것이 오직 이념인 한에 있어서만 진리를 갖게 될 뿐이다.[4]

---

3 G.W.F. Hegel, *Wissenschaft der Logik II*, Hamburg : Felix Meiner Verlag, 1975, p.407 이하 참조; G.W.F. 헤겔, 임석진 역, 『대논리학(III) ─ 개념론』, 지학사, 1982, 298면 이하 참조.
4 Ibid, 1975, p.407. 헤겔적인 의미에서든 다른 철학적인 의미에서든 '이념'과 '이데올로기'를 혼란스럽게 혼용하는 경우가 허다하다. 그런 대표적인 경우가 '탈이념'이란 표현일 것이다. 내용에 따라 약간 다를 수 있겠지만 대부분의 경우 '탈이념'은 오히려 '탈이데올로기'라고 표현한 것이 정확할 것이다.

2.

우리나라에 철학이 어떠한 학문인가를 최초로 소개한 책은 구당 유길준의 『서유견문』에서일 것이다. 유길준은 철학을 다음과 같은 학문이라고 소개한다.

哲學 此學은 智慧를 愛好ᄒ야 理致를 通ᄒ기 爲홈인 故로 其 根本의 深遠홈과 功用의 廣博홈이 界域을 立ᄒ야 限定ᄒ기 不能ᄒ니 人의 言 行과 倫紀며 百千事爲의 動止를 論定ᄒ 者라.[5]

서양철학이 우리나라에 일본으로부터 유입되기 시작한 것은 19세 기 말이다. 아마 그 최초는 유길준의 『서유견문』에서일 것이다. 유길 준은 이 책에서 다른 서양의 대학 및 학문들도 소개하면서 이때 철학 이란 학문도 몇몇 서양 철학자들과 함께 소개하고 있다. 그럼에도 불 구하고 1920년대까지도 철학이 어떤 학문인지 일반 지식인들에게게조 차 낯설었을 뿐만 아니라 극히 제한적인 의미로 사용했던 것 같다. 유 길준 자신도 철학을 때로는 '성리학(性理學)'으로, 또는 '궁리학(窮理學)' 으로 부르곤 한다.[6] 그리고 1924년 경성제대 예과가, 1926년 본과로

---

5 유길준, 이한섭 편, 『서유견문』, 박이정, 2000, 371면.
6 위의 책, 351~352면 참조. 유길준은 가령 헤겔을 '惠質헤겔 窮理學 日耳曼國人'으로, 스펜 서는 '秀遍瑞스펜서 性理學 英吉利國人'으로 소개하고 있다. 이에 따르면 헤겔은 '궁리학자

서의 철학과가 설치되면서 학문적으로 정리되기 시작했으며, 종전과는 다른 철학적 학문의 기틀이 잡혀가기 시작한다. 철학이 물론 대학의 제도적인 한계에만 갇혀 있었던 것은 아니며, 그것을 벗어나서도 비교적 활발하게 논의되어 갔다. 아니 오히려 제도권 밖에서, 아울러 개별적인 독서회 등등을 통해서 철학이 활성화되는 계기를 맞게 된 것이다. 어쨌든 그 중심에는 바로 맑스주의 철학사상의 유입과 수용이 위치하고 있었던 것이며,[7] 동시에 이데올로기 문제도 얼마간 제기되고 있었던 것이다.

헤겔의 말을 빌려 철학이 이념이나 사상을 그 대상으로 한다고 앞서 잠깐 말했지만, 나아가 모든 학문 또한 이념이나 사상과 결코 무관할 수는 없다. 가령 수학을 예로 들더라도 그렇다. 어떤 수학자가 수학을 연구하는 중에 자기도 모르는 사이에 어느덧 그에 따른 수학적인 의식이나 사고방식이 형성되어가기 마련이다. 경제학적인 의식및 그 사고방식 등등, 이와 같은 의식이나 사고방식을 이를테면 이념이나 사상이라고 부른다. 그것은 구태여 학문세계가 아니더라도 우리를 정신적으로 지배하는 것은 어떠한 의식과 사고방식일 것이다. 우리는 어떠어떠한 의식과 사고방식 속에서 생활하기 마련이며, 그와 같은 의식이나 사고방식이 좀 더 체계적인 의미와 논리성을 가질

(窮理學者)', 스펜서는 '성리학자(性理學者)'인 셈이다.

7 김재현, 「일제하부터 1950년대까지 맑스주의의 수용」, 서울대 철학사상연구소 편, 『철학사상』 5, 관악사, 1995, 135면 이하 참조.

때 그것을 이념이나 사상이라고 부른다.

모든 종교도 예외가 아니다. 기독교는 기독교적인 의식과 사고방식으로, 불교는 불교적인 의식과 사고방식으로, 또한 유교는 유교적인 의식과 사고방식으로 생활하기를 바란다. 그리고 그것이 이념이고 사상인 것이다. 바로 이와 같은 이념과 사상을 직접 대상으로 하는 학문을 우리는 철학이라고 부르는 것이다. 물론 이념과 사상을 그 대상으로 하는 다른 학문은 철학 이외에는 없다. 철학만이 이념과 사상을 그 직접적인 의미에서 그 대상으로 하는 것이다. 그리고 이념이나 사상에 깊이 관련되어 있는 그 한 영역을 '이데올로기(Ideologie)'라고 부른다. 이데올로기란 말은 이념을 뜻하는 'idea'와 학, 또는 논리를 뜻하는 'logos'와의 결합어이다. 그렇다면 그 의미야 다르다고 하더라도 '이념학', '이념론' 정도의 뜻이겠지만 우리는 일반적으로 번역하지 않고 서구어 그대로 '이데올로기'라고 사용한다. 물론 프랑스혁명 당시 일부의 계몽주의자들에 의하여 사용되었으나 그 개념적인 정리는 1948년의 혁명을 전후로 맑스와 엥겔스에 의하여 오늘날의 의미로 정립되었다.[8]

이데올로기란 일반적으로는 무의식중에 형성된 우리들의 사고방식이나 그 의식형태를 지칭하기도 하는바, 그와 같은 이데올로기에는

---

[8]　J.Ritter · K.Gründer(Hrsg.), *Historisches Wörterbuch der Philosophie*, Bd.4, Schwabe & Co.AG · Basel, 1998, pp.158~164 참조.

계급적인, 계층적인 의식이란 것이 있다. 즉, 자기 자신의 사회적인 출신 성분이나 계층에 연관되어 무의식중에 형성된 사고방식이나 의식형태를 이데올로기라고 부른다. 습관적인 도덕이나 관습 등도 대부분 이데올로기에 속한다. 이때 이데올로기란 말은 약간 부정적인 의미를 띤다. 다시 말해 우리가 극복하지 않으면 안 되는 이데올로기인 셈이다. 그러나 좀더 광범한 사회 국가적인 이데올로기가 의식적인 통치체제의 하나로 작동하는 경우는 매우 심각한 문제성을 지니게 된다. 우리의 경우 그러한 이데올로기의 하나는 반공주의이고, 다른 하나를 든다면 지역주의일 것이다. 우리의 현대사에서 이 두 이데올로기는 엄청난 세력으로 작동하면서 삶을 지배하여 왔다. 특히 반공주의는 그 연원이 단순하지 않을 뿐만 아니라 여전히 우리의 삶을 지배하고 있으며, 1960년대 이후 형성된 지역주의 또한 현실적인 우리의 삶을 지배하고 있는 이데올로기일 것이다. 이와 같은 이데올로기란 헤겔적인 의미에서는 이성과 현실의 비변증법적 불화일 것이고, 맑스·엥겔스의 의미에서는 존재와 의식, 또는 존재와 사유와의 뒤틀린 부조리한 관계에 지나지 않을 것이다. 철학과 사상에 있어 이데올로기 문제와 직결되어 있는 좌파와 우파의 개념은 1830년대 이후 헤겔주의에서 연원한다. 『독일 종교와 철학의 역사』(1834)를 쓴 시인 H. 하이네 역시 좌파적인 철학사상의 길을 걸었으며, 실존철학을 창시한 것으로 평가되는 S. 키에르케고르 또한 이성과 현실의 연관관계에 대해 좌파적인 해석을 했던 철학자였다.[9] 헤겔 이후의 이와 같은 좌파적

인 철학사상을 총체적으로 극복하고자 한 철학자가 맑스라고 할 수
있으며, 그리하여 이데올로기 문제를 다룬 맑스·엥겔스의 대표적인
저서가 『독일 이데올로기』였다. 이 책에서 맑스는 이제 이데올로기
로 전락해버린 헤겔주의의 우파(노장파)는 물론 포이에르바하나 슈티
르너 등 좌파(청년파)의 철학사상을 극복하고자 한다. 이들 헤겔주의
자들, 특히 좌파들에 대해 맑스는 다음과 같이 비판하게 된다.

이들 철학자들 중 어느 누구도 독일 철학과 독일 현실의 연관관계의
문제를, 즉 그들의 비판과 그들 자신의 물질적 환경의 연관관계의 문제
를 제기하지 않았다.[10]

그 후, 즉 맑스로부터 약 80년 후 머나먼 동방의 우리에게 다가온
이념과 이데올로기 문제는 상상을 초월한 갈등과 고통으로 이어졌
다. 그것이 곧 반공주의이며, 우리에게 반공주의의 역사는 서양철학
의 수용과 직결되어 있는 문제였다. 즉, 1920년대부터 서양철학이 본
격적으로 유입, 수용되기 시작하면서 그 큰 흐름은 맑스주의 철학사
상이었다. 피식민지 지배체제 아래 놓여 있는 조선에서 서양철학은

---

9 K. Löwith(Hrsg.), *Die Hegelsche Linke*, Stuttgart-Bad Cannstatt : Friedrich Fromman
Ver-lag, 1962 참조.

10 K. Marx · F. Engels, *Die deutsche Ideologie*, Marx · Engels Werke(MEW), Bd.3, Berlin :
Dietz Verlag, 1978, p.20.

그에 대한 저항적인 성격의 맑스주의 철학사상이 주류를 이루었으며, 그와 같은 흐름의 직·간접적인 영향 속에서 경성제국대학이 설립되고, 카프(KAPF)가 결성되며, 사회주의적인 정치단체는 물론 신간회도 출현하게 된다. 그러나 1930년대로 접어들어 일제는 급속히 군국주의적인 방향으로 나아가면서 반공주의의 기치를 전면에 내건다. 물론 1920년대도 그러했지만, 그러나 1930년대 들어 독일이나 이탈리아를 중심으로 전체주의 체제가 차츰 강화되어 가면서 일본도 그러한 방향으로 돌입하게 된 것이다.

일제시대의 그 상징적인 기구가 '사상계(思想係)'였으며, 1930년대 일제는 총독부 내에 '사상계'라는 것을 설치하기에 이른다. 사상을 감시하고 검열하는 총독부의 기관인 것이다. 이를테면 '사상범(思想犯)'을 다루는 것이 사상계였다. 피식민지 조선에서 사상의 감시와 검열이라고 할 때, 그 대상은 물론 저항적인 민족주의 사상도 있었지만, 그러나 그 주요 대상은 맑스주의 철학사상이었다. 일제에 대한 저항과 독립투쟁의 주력이 철학사상적으로는 그럴 수밖에 없었던 시대였다. 제국주의와 전체주의에 대한 비판적 논거가 가장 투철할 뿐만 아니라 철학사상적인 논리성을 갖춘 이념이 바로 맑스주의이기도 했기 때문이다. 그것은 조선만의 문제도 아니었다. 서구 열강들의 제국주의적 식민주의에 시달리던 많은 약소국가들의 이념적, 사상적 지향은 그 강도의 차이는 있었을지라도 대부분 맑스주의 철학사상을 발판으로 투쟁하는 것이었다. 그것은 세계사적인 흐름이기도 했다. 제2차 세계대전의 모습도 그것을 뚜렷이 보여주고 있다. 제2차 세계대전의 1차적인 대결은 독·이·일을 중심으로 한 전체주의 추축국과 사회주의 연합국과의 전쟁이었으며, 2차적인 대결은 추축국과 자본주의 연합국과의 대결양상을 띠고 있었다. 전자가 이념적인 사상전과 결착된 성격을 갖는 전쟁이었다면, 후자는 제국주의적 신민지 쟁탈전의 성격을 갖는 전쟁이기도 했다. 어쨌든 연합국의 승리로 세계대전이 종결되면서 이미 그 속에 잠재하고 있었던 이념과 사상의 갈등은 다시 자본주의 세력과 사회주의 세력으로 분열되기에 이른다. 그것을 우리는 세계대전 이후의 미소대결 양상으로 이해하고 있는 것이다. 즉, 추축국과 연합국의 대결은 세계대전이 끝난 후에는 연합국 내의 미소분열에 따른 사회주의와 자본주의로 대결 양상이 전환되면서 그 최초의 직접적인 대결 현장이 바로 이 한반도였던 셈이다.

　해방공간에서의 이념적이고 사상적인 지형은 이른바 극단적인 우파에서는 반공주의와 국수주의적 '일민주의(一民主義)'가 큰 흐름으로 자리를 잡아갔다. 이와 같은 이데올로기는 전쟁이 끝난 이후 냉전체제가 굳혀져가는 상황에서 이승만 정권을 지탱하게 해주는 버팀목으로 작동되기도 했다. 그리고 박정희의 5·16군사쿠데타 역시 반공주의와 국수주의적 민족주의를 기반으로 했으며, 다만 이승만 정권에서의 일민주의 또는 국수주의적 민족주의가 '골품제적' 지역주의로 전환되는 그야말로 '피의 논리'와 '흙의 논리'가 지배하게 되었을 뿐이다. 전체주의에 대한 논리는 바로 유기체적 지체논리(肢體論理), 또는 분유논리(分有論理)가 지배하게 되며, 그 논리를 대변하는 것이 바로 '피의 논리'와 '흙의 논리'인 것이다. 박정희의 쿠데타 정권이 이용한 지체논리로서의 지역주의, 또는 '지역감정'은 반공주의와 함께 독재 권력을 지탱하게 하는 두 축이었다. 이와 같은 비이성적인 '감정'은 비단 1930년대 전체주의의 대두와 관련하여 그 철학사상적인 논리 성을 이해하는 데만 그치는 것이 아니라 해방 이후 분단 정국에서 대 한민국을 이해하는데 있어서도 그대로 적용될 수 있는 철학사상적 인 기틀의 하나로 작동하여 왔으며, 쿠데타적 군사정권 내내 오래도 록 우리의 정서를 강제한 이데올로기였던 셈이다.

박치우 또한 전체주의의 철학사상을 피와 흙의 논리로서의 지체논 리, 또는 분유논리로 이해하고 있었으며, 대부분의 맑스주의 철학자 들이 그러했던 것처럼 박치우 역시 전체주의에 대항하여, 그리고 제 국주의적 식민주의에 대항하여 유물변증법적 철학사상을 기반으로 민주주의에 대해서는 부르주아 민주주의의 지양과 함께 특히 물질주 의를 경계했었던 것이다.

그러므로 민주주의라는 것이 자기 자신의 주의와 주장에 철저하려면 이른바 부르조아 민주주의에 주저앉지 말고 다수자인 근로인의 현실적 인 1대 1의 요구를 강력히 보증할 수 있는 근로인민민주주의에까지 자 신을 진전시키지 않으면 안 되며 또 당연히 그렇게 되고야말 이유가 여 게 있다. 이것을 예측 내지 각오할 줄 모르는 민주주의가 있다면 그것은 벌써 민주주의가 아니라 '금'주주의('金'主主義)나 '물'주주의('物'主主義) 혹은 또 '지'주주의('地'主主義) 이외의 아모것도 아닐 것이다. 이것은 비단 이론상으로만이 아니라 실제에 있어서도 진실로 변명할 도리가 없는 엄연한 귀결이 아니면 아니 될 것이다.[11]

3.

1945년 8월 15일, 이미 잘 알고 있는 것처럼 연합국의 승리에 따른 결과, 조선도 해방을 맞는다. 1876년 일본과 강화도조약이 체결되면서 차츰 일본 제국주의의 식민주의에 복속되어 가던 때로부터 70여 년이 흐른 후이다. 농민항쟁으로 점철된 19세기의 조선은 이미 그 생명력을 상실했던 시기이며, 20세기 들어서는 일제 식민주의의 첫 침탈 대상이 되었을 뿐이다. 지정학적인 의미에서도 조선은 일본 제국주의의 절대적인 침탈 대상이었다. 청일전쟁과 러일전쟁이 무엇보다도 그것을 잘 보여주고 있기도 하다. 그리고 다시 또 해방을 맞은 조선에는 두 세력, 이를테면 연합국을 형성했던 미국과 소련, 그 두 세

---

11 박치우, 「전체주의와 민주주의―신생 조선의 민주주의를 위하야」, 『사상과 현실』(재판), 백양당, 1947.4(1946.11), 114면.

력이 들어오게 되며, 그것은 자본주의 세력과 사회주의 세력이라고 하는 두 세력이기도 했다.

해방의 기쁨도 잠시 1946년 들어 미 군정청의 관리 하에 놓여 있던 남한은 혼란스럽기 그지없는 정쟁 속으로 휩쓸려 들어간다. 민주주의민족전선(민전)의 결성, 정판사 위폐사건, 국대안파동, 10월 대구사태, 남로당의 결성 등등으로 이어지면서 미 군정청을 중심으로 좌파 세력에 대한 탄압이 현실화하게 되고, 이른바 좌파들은 다시 또 지하화 하는 지경으로 몰리면서 대거 월북이 감행되기도 한다. 해방이 되고나서 겨우 1년여의 시간이 흐른 후의 일이며, 이때부터 다시 빨치산투쟁이 조금씩 벌어지기 시작한다.[12]

1948년 들어 제주4·3항쟁이 일어나고, 5·10선거에 따른 대한민국 단독정권의 수립, 그에 이어 북한의 인민공화국의 출현 등으로 남과 북의 분단체제가 현실화한다. 그리고 10월 여·순사태가 발발한다. 순천은 '역천(逆天)'이 되고, 여수는 '악수(惡水)'가 되는 그야말로 처참한 상황으로 빠져든다. 1949년 들어 남한에서 빨치산투쟁이 전면화하게 된 것은 어쩌면 그럴 수밖에 없는 분단이 낳은 필연적인 과정이었는가도 모를 일이다. 아마 6·25전쟁도 갑자기 터진 전쟁이었던

---

12 우리의 현대사에서 어둠 속에 갇힌 채 가장 정리되고 있지 못한 부분이 있다면 일제시기, 그리고 해방공간에서 벌어졌던 빨치산투쟁의 역사일 것이다. 일제시기의 빨치산투쟁은 곧 식민주의에 대항한 독립투쟁의 일환이었지만 해방공간에서의 빨치산투쟁은 무엇을 의미했던 것일까 하는 문제는 아직 총체적으로 정리되어 있지 않은 것 같다.

것이 아니라 국지적 전투가 전면전으로 확대된 그 연장선상에 놓여있었던 것 같다.

해방공간을 중심으로 한 우리의 현대사가 좀 더 체계적으로 정리된 이후에 이야기해야 될 부분이 아직도 많다는 것을 전제로 빨치산투쟁에 대해 언급하자면 먼저 남로당의 중심세력이 1946년 말 대거 월북하게 된다는 것이다. 그리하여 활동하기 시작한 것이 해주에 거점을 둔 '제일인쇄소'에서였으며, 이 '해주제일인쇄소'를 통해 여러 대남 선전을 위한 출판물들을 남쪽으로 반출하게 된다. 그러나 남쪽에서의 산발적인 빨치산투쟁이 좀 더 격렬해지면서 1947년 초가을, 이제 보다 본격적인 투쟁을 위해 평양 근처 강동에서 빨치산 교육이 이루어진다. 그곳을 '강동정치학원'이라고 불렀다. 지리산을 거점으로 한 빨치산투쟁의 상징적 인물인 이현상도 바로 강동정치학원 출신이다. 대부분의 빨치산투쟁의 지도자들이 이 강동정치학원에서 교육을 받고 남하하였으며, 그 원장에는 박병률, 군사부원장에는 서철, 사상담당의 정치부원장(또는 문화부원장)에는 경성제대 철학과 출신의 철학자 박치우였다. 그리고 1949년 늦가을, 직접 빨치산투쟁에 뛰어들었던 박치우는 그 사령관이었던 이호제에 이어 태백산전투에서 곧 사살되고 만다.

1949년 여름 들어 빨치산 부대는 전면적으로 정리되면서 남한 전체의 부대를 제1병단, 제2병단, 제3병단으로 나누어 통솔했으며, 오대산 지구의 제1병단은 이호제가, 지리산 지구의 제2병단은 이현상이, 태백산 지구의 제3병단은 김달삼이 그 사령관으로 활동했었다고 한다.[13] 물론 이와 같은 병단은 고정되었던 것은 아니며, 빨치산투쟁의 특징에 따라 그때마다 수시로 통합과 분열을 되풀이하면서 이어졌던 것이다.

8·15 이후 해방공간에서의 빨치산투쟁은 좌우의 이념적 갈등만이 아니라 새로운 의미의 독립과 해방을 위한 투쟁의 연장선상에서 극렬한 무력적 대결로 나아가게 되면서, 그리하여 이제는 돌이킬 수 없는 파멸의 전쟁으로 나아가는 과정에서였을 것이다. 이 과정에서 일제시기부터 빼어난 한 지식인이자 철학자였던 박치우는 결국 붓을 버리고 총을 들 수밖에 없었다. 왜 그러했을까, 그것은 풀기 어려운 의문인 것이다. 물론 그것은 철학에만 한정된 물음도 아니며, 역사학이나 사회과학의 전반적인 물음이면서 우리네 역사를 복원하는 총체적인 과정 속에서 제기되고 다시 물어야 할 물음일 것이며, 개인적인 인간됨을 묻고자 하는 물음만은 아닐 터이다. 해방공간에서 꽤 널리 읽혀졌던 것으로 알려진 빨치산투쟁을 상징하는 책 김산·님 웨일즈의 『아리랑』이 오래도록 암흑 속에 묻힌 채 매장되어 있다가 번역되어 알려지기 시작한 것이 1984년이다. 그리고 김산이 빨치산투쟁에 뛰어든 것은 1920년대이다. 김산이 1938년 삶을 마감하기까지 파란만장한 생애를 살았던 것처럼 『아리랑』이란 책 역시 파란만

---

13 김남식, 『남로당연구』, 돌베개, 1984, 412면 이하 참조.

장한 곡절을 겪은 끝에 6·25전쟁 이후 우리에게는 1984년에야 겨우 번역 출간될 수 있었다.[14] 그나마 님 웨일즈를 만난 우연의 덕분에 김산은 이제 행복한 모습으로 다가오고 있는 것인지도 모를 일이다. 금강산 승려들로 맑스주의자들이 꽤 있었으며, 그들 중 한 승려는 중국에서 활동하다 1927년 광동(廣東)코뮌 때 기총사격을 받아 죽음에 직면하게 되었다. 그 때의 비극의 일단을 다음과 같이 전한다.

또 한 명은 중상을 당해, "내 나이 이제 스물여덟이다. 아직 아무런 공도 세우지 못했고 아가씨와 키스 한번 하지 못했다. 그런데도 나는 지금 죽어야만 하는 것이다"라고 말했다. 친구 한 명이 자기 부인을 불러 죽기 전에 키스를 시키려고 했으나 이미 때가 늦었다.[15]

키스 한번 해보지 못하고 죽어버린 젊은 빨치산들이 비단 중들만은 아닐 것이다. 물론 그들의 비극이 맑스주의 철학사상에 연원하고 있었던 것도 더욱 아니다. 김산은 1920년대 초의 우리네 한 모습을 맑스주의와 관련하여 다음과 같이 말하고 있다.

1919년에서 1923년까지는 조선학생들의 사회적 의식이 중국학생들

---

14 김산·님 웨일즈, 조우화 역, 『아리랑』, 동녘, 2002, 325~340면.
15 위의 책, 309~310면.

보다 훨씬 앞서 있었다. 그 이유는 한편으로는 혁명의 필요성이 우리들에게 더욱 절박하였기 때문이며 다른 한편으로는 우리들이 일본과 더욱 밀접히 접촉하고 있었기 때문이다. 일본은 그 당시 극동에서의 무정부주의와 마르크스주의 등 급진적 운동의 원천이었다. 조선인과 중국인 모두 일본에서 번역된 문헌을 통하여 처음으로 마르크스주의 이론을 알게 되었던 것이다.

조선학생들은 중국인보다 훨씬 이전부터 모스크바에서 훈련을 받고 있었다. 또한 러시아에 살고 있었던 학생과 노동자, 농민들은 10월혁명, 내전, 외국 군사간섭기의 모든 투쟁에 참여하였다. 동양 식민지국가들에서의 마르크스주의 혁명의 발전에 대하여 레닌은 처음에는 조선에 관심을 가졌으며, 중국에 관심을 가진 것은 그 후의 일이었다.[16]

4.

박치우를 아는 사람은 극히 드물다. 소수의 문학평론가 및 철학을 공부하는 사람들 이외에는 알지 못한다. 그러나 알 만한 사람들은 모두 다 잘 알고 있는 철학자이기도 하다. 그렇다면 알려져 있지 않으면

---

16 위의 책, 120면.

서도 널리 알려진 철학자가 바로 박치우라고 할 수 있을지 모른다. 학적부에 따르면 그는 함북 경성(鏡城) 출신으로 경성제대 예과와 법문학부 철학과를 제5회로 입학, 졸업했으며, 1930년대, 그리고 해방공간에서 매우 활발한 철학사상적인 문필활동을 펼쳤던 인물이다. 그리고 1946년 11월 출간된 『사상과 현실』이란 책을 남긴 채 어느 시기 월북한 후 해주제일인쇄소에서, 그리고 강동정치학원의 문화부원장 및 정치사상 강사로서 활동하다가 직접 남하하여 빨치산투쟁에 뛰어들어 사살되고 만다. 그의 『사상과 현실』은 1947년 4월 곧 재판이 출간되며, 아직 확인된 것은 아니지만 3판까지 출간되었던 것으로 알려져 있다. 즉, 해방공간에서 많은 지식인들이 읽고자 했던 책 중의 하나가 이 책이었으며, 문학평론가나 철학자들 5명이나 서평을 쓴 거의 유일한 책이기도 했다. 그럼에도 불구하고 오래도록 잊힌 채 우리네 지적 풍토에서 기억하는 것마저 부담이 되는 인물로 남아있었던 것이다. 그와 친숙했던 인물로, 철학자로는 경성제대 동기인 박종홍, 고형곤, 이갑섭 등이 있으며, 동기이면서 서울대 교수였던 심리학자 이진숙과도 각별한 사이였던 것 같다. 그 외 철학자들로는 김오성, 서인식, 정진석, 신남철, 전원배 등이 있으며, 소설가 및 문학평론가로는 임화, 김남천, 김태준, 이태준, 이원조, 이효석, 팔봉 김기진 등이 있다. 유명한 화가이자 삽화가인 정현웅도 그와 꽤 절친한 사이였다. 국문학자 홍기문과 문학평론가 백철은 물론 언론인 홍종인도 잘 아는 사이였던 것으로 알려져 있다.

경성제대의 조선인 학생들은 모두 선후배를 가리지 않고 한 울타리 안에서 생활하는 극히 소수에 지나지 않았기 때문에 서로들 가까이 지내는 사이였을 것이다. 일제시기 맑스주의 철학사상을 학습하며 활동했던 유진오, 이강국, 최용달 등도 바로 경성제대 법문학부 출신들이다.

그러나 천태산인 김태준이 부인 박진홍과 함께 중국 연안으로 탈출했던 것처럼, 박치우 역시 일제 말기, 즉 1944년을 전후한 어느 시기 가족과 함께 중국으로 탈출하며, 해방 후 가을 귀국하게 된다.[17] 그리고 1946년 초에는 민주주의민족전선(민전)에 참여하며, 3월부터는 『현대일보』라는 중도좌파 신문을 발간하는데 깊이 관여한다. 박치우가 『현대일보』의 편집 겸 발행인으로, 또는 주필로 참여하여 활동하고 있을 때인 초여름, 서북청년단의 테러를 당한다. 이 테러를 직

---

17 박치우 외, 「좌담회 - 건국동원과 지식계급」, 『대조』 1-2, 대조사, 1946. 7 참조. 이 대조사의 좌담회 참석자는 '시인 김기림, 철학가 박치우, 평론가 백철, 의학박사 정근양'이었으며, 박치우 자신의 언급에 따르면 일제 말 어느 시기 중국으로 탈출하여 해방을 맞아 '북경(北京)-천진(天津)-당산(唐山)-산해관(山海關)-장춘(長春)-북선(北鮮)-상경(上京)'하게 되었다고 한다. 물론 박치우의 생애를 이해하는데 있어 그의 중국 탈출은 매우 중요한 의미를 갖는바, 그러나 일제 말 언제 중국으로 탈출했고(아마 1944년 전후 어느 시기일 것이지만), 왜 탈출을 하게 되었던 것인지는 더 이상 알려져 있지 않으며, 여기 좌담회에서도 언급하고 있지 않다. 다만 해방이 되고 '장춘에서 약 2개월간 체류하다가', 즉 10월 중순, 또는 말경 귀국하였다고 언급하고 있으며, 이와 같은 박치우의 중국 탈출과 귀국에 대해서는 천태산인 김태준이 해방공간에서 『문학』 제1·2·3호에 발표한 「연안행」을 참고할 수 있을 것이다. 박치우 역시 부인 김종숙과 함께 탈출했겠지만, 김종숙과의 사이에는 자녀가 없었으며, 아마 해방 후에 서울에서 함께 살았을 것으로 짐작되는 양녀가 하나 있었다고 전해진다.

접 목격한 어느 문인이 전하고 있는 글의 일부는 다음과 같다.

살대짓을 해가며 풀숙풀숙 욕설을 토하는 꼴이라곤 참으로 이 세상
사람같이 보이지는 않았다. 눈을 릅뜨고 박박 악을 쓰는 품은 아무래도
무엇을 저질고야 말 것 같다. 나는 참아 여기에 그들이 짓꺼린 그 가지가
지 惡談과 辱說과 悖言을 느러놓기가 거북하다.

어쩌면 그렇게도 많은 욕설이 우리 조선말에 있었든가 싶은 생각이
가슴에 사무칠 지경이었다. 나종에는 그들 자신도 '테로'하려든 대상을
잊어버리고 욕설 자체에 정신이 빠져 연신 이 사람 저 사람 주고받고 하
며 무려 3시간을 그 짓만 하고 있었다. (…중략…)

그와 반대로 이들에게 쥐여 맞어 面上에 流血까지 淋漓하게 흘리고 묵
묵히 앉어 있는 박 씨가 도리혀 힘차고 꿋꿋하기 그지없었다. 저편에는
서롬이 있으나 이편에는 결의가 있었다. 저편에는 몸부림이 있으나 이
편에는 沈着이 있었다. 저쪽에는 잃어버린 지위를 찾으려는 탐욕이 있
으나 이쪽에는 민주주의 개혁을 단행하고야 말겠다는 혁명가의 담력(膽
力)이 있었다.

어떻든 이레 저레 오후 3시까지 박 씨는 버티고 있었으나 '테로' 측(側)
에서도 마지막으로 그 방 안에 있는 사람들을 모조리 계단으로 구을러
떠러트려 타살하겠다고 위협하며 팔을 걷고 나서는 자까지 있었다.[18]

---

18 단경, 「내가 본 '테로' 이야기」, 『민주주의』 15, 1947. 2; 안재성 편, 『잡지, 시대를 철하다

물론 여기 언급하고 있는 '박 씨'는 박치우이며, 그날 오전 11시부터 오후 3시까지 혹독한 테러를 당했던 모양이다. 그리고 10월 초, 미군정청을 비판했다는 이유로 『현대일보』가 무기정간에 처해지면서 박치우는 그 이후 어느 시기 월북하게 되고, 빨치산투쟁으로 전환하게 된다. 1946년 3월 말부터 10월 초까지 6개월여가 해방공간에서 박치우의 문필활동의 전부였으며, 이제 그는 붓을 던진 채 총을 든 빨치산투쟁에 뛰어든 것이다.

한 명민한 철학사상적 지식인이 왜 총을 들어야 하는 빨치산투쟁에 뛰어들었을까는 의문이 아닐 수 없다. 박치우는 조선의 수재들이 다닌다는 경성제대를 졸업한 후 철학과 조수생활을 하다가 평양 숭실전문학교 철학교수로 부임하지만, 그러나 일제에 의해 숭실전문학교가 폐교되면서 교수직도 상실하고 만다.

박치우가 경성제대를 졸업하고 조수로 재직하면서 외부에 발표한 최초의 논문, 곧 『철학』 제2호에 발표한 논문이 「'위기'의 철학」이다. 이 논문 역시 전체주의에 대한 비판을 배경으로 쓰인 글이다.

역사적으로 현실적인 정치권력의, 또는 그 철학사상적 의미의 전체주의(totalitarianism, Totalitarismus)란 용어는 서구에서는 1920년대부터 젠틸레(G. Gentile) 등등이 사용하기 시작하며, 이탈리아에서는 파시즘

─ 옛 잡지 속의 역사 읽기』, 돌베개, 2012, 162∼163면 참조. 박치우가 테러를 당하던 모습을 구경했던 익명의 '丹耕'이 그 몇 달 후 전하고 있는 글이다. 물론 '丹耕'이 누구인지는 아직 밝혀져 있지 않은 것 같다.

의 대두와 관련된 용어였다. 그 후 구라파 전역으로 퍼지면서 긍정적이든 비판적이든 볼세비즘과 관련하여 사용되기도 했으며, 독일에서는 1920년대 말부터 히틀러의 나치즘과 관련하여 보다 적극적으로 정치투쟁적인 의미로 사용되기 시작한다. 이때부터 나치즘의 이데올로그들도 대거 등장하게 되며, 1930년대 초부터 『참된 국가(Der wahre Staat)』(1921)의 저자인 슈판(O. Spann)이나 『20세기의 신화(Der Mythus des 20. Jahrhunderts)』(1934)의 저자인 로젠베르크(A. Rosenberg) 등도 정치 일선에 뛰어들어 전체주의적 민족국가의 실현을 위해 앞장서 활동하게 된다.[19]

많은 피식민지 국가들이 제2차 세계대전 이전만이 아니라 그 이후 해방이 되고도 다시 또 전체주의에 시달리게 되었다는 것은 얼마간은 보편적인 현상이기도 했다. 우리나라도 예외가 아니었으며, 일제에 의한 제국주의적 식민주의의 잔존적인 영향이기도 했을 것이다.

어쨌든 1930년대, 일제시기 박치우가 연구한 그 중심 주제가 전체주의 철학사상과 관련된 것들이었으며, 전체주의 철학사상의 논리학적 의미, 사회·정치철학적 의미, 역사철학적 의미, 문화철학적 의미 등등을 구명하는데 혼신의 노력을 기울인다.[20] 그것은 해방 이후에도 마찬가지였다. 물론 거기에는 맑스주의적인 유물론 철학과 변증

---

19 J. Ritter · K. Gründer(Hrsg.), *Historisches Wörterbuch der Philosophie*, Bd. 10, Schwabe & Co. AG · Basel, 1998, pp. 1296~1299 참조.
20 위상복, 『불화 그리고 불온한 시대의 철학―박치우의 삶과 철학사상』, 도서출판 길, 2012 참조.

법을 기반으로 전체주의 철학사상을 비판적으로 구명하고자 한 것이었다. 이미 잘 알려진 것처럼 변증법에는 헤겔적인 의미의 변증법과 맑스적인 의미의 변증법이 구분되고 있다. 통상 그것을 '관념론적 변증법(관념변증법)'과 '유물론적 변증법(유물변증법)'이라고 부르기도 한다. 1930년을 전후한 시기 철학사상적인 주제는 변증법이었으며, 주로 맑스주의적인 유물변증법이었다. 3·1운동 이후 그 여파로 1920년대 들어 '식민지 모국'인 '내지(內地)' 일본을 통해 대거 서양철학사상이 밀려들어오면서, 그 거대한 흐름에는 맑스주의 철학사상이 있었다는 것은 앞서 얘기했었다. 그러나 1920년대 말로 접어들면서 그 이론적인 구명을 위해 변증법이 중심 주제가 되며, 특히 이에 대한 철학사상적인 구명은 아직 충분한 것은 아니었지만 그 나름의 매우 독특한 의미를 간직하고 있었다.

우리네 스스로 서양 철학사상과 관련된 책 한 권 제대로 갖추고 있지 못한 처지에서 주로는 일본의 서적들에 의거하여 서양 철학사상을 수용하고 있었던 터라 모든 학문적 개념이나 철학적 개념 또한 한자로 표기된 일본어를 그대로 차용하게 되었다. 예컨대 조선에서 소수의 지식인들 이외에 '철학'이란 말을 누가 알아들었을 것인가? 하물며 '변증법(辯證法)'이란 말을 누가 이해하고 있었을 것이며, '논리학(論理學)'이란 학문을 누가 들어보기라도 했겠는가? 그럼에도 불구하고 이들 철학자들은 서지적인 철학사상적 이해와 해석, 그리고 그 구명보다는 그를 통한 우리의 현실을 대상으로 구명하고자 했던 것이 특징이라면 특징이라고 할 수 있다. 다시 말해 철학사상적인 원전을 이해하고 해석하고자 한 것이 아니라 그와 같은 이해와 해석을 통해 우리가 현재 겪고 있는 현실을 어떻게 이해하고 해석하며, 그리고 어떻게 변혁적인 '실천(Praxis)'으로 나아갈 것인가를 다루었던 것이다. 그것을 '변증법적인 실천'이라고 불렀다. 즉, 유물론적인 변증법의 중심 개념을 현실적인 '실천'의 개념으로 정리하고자 했다.

철학자 박치우는 이와 같은 실천 개념을 중심으로 그 자신의 철학사상을 정리하는가 하면, 그의 학문적인 방향도 그렇게 정립되어 갔지만, 그러나 해방공간 속에서 채 1년도 넘기지 못하고 기대와는 달리 차츰 절망적인 상태로 차단되어 갈 수밖에 없는 현실에 직면하고 만다. 그의 표현을 빌리면 '지식인으로서의 사명을 위해 지극히 위험한 모험 속으로 뛰어든 것'이다. 즉, 빨치산 교육과 그 투쟁 속으로 기꺼이 몸을 던진 것이다. 문학자 김태준, 시인 유진오가 그랬던 것처럼, 아니 그보다 훨씬 적극적이고도 격렬한 빨치산투쟁 속으로 뛰어들어 사라져가고 말았다.

그렇다면 우리는 해방공간을 어떻게 이해하고 해석할 수 있단 말인가, 그것이 바로 우리 앞에 놓인 커다란 과제가 아닌가? 철학이, 아니 철학사상만이 아니라 인문학이 그 앞에서 무엇을 말할 수 있을 것인가는 우리 현대사의 과제가 아니던가?

5.

제1세대 철학자의 한 사람인 박치우는 누구보다도 치열하게 전체주의에 대한 철학사상적인 비판으로 일관한 철학자로 평가할 수 있다. 물론 그것은 유물변증법적 철학사상을 기반으로 비판하고 있으며, 그와 관련하여 우리들이 되돌아볼 수 있는 문제점을 여전히 미흡하고 부족하기는 마찬가지지만 몇 가지 정리하는 것으로 이 글을 마쳐야겠다. 특히 『불화 그리고 불온한 시대의 철학─박치우의 삶과 철학사상』에 대한 김재현과 류승완의 서평이 많은 참고가 되었다.[21]

① 먼저 제기될 수 있는 문제는 대상을 바라보는 주체의 시각 및 그 관점의 문제이다. 이 문제는 언제나 자기의식 속에 잠재되어 있는 주체의 무엇이어서 굳이 다시 꺼낼 필요조차 없는 그대로 말과 글에 내포되어 있기 마련이다. 그럼에도 이 문제를 제기하는 것은 그것이 시작이면서도 곧 결론이겠기 때문일 뿐만 아니라, 특히 박치우의 철학사상적인 파란만장한 삶을 되돌아보아야 한다는 점에서, 나아가 서양철학 제1세대들에 대한 자료가 우선 복원되어야 한다는 점에서 다

---

21 김재현, 「위상복 교수의 『불화 그리고 불온한 시대의 철학─박치우의 삶과 철학』(2012. 도서출판 길)을 읽고」, 한국철학사상연구회 편, 『시대와 철학』 23-2, 2012 여름 참조; 류승완, 「사상과 현실 그리고 실천─위상복 저, 『불화 그리고 불온한 시대의 철학─박치우의 삶과 사상』에 대한 서평」, 『내일을 여는 역사』 47, 도서출판 선인, 2012 여름 참조.

시 한 번 자문해보아야 할 문제라고 생각되기 때문이다.

② 우선 숭실전문학교의 철학교수로 재직했던 박치우가 그 이후 중국으로의 탈출, 그리고 해방과 더불어 귀국하고 나서 치열한 문필 활동에 매달리다가 결국은 월북하게 되고 강동정치학원을 거쳐 왜 붓을 버리고 총을 든 빨치산투쟁으로 나아갔을까 하는 점이다. 박치우 이외에도 많은 지식인들이 해방공간에서 빨치산투쟁에 뛰어든다. 시인 유진오도 마찬가지였으며, 천태산인 김태준도 그러했다. 이들에 대한 역사적 평가는 남과 북 어디에서도 극히 부분적인 경우 이외에는 아직 정리되어있지 않는 것 같다.[22]

③ 박치우 이외에도 일제시기 유물론적 철학사상을 적극적으로 받아들인 철학자로 신남철, 서인식, 김오성, 전원배, 정진석 등이 있다. 이들에 대하여 극히 부분적인 자료 이외에는 아직 정리된 것은 없다.[23] 이들 중 6 · 25전쟁 이후 남한에 남은 사람은 전원배가 거의 유

---

22 임화 역시 빨치산 관련 시들을 여러 편 남기고 있다. 그와 같은 그의 시들이 단순히 정략적인 선동을 위한 시들인 것만은 아니지 않은가 싶다. 그의 시들을 어떻게 감상할 수 있는 것인지도 문학적인 의미에서 여전히 커다란 과제가 아닐까 한다.
23 근자 박치우의 전집이 출간되었으며, 서인식 역시 그의 저서 및 글들을 모아 그 전집이 다음과 같이 출간되었다. 박치우, 윤대석 · 윤미란 편, 『박치우 전집―사상과 현실』, 인하대출판부, 2010; 서인식, 차승기 · 정종현 편, 『서인식 전집 I ― 역사와 문화』, 역락, 2006; 서인식, 차승기 · 정종현 편, 『서인식 전집 II ― 신문 · 잡지편』, 역락, 2006. 본명이 김형준인 김오성에 대해서는 그의 니체철학 연구와 관련하여 몇몇 논문이 발표되었을 뿐, 아직

일할 것이며, 전원배 역시 그 이후 신칸트학파의 철학과 하르트만(N. Hartmann) 철학을 연구하는 것으로 전환하고 만다. 비록 학문적이라고 하더라도 지난 시기 남한에서 반공주의 이데올로기를 떠나 살아남을 길은 없었다고 해야 할 것이다.

오늘날 반공주의도 물론 극복해야 될 이데올로기란 점에서 보면 보다 새로운 시각과 관점이 우리에게 필요할 것이며, 그에 앞서 오래도록 묻혀버린 유물론적 철학사상에 대한 자료의 정리와 연구가 먼저 축적되어야 한다는 전제가 필요할 것이다.

④ 남과 북은 오래도록 학문적인, 특히 철학사상적인 공동연구와 그 교류는 없었다. 특히 분단체제가 들어 선 이후 북에서 활동한 철학자들의 행적마저 우리는 알 길이 없다. 가령 신남철이나 정진석 등은 월북 이후 김일성대학에서 활동하다가 타계한 것으로 알려져 있지만, 그 학문적 활동과 행적이 묘연할 뿐이다. 평화의 정착과 분단극복을 지향하고 있는 것이 우리들의 자유로운 삶의 행로라고 했을 때 어두운 과거로부터 기억과 교훈을 되살려볼 수 있다는 것은 더없이 소중한 과제의 하나가 아닐 수 없다.

그의 글들이 전체적으로 정리된 것은 없는 것 같다(김정현, 「1930년대 니체사상의 한국적 수용─김형준의 니체해석을 중심으로」, 한국니체학회 편, 『니체연구』 14, 2008 가을, 254~272면 참조; 김정현, 「1930년대 한국지성사에서 니체사상의 수용」, 범한철학회 편, 『범한철학』 63, 2011 겨울, 171~191면 참조).

⑤ 박치우 연구에 있어 『현대일보』의 문제는 매우 중요한 의미를 갖는다. 중도 좌파적인 일간지로 평가되는 『현대일보』는 물론 해방 공간에서의 언론문제이기도 하지만, 박치우가 직접 창간한 것이나 다름없는 신문이란 점에서, 그리고 거기에 실린 많은 사설들이 바로 박치우의 글이란 점에서 그의 해방공간에서의 문필활동과 철학사상을 이해하는 데 필수적인 자료로 간주되어야 할 것이다.[24] 1946년 3월 말에 창간된 『현대일보』는 5~6개월 후 무기정간 되고 말며, 1947년 1월 미군정에 의해 서상천에게 넘어간다. 그것이 박치우의 문필활동을 접게 된 계기의 하나가 된다. 그 이후 그의 글들은 아직 밝혀진 것이 없다.

⑥ 박종홍과 박치우의 철학사상적인 관계는 신중한 접근을 필요로 하는 문제이다. 그것은 단순히 우파나 좌파의 문제는 아니며, 더욱이 선악 이분법의 문제도 아니다. 박종홍의 철학에 대해서는 그 동안 꽤 많이 논구되어 왔으며, 적극적인 긍정적 평가와 비판적인 부정적 평

---

24 위상복, 「박치우와 『현대일보』」, 범한철학회 편, 『범한철학』 63, 2011 겨울, 147~170면 참조. 『현대일보』의 사설들이 박치우의 글인지는 아직 확실하게 밝혀진 것은 없다. 그러나 해방공간에서 『현대일보』를 떠나 박치우를 이해할 수 없다는 것도 분명할 것이다. 박치우에 대한 그 동안의 몇몇 철학적인, 또는 문학적인 연구에서 『현대일보』의 문제는 아직 다루어지지 않았었다. 또한 비록 짧은 기간이기는 했지만 『현대일보』에 발표된 많은 글들이 해방공간에서의 최고의 지식인들의 글이었을 뿐만 아니라 정치 사회적으로도 유명한 명사들의 글이었다는 점에서 『현대일보』라는 언론의 공간 자체가 다시 논의되어야 하지 않은가 하는 물음을 갖게 된다.

가가 대립을 이루고 있기도 하다. 그에 비해 박치우에 대해서는 근자에 그의 전집이 출간되었음에도 불구하고 여전히 논구되어야 할 부분들이 적지 않다고 할 수 있다. 그들이 경성제대 철학과 제5회 동기로서뿐만 아니라 대척점에서 서로 다른 철학사상적인 길을 갔다고 하는 점, 특히 박종홍이 후반 생애를 5·16군사쿠데타에 가담하여 「국민교육헌장」의 제정과 '국민윤리' 교과목 및 대학 학과로서 '국민윤리교육과'의 설치, 그리고 유신정권의 이데올로기에 몰두했다는 점을 고려했을 때 더욱 그러하다. 박종홍과 함께 「국민교육헌장」의 제정에 관여했던 역사학자 이선근은 다음과 같은 강연을 하며 돌아다녔다.

우리가 오늘날 유신체제를 확립하지 못한다면, 역사상 둘도 없는 위기에 직면하여 대한민국의 존립마저 위협받았을 것이다. 유신체제의 확립은 민족 전체가 짊어진 사명이며, 우리 교육자들도 그 사명을 위해 선도적 역할을 담당하지 않으면 안 된다.[25]

⑦ 우리의 일본을 매개로 한 서양철학 수용사에서 독일철학의 유입은 어쨌든 그 중심영역이었다. 그리고 그것은 칸트와 헤겔에 이르는 독일 관념론이었으며, 그와 동시에 시대에 따라 굴곡이 심하긴 했지만 맑스주의 철학사상이었다. 그 이유가 어디에 있든 이와 같은 유

---

25 강상중·현무암, 이목 역, 『기시 노부스케와 박정희』, 책과함께, 2012, 267면.

입 속에서 영미철학이나 실존철학, 현상학 등도 대거 밀려들어오게 되었다. 그럼에도 불구하고 의문인 것은 1970년대까지 프랑크푸르트 학파의 비판이론은 전혀 소개되지 않았다고 하는 것이다. 호르크하이머나 아도르노, 또는 마르쿠제의 철학은 물론 하버마스 등 그 후세대의 철학도 거의 소개되지 않은 채 보내야 했던 것이다. 그 상징적인 책의 하나가 마르쿠제의 『이성과 혁명』일 것이다. 이 책의 번역 초판이 출간된 것이 1963년이었다.[26] 그리고 번역본 『이성과 혁명』은 곧 금서가 되고 말며, 아마 1990년대 중반까지도 이 책은 금서 속에 갇혀 있어야만 했다. 하이데거나 야스퍼스의 실존철학에 대하여 그토록 유행으로 몰아가던 우리의 철학도 그들 철학과 동시대에 널리 알려졌던 프랑크푸르트 학파의 비판이론에 대하여는 침묵으로 일관했다. 아도르노의 『부정변증법』이 우리에게 번역되어 소개된 것은 1990년대 말이었다.[27] 일제 시기는 그렇다고 하더라도, 해방 이후 특히 1950년대 이후 여러 철학적인 경향들에 관심을 기울였던 박종홍이 '현대철학과 변증법'에 대해, 또는 변증법의 여러 흐름들을 다룬 논문이나 저술에서 루카치나 블로흐는 물론 비판이론에 대해 단 한마디도 언급하고 있지 않다.[28] 현대철학과 변증법을 다루면서 어떻게 비판이론의 철학사상을 간과할 수 있었던 것인지는 의문이다. 변증법적 유물

---

26 H. 마르쿠제, 김종호 역, 『이성과 혁명―헤에겔과 사회이론의 융성』(초판), 박영사, 1963 참조.
27 테오도르 아도르노, 홍승용 역, 『부정변증법』, 한길사, 1999 참조.
28 박종홍, 『변증법적 논리』, 박영사, 1977 참조.

론이 '향외적으로 일탈'해버린 철학이라면 비판이론은 '향내적으로 일탈'해버렸기 때문일까. 그러나 박종홍은 '향내적 현실 파악의 현대적 유형'으로 실존철학을 꼽는다.[29]

⑧ 이제 박치우가 이해하고 있는 철학사상의 하나로 '운명'의 개념에 대해 소개하는 것으로 마치고자 한다. '운명'이란 말은 1930년대 '위기'란 말과 함께 꽤 유행했던 말이었던 것 같다. 아마 전체주의적인 철학사상적 경향 때문이었을 것이다.[30] 그러나 박치우는 운명의 개념에 대해 그 역사적인 의미를 구명하고자 한다.[31] 이를테면 운명의 개념이 서구의 중세를 지배하게 된 의미와 근세로 나아가면서 어떻게 자유의 의미로 전환되기에 이른가를 고찰한다. 봉건적인 체제에서 농노들은 운명의 지배하에 놓여있다. 운명이란 어쩔 수 없는 필연의 의식이 지배하는 인간의 삶을 말한다. 그러나 근대로 접어들어 시민계급이 출현하면서 자유의 의식으로 전환되기에 이른다. 즉 인간의 삶은

---

29 박종홍, 『철학개설』(개정 4판), 박영사, 1967, 164~226면 참조.

30 백철, 『조선신문학사조사, 현대편』(재판), 백양당, 1950.2(1949.7), 188~203면 참조. 백철은 1930년대의 문학사조를 전반기를 '파시즘 대두, 세계의 위기와 현대문학사조의 분화기'로, 그리고 그 후반기를 '위기! 1936년 이후의 주조상실(主潮喪失)과 문학지상시대'란 제목으로 다루고 있으며, 그 한 단락으로 '불안문학에 반영된 지식인의 운명'이란 표제 아래 다룬다.

31 박치우, 「자유주의의 철학적 해명(1~4)」, 『조선일보』, 1936.1.1~1.5 참조; 박치우, 「시민적 자유주의」, 『사상과 현실』(재판), 백양당, 1947.4(1946.11) 참조. 박치우의 「자유주의의 철학적 해명」이란 논문은 그의 『사상과 현실』에서는 「시민적 자유주의」라는 제목으로 약간 수정하여 재수록된다.

태어날 때부터 어쩔 수 없는 필연에 지배당하는 것이 아니라 그 필연에서 벗어나는 우연이 개입되는 것이다. 그 우연을 자유라고 불렀다. 그리고 필연은 자연을 지배하는 인과율일 뿐이다. 인간을 지배하는 것은 자연의 법칙으로서 인과율과 같은 필연이 아니라 오히려 우연이며, 의지에 따른 우연이 인간을 지배한다. 그것을 자유, 또는 의지의 자유라고 불렀다. 박치우는 이와 같은 운명의 개념을 근대 지식인의 실천적인 '사명(Beruf)'의 개념으로 전환시키고자 하며, 그 자신의 철학사상적인 핵심의 하나를 거기에 두고자 했다. 그러나 그에 대한 철학사상적인 개념으로서 정리하고 있는 글은 따로 없으며, 그것이 무엇을 의미하는가는 우리가 풀어가야 할 과제의 하나일 것이다. 박치우는 「돌아가는 맹자」의 마지막 구절에서 다음과 같이 말한다.

그러나 우리의 맹자는 결국 떠나갔다. 이것은 곧 그가 개적 이상으로부터 배척당함과 동시에 전적 사명으로 복귀한 것이다. 이리하여 비로소 맹자의 존재가 의의를 가질 수 있는 것이다.
나는 감히 말한다. 돌아가는 맹자는 진정한 맹자로의 복귀라고.[32]

⑨ 물론 운명과 관련하여 박치우는 '사명'이란 말을 종종 사용한다.

32 박치우, 윤대석·윤미란 편, 『박치우 전집─사상과 현실』, 인하대 출판부, 2010, 328면.
박치우가 『청량(淸凉)』 8호(1930.3)에 일어로 발표한 최초의 논문 「돌아가는 맹자」에서도 '개적적 이상'과 '전적 사명', 곧 '개별적 이상'과 '보편적 사명'이란 개념을 사용한다.

미키 기요시[三木淸]는 사명의 개념을 다음과 같이 정리하고 있다.

밖에서의 부름이 안에서의 부름이고 안에서의 부름이 밖에서의 부름
일 때 거기에 사명이 있다. 참으로 자기 자신에게 내재적인 것이 초월적
인 것에 의하여 매개된 것이고 초월적인 것에 의하여 매개된 것이 정말
자기 자신에 내재적인 것이라는 데서 사명은 생각할 수 있다.

이러한 사명에 따라서 행동한다는 것은 세계의 부름에 응해서 세계에
서 형성적으로 활동하는 것이고 동시에 자기 형성적으로 활동하는 것이
다. 그것은 자신을 없이함으로써 자신을 살리는 것이고 자신을 살림으
로써 환경을 살리는 것이다. 인간은 使命的 存在이다.[33]

그러나 박치우가 사명을 미키 기요시의 의미대로 이와 같이 이해
했었던 것 같지는 않다. 즉, 그가 사명의 개념에 대해 철학사상적으로
따로 정리한 글은 없기 때문이다.[34] 아마 그 비슷한 의미를 그는 『사

---

33 미키 기요시, 지명관 역, 『철학입문』, 도서출판 소화, 1997, 199면.

34 박치우, 「지식인과 직업」, 『인문평론』 2-5, 인문사, 1940.5, 14~18면 참조; 박치우, 「지식
인과 직업」, 『사상과 현실』(재판), 백양당, 1947.4(1946.11), 31~37면 참조. 박치우의 이
신변적인 산문은 '호구(糊口)'를 위한 직업의식과 관련하여 지식인에게는 거기에만 그치는
것이 아니라 천직으로서의 소명(Beruf), 곧 사회 역사적인 사명 의식이 필요하다는 것을
강조한다. 물론 1930년대 중·후반기 실존철학적인 불안의 개념이나 운명 및 사명의 개념
에 대해 철학과 문학, 또는 문화 일반의 영역에서도 광범위하게 논의되었던 것 같다. 그에
대해서는 또 다른 연구가 필요할 것이다(조관자, 「세계사의 가능성과 〈나의 운명〉 ─서인식
의 역사철학과 교토학파」, 『일본연구』 9, 2008, 43~71면 참조).

상과 현실』의 서문에서 다음과 같이 말하고 있을 뿐이다.

저자가 언제나 이 두 개의 영역 사이에 놓여있는 소속미상(所屬未詳)
의 진공지대(眞空地帶)나 혹은 양호접촉(兩弧接觸)의 절선(切線)에서 자
료와 대상을 구해보려고 노력해온 것은 이 때문이다. 이것은 확실히 일
종(一種) 위험을 상반하는 모험일런지도 모른다. 그러나 그렇다고 위험
때문에 언제까지나 그대로 포기되어도 좋은 그러한 사업은 아닐 것이
다. 이 모험이 어느 정도로 성공하였는지 나는 모른다. 오직 미력을 돌
봄이 없이 여기 그 동안에 얻은 약간의 기록을 피력하여 써 대방(大方)의
비판을 받고저 하는 바이다.[35]

---

[35] 박치우, 위의 책, 1947.4(1946.11), 서(序).

서인식 비평에 내재된 탈구축의 계기
서인식 연구의 진전을 위해 생각해볼 몇 가지 문제들과 더불어

손정수

1. 서인식 연구의 현황

서인식은 1937년 10월부터 1940년 10월까지 약 3년 정도에 걸쳐 식민지 비평계에서 활동했던 인물이다. 와세다 대학 철학과를 중퇴했으며 1933년 조선공산주의자협의회 사건으로 검거되어 5년형을 선고 받고 복역했던 경력도 있다. 전향 후 저널리즘을 무대로 비교적 짧은 기간 동안 활동했고 또 문학 비평의 본류에서는 다소 벗어나 있었던 탓에 초창기 근대문예비평 연구에서의 존재감은 그다지 크지 않은 편이었다. 하지만 당시로서는 유례를 찾아보기 힘들 정도로 날카롭고 치밀한 논리력을 갖추고 있는데다가[1] 그가 취급했던 주제, 곧 전체주의와 동아협동체론에 대한 반응의 문제성으로 인해 2000년대 이후에는 그 맥락에서 비교적 활발하게 연구되어 왔다.

문학과 운동이 밀접하게 결부되어 있던 이전과는 달리 1930년대 비평은 점차 운동으로부터 멀어지면서 작품 해석으로 기울어지는 이른바 문학주의적 경향을 보였는데, 그럼에도 그 문학의 외연은 세계 질서의 변화를 비롯한 현실 환경에 맞닿아 있었고 그것을 해명할 필요는 상존했다. 구체적으로 생철학, 실존주의 등 비합리주의 사조의 유행과 전체주의, 동아협동체론 등 세계사적 동향에 대한 인식의 과제가 그것이었는데, 그와 같은 과제에 당면하여 1930년대 중반 이후 김오성, 서인식, 박치우, 신남철 등 철학 전공자들이 문예비평의 영역에 등장하여 활동하는 일이 일어났던 바 있다.

초창기에는 신체제론의 일부로 간략하게 처리되었던 그들의 활동이 2000년대 이후 식민지 후반의 문학적 상황에 대한 새로운 인식의 분위기와 함께 좀더 구체적으로 규명되기 시작하여, 특히 서인식 비평에 대해서는 차승기, 정종현, 조관자 등의 연구자들에 의해 본격적인 논의가 이루어진 바 있다.[2] 이들의 연구는 주로 동아협동체론에 대한

---

1 김오성은 한 좌담에서 "우리들 가운데에서도 가장 논리적으로 쓰는 이는 역시 서인식 씨"라는 발언을 하고 있기도 하다. 「민족 정서와 전통 — 평단3인 정담회 문화문제 종횡관(중)」, 『조선일보』, 1940. 3. 16.
2 2000년대 이후 서인식에 대한 문학 분야의 연구로 다음의 논문들이 있다.
  차승기, 「'근대의 위기'와 시간-공간 정치학 — 교토학과 철학자들과 서인식」, 『한국근대

비판의 맥락에서 서인식의 반응을 해석하면서 그 주체적인 성격을 드러내는 데 초점이 맞춰져 있었다. 그리고 그와 같은 해석의 시각은 동아협동체론이 당시의 혁신좌파에 의해 주도된 진보적인 성격을 가지며 그런 맥락에서 대동아공영권과는 구분될 수 있다는 요네타니 마사후미[米谷匡史]의 논의에 어느 정도 영향을 받으면서 성립되었던 듯하다.[3] 결과적으로 그 연구들은 서인식 논의의 차원을 한 단계 높이는 성과를 가져온 것으로 보인다. 이 글은 그 성과를 좀더 진척시키기 위해 생각해볼 몇 가지 문제들을 제안하는 내용으로 이루어질 것이다.

2. 서인식 연구의 진전을 위해 생각해볼 몇 가지 문제들

앞서 이야기한 것처럼 서인식에 관한 최근의 연구들은 동아협동체론의 성격에 대한 재해석에 의거한 면이 크다. 이전의 연구에서 서인식의 논의를 친일적인 관점에서 해석했던 것은 거기에 동아협동체론

문학연구』8, 2003.12; 차승기, 「추상과 과잉─중일전쟁기 제국 / 식민지의 사상연쇄와 담론정치학」, 『상허학보』21, 2007.10; 서희원, 「제국과 주체의 변증법─서인식의 비평을 중심으로」, 『비교문학』43, 2007.10; 조관자, 「세계사의 가능성과 '나의 운명'─서인식의 역사철학과 교토학파」, 『일본연구』9, 2008; 이혜진, 「서인식의 역사철학과 쇼와비평의 문제들」, 『한민족문화연구』37, 2011.6.

3 동아협동체론 및 조선 지식인의 수용의 성격에 대한 논의는 요네타니 마사후미, 조은미 역, 『아시아 / 일본』(그린비, 2010)의 II부 2장 참조.

을 수용한 흔적이 나타나고 있다는 사실에 근거했다고 볼 수 있는데, 근래의 연구들은 동아협동체론의 긍정적인 계기를 새롭게 해석함으로써 서인식 비평의 새로운 성격을 다른 관점에서 드러냈던 것이다.

하지만 여기에서 다시 문제되는 것은 동아협동체론과 대동아공영권 사이의 거리가 과연 얼마나 먼 것인가 하는 점이다. 실제로 그 둘 사이의 거리에 그다지 큰 의미를 두고 있지 않은 사학 분야에서의 최근 논의는 서인식의 태도를 상대적으로 비판적인 관점에서 판단하고 있다.[4]

이 문제와 관련해서 살펴볼 수 있는 것으로『주오코론[中央公論]』에서 이루어진 이른바 교토학파 4인방(고사카 마사아키[高坂正顯], 니시타니 게이지[西谷啓治], 고야마 이와오[高山岩男], 스즈키 시게타카[鈴木成高])의 세 차례에 걸친 좌담을 들 수 있다. 각각 1941년 11월 26일(세계사적 입장과 일본), 1941년 3월 4일(동아공영권의 윤리성과 역사성), 1942년 11월 24일(총력전의 철학)에 열린 좌담은 1941년 12월 8일 일본의 진주만 공습을 고비로 하여 뒤로 갈수록 일본주의의 성격을 더욱 노골적으로 드러내고 있다. 하지만 그것은 상대적인 비중의 문제로서, 그 처음의 성격이

---

4 이태훈, 「1930년대 후반 '좌파지식인'의 전체주의 인식과 한계-서인식을 중심으로」, 『역사문제연구』 24 참조. 사학 분야의 서인식 연구를 촉발시킨 것은 어떤 의미에서 동아협동체론에 대한 문학 분야의 해석에 대한 비판적인 문제제기라고도 볼 수 있다. 오자키 호츠미[尾崎秀實]를 중심으로 동아협동체론의 스펙트럼을 폭넓게 설명하고 있는 것으로 임성모, 「동아협동체론과 '신질서'의 임계」, 백영서 외, 『동아시아의 지역질서-제국을 넘어 공동체로』, 창작과비평사, 2005 참조.

변화했다고 보기는 어렵다. 거기에는 처음부터 끝까지 표면상 이성적이고 합리적인 세계정세에 대한 분석과 그와는 모순되는 것처럼 보이는 비이성적인 흥분이 기이한 형태로 공존하고 있다. 다만 총력전에 돌입하면서 후자가 더욱 노골적으로 드러나고 있을 따름이다.[5] 일본 사상계의 평가를 보더라도, 가령 히로마쓰 와타루(廣松涉)는 그 좌담을 비롯한 이른바 '근대의 초극' 논의가 일반적으로는 그럴 듯한 논리를 가졌고 일본 정부나 군부에 대해 비판적 수정을 요구하는 태도를 취하는 경우도 없지 않았지만 "결론적으로는 일본이 세계 정치와 문화에서 강력한 헤게모니를 장악하는 일이 '근대의 초극'의 전제 조건이라고 이해된 이상 일본 제국주의의 세계정책에 대한 이데올로기적 추인이라는 근본적 성격은 불식될 수 없었다"[6]고 지적하고 있다.

제국의 경우 흥분을 동반하면서 현실을 받아들이는 일이 그처럼 쉽게 일어났지만 식민지의 경우에는 그렇게 단순하게 진행되기 어려웠다. 한 가지 예로, 내선일체를 주장하는 인정식의 주장조차 매우 현실주의적인 성격을 띠고 있었다. 가령 다음과 같은 대목을 예로 들어볼 수 있다.

이리하여 내선일체의 필연성을 논증함에 있어서 나는 다음과 같은 세

---

5   高坂正顯 外, 『世界史的立場と日本』(中央公論社, 1943), 이경훈 외역, 『태평양전쟁의 사상』, 이매진, 2007 참조.
6   히로마쓰 와타루, 김항 역, 『근대초극론』, 민음사, 2003, 45면.

가지 계기에서 구명하려 한다.

첫째는 일본제국의 동아제패상 조선이 점한바 대륙병참기지로서의 특수적 지위에서 추출되는 장기(獎機)이며, 둘째는 사변의 진전과 동아협동체 형성과정의 진전에 따라 가속도적으로 촉성되는 조선민중의 국민적 자각과 대륙정책에로의 자발적 적극적 협동의 계기이며, 셋째는 내일의 정권을 '리드'하려는 국내 혁신세력의 대담하고 또 혁신적인 국책에 대한 당연한 기대로부터 오는 계기이다.[7]

아마도 이러한 차이는 조관자가 지적하고 있듯이 "식민지 / 제국의 자기분열적인 지정학적 거리"[8]에 기인하는 현상일 것이다. 이렇게 본다면 인정식과 서인식이 보이는 차이는 동아협동체에 대한 인식의 문제라기보다 그에 반응하는 태도의 문제일지도 모른다. 이 점에 대해서는 다음 장에서 좀더 본격적으로 논의하게 될 것이다.

두 번째로 제기하고 싶은 문제는 교토학파의 논의와 서인식의 논의를 보다 구체적이고 실증적인 차원에서 비교해볼 필요가 있다는 점이다. 실제로 교토학파의 논의에 대한 서인식의 반응으로 해석되는 부분에는 교토학파의 논의 내용이 들어 있는 경우가 적지 않다. 가령 자본주의, 자유주의에 대한 비판이나 전체주의, 파시즘에 대한 비판은

---

7 인정식, 「동아협동체와 조선」(『삼천리』, 1939. 1); 최원식 · 백영서 편, 『동아시아인의 '동양' 인식』, 창작과비평사, 2010, 230면.
8 조관자, 앞의 글, 44면.

교토학파의 논의에서도 뚜렷하고 구체적인 형태로 나타나 있다. 논의의 구체적 실상을 살펴보면, 전체성의 우위를 인정하면서도 전체주의에는 반대하면서 개인과 전체를 변증법적으로 통합한다는 것이 바로 동아협동체론의 논리적 기반을 이루고 있기 때문이다.[9] 그러한 방향은 근대 자본주의와 유럽 파시즘의 전체주의를 비판하면서 새로운 세계 질서의 방향으로 지역 협동체를 제시했던 일본 제국주의에 그 이념적 기초를 제공했다. 그렇기 때문에 당대 담론에서 교토학파의 영향에 해당되는 부분과 그에 대한 비판을 구분하는 문제는 상당히 미묘한 것이다. 서인식의 경우도 전반적으로 그렇지만, 다만 그의 경우에는 부분적으로 이 문제를 검토해보기에 적합한 텍스트가 있다. 「현대의 세계사적 의의」(『조선일보』, 1939.4.4~14)는 직전에 발표된 미키 기요시[三木淸]의 「新日本の思想原理」(1939.1)와 비교해서 살펴볼 수 있고, 「동양 문화의 이념과 형태―그 특수성과 일반성」(『동아일보』, 1940.1.3~12)에서는 서인식 자신이 니시다 기타로(西田幾多郎, 「形而上學的立場から見た東西古代の文化形態」, 『文學』, 1934.9)와 고야마 이와오(高山岩男, 「人間背後の生命と無の哲學」, 『思想』, 1934.5)의 텍스트를 참조한 전거로서 직접 밝히고 있어 구체적인 비교 검토가 가능하다.[10]

---

9 이 점과 관련하여 히로마쓰 와타루는 마쓰모토 겐이치[松本健一]를 인용하면서 "일본 파시즘이 파시즘을 부정하면서 성립된 경우야말로 오늘날 우리들이 주의해야 할 사실"임을 환기시키고 있다. 히로마쓰 와타루, 앞의 책, 75면 참조.

10 이 문제에 대해서는 보론의 형식으로 별도로 다뤄 이 글 뒤에 덧붙였다.

세 번째 문제는 비록 짧은 시기이지만 서인식의 논의 과정에 나타난 시간적인 변화를 고려하면서 그것을 입체적으로 분석할 필요가 있다는 점이다. 지금까지의 서인식 연구는 그의 비평의 전 과정에 걸쳐 일관된 의식과 태도를 추출하여 그것을 체계화하는 방향에서 진행되어 왔다. 그렇기 때문에 시간의 추이에 따라 나타나는 서인식 논의의 변화 과정에 주목한 경우는 없었던 듯하다. 하지만 그 이행의 과정에서 나타나는 변화와 굴절을 간과할 때 서인식 논의의 몇 가지 겹 가운데 하나만을 절대화하는 결과가 초래될 수도 있다.

서인식 비평 초기의 지성론의 국면에서는 서로 모순되는 개념들을 변증법적으로 논리 정연하게 통합하는 사유의 방식을 볼 수 있다. 하지만 1939년 이후 당대의 세계 상황을 인식하고 해명하는 현실적 과제가 비평 내에 도입되면서 형이상학적 논의의 차원을 벗어나는 경향을 확인할 수 있다. 이때 새로운 세계 질서를 바라보는 서인식의 시각에 이론적 근거를 제공해준 것이 교토학파의 논의라고 할 수 있다. 절대(일반, 보편)와 상대(특수), 문화의 단계와 유형, 역사에서의 관상과 행동 등 서로 대립되는 두 방향을 변증법적으로 통합하면서도 상대(다원성), 유형, 행동 쪽에 무게를 두는 것이 교토학파의 논의였다면, 서인식은 그 반대편에 놓인 보편성, 관상, 단계 등을 강조함으로써 간접적으로 교토학파를 비판하면서 그와는 구분되는 식민지 조건에 대응되는 현실 인식을 마련할 수 있었다. 표면상으로는 평면적이고 도식적인 절충, 결합처럼 보이지만 내적인 사정을 살펴보면 이처럼 현실에 대한 긴장을 내포하고 있는 것으로 해석할 수 있다. 그 과정에서, 특히 전반기에는 그 논의 가운데 교토학파의 주장이 그대로 드러나는 경우도 볼 수 있다. "구라파의 현대의 혼란이 해소되기 위해서는 역사는 현재의 유(有)의 계제(階梯)에서 보다 높은 무(無)의 계제로 초월하지 않으면 안 될 것"[11]이라든가 "다(多)가 다(多)로서의 특수성을 유지하면서 그대로 곧 일(一)이 될 수 있는 일종의 무적(無的) 보편의 성격을 가진"[12] '세계성의 세계'[13]와 같은 대목에서는 미처 자신의 논리 속에 소화되지 않은 교토학파의 명제들이 생경하게 모습을 드러내고 있기도 하다.

하지만 앞서 두 번째 제기한 문제와 관련하여, 어느 시기에 이르면 서인식은 자신의 논의에서 자신이 참조한 교토학파 논의의 텍스트를 전거로서 분명하게 밝히기 시작한다. 어떤 의미에서 그것은 차이에의 의지라고 해석할 수 있다. 그러면서 교토학파 논의의 틀 내에서 무게 중심만을 반대쪽에 두었던 단계를 벗어나 교토학파의 논의의 틀 자체를 상대화하기 시작하는 모습을 볼 수 있는 것이다.

그런데 이 현실과의 거리는 대상을 비판적으로 바라볼 수 있는 거점이 되는 가치를 보다 뚜렷하게 확인할 수 있게 해주었지만, 다른 한편으로 현실로부터 점점 소외되는 의식을 발생시키는 결과를 초래하

---

11 서인식, 「제2차 대전을 해부한다」, 『조선일보』, 1939.9.15.
12 서인식, 「문화에 있어서의 전체와 개인」, 『인문평론』, 1939.10, 14면.
13 위의 글, 15면.

기도 했다. 서인식의 비평 내부에 균열과 분열의 양상이 나타나기 시작하는 것은 이 시점이다. 그리고 후반부에는 그 분열의 의식이 독립되어 에세이의 형식 속에 담기는 모습도 볼 수 있다. 다음 절에서는 서인식 비평에 나타나는 그와 같은 탈구축의 의식을 좀더 구체적으로 살펴보기로 하겠다.

3. 서인식 비평에서의 탈구축의 계기

서인식의 논의는 전반적으로 새롭게 등장하는 생철학과 실존주의 등의 비합리주의적 사조의 문제의식을 이해, 수용하는 한편, 서구의 보편적 합리주의의 정신을 그것과 변증법적으로 통합하는 새로운 논리를 구축하는 관점에서 진행되어 왔다고 할 수 있다. 그렇지만 후반으로 갈수록 이 결합 가능성에 대한 회의를 그의 논의 자체가 품기 시작하는 양상을 발견할 수 있다. 그 회의의 의식은 그의 비평 활동 막바지에 발표된 에세이에서 더 분명하게 드러나게 되지만, 그 징후는 이미 그 이전의 비평 가운데에서도 부분적으로 드러나 있다.

현대 지식계급의 현실에 대한 태도는 개괄하여 두 가지 형으로 나눌 수 있지 않을까? 그 하나는 현실에서 퇴각하는 경향으로서 말하자면 현대의 소여된 현실에서 뒤로 물러가 서로 화해할 수 없는 거리에서 현실을 대하는 태도이고 다른 하나는 현실에 추수하는 경향으로서 말하자면 오늘날의 소여된 현실 속에서 그대로 파묻혀 현대와 함께 부침하는 태도이다.[14]

서인식은 당대 지식계급의 현실에 대한 태도를 두 가지 방향으로 구분하고 있다. 현실의 진행 방향에 몸을 맡기고 그것을 추수하는 태도, 그리고 그렇지 않고 현실로부터 물러나 화해할 수 없는 거리에 자신을 위치시키는 태도. 서인식은 이 상반된 태도를 지식계급의 두 유형으로 설명하고 있지만, 사실은 주체 내에 상반되는 두 의식의 방향이 모순적으로 공존하고 있는 상태를 그려내고 있다고 보는 편이 더 실상에 가까울 것이다. 대체로 비평은 현실의 진행 방향을 인식하고 그 이후 방향에 대한 전망의 발견과 그 추구의 의지를 제시하는 구축의 형식이라고 할 수 있다. 서인식 비평 역시 큰 틀에서는 그와 같은 구축의 의지의 소산이라고 할 수 있는데, 그럼에도 그는 그 구축의 방향과는 반대 방향에서 발생하는 의식을 그의 비평 내에서 자주 드러내고 있다.

그런데 오늘날의 저널리즘은 사회의 표면을 흐르는 '옵티미즘'만을 반

---

14 서인식, 「시대로 향하는 정열─문화시평(1)」, 『조선일보』, 1939.10.19.

영한다. 오늘날의 여론이니 공론이니 하는 것들은 모두 '옵티미즘'의 소산이다. 그리 되는 것이 자연스러우며 그리 안 될 수도 없는 것이다. 오늘날의 정세는 '페시미즘'의 표화(表化)를 허할 리가 없다. 우리의 이목에 부딪치는 것은 좋든 싫든 과장된 '옵티미즘'이다. 그만큼 그것은 우리의 눈에 확대되어 보인다. 실체 이상으로 커 보인다. 그와 반대로 현대에도 '페시미즘'이 있다면 그것은 사회의 저면을 흐를 것이므로 우리의 안계(眼界)에 들어오지 않으리라. 실체 이하로 적어 보이리라. 우리의 주위와 관심을 그리로 가지 않으리라.

그러나 '옵티미즘'보다도 '페시미즘'이 있다면 그것이 현대에 있어서는 더욱 줄기 있는 근거를 가진 것이 아닐까?[15]

현실의 표면에 드러나는 것은 주로 '옵티미즘'이지만, 그 아래에는 더 큰 줄기로 '페시미즘'이 흐르고 있다는 인식이 위에 드러나 있다. 하지만 서인식 자신도 언급하고 있듯이 저널리즘의 담론 영역은 그와 같은 페시미즘으로부터 연유하는 의식을 본격적으로 펼쳐보일 수 있는 공간이 아니다. 그럼에도 불구하고 관념으로 존재하는 의욕과 현실의 흐름을 결합시켜 인식과 행위의 방향을 구축해나가는 한편, 그 반대 방향에서 서인식이 그와 같은 구축 과정 전체를 회의하고 해체하는 탈구축의 의식을 드러내고 있다는 사실에 주목할 필요가 있다.

---

15 서인식, 「시류교착의 양면 - 문화시평(상)」, 『조선일보』, 1940. 2. 8.

서인식은 다른 글에서 그와 같은 두 방향의 대립을 '짓테(Sitte)'와 '게뮤트(Gemüt)'의 분열과 상극으로 설명하면서, 그것을 당대의 문학 현상에 적용하고 있다.

우리는 현대문학에서 사회생활에의 적응성을 잃은 편굴(偏屈)한 개성 또는 개성을 잃어버린 기계인간 등의 가지가지의 불구한 인간상을 찾을 수 있다. 짓테와 게뮤트가 상극하는 생활 속에서는 다면적인 행위의 제 계열을 통일적으로 지배하는 완미한 인간성의 형성이 곤란하지 않을 수 없다. 뿐만 아니라 이러한 시대 이러한 생활 속에 사는 인간들의 심리 특히 작가의 심리는 더 나아가 완성된 것보다도 미완한 것, 균형잡힌 것보다도 불균형한 것, 안정감을 가진 것보다도 안정성을 잃은 것, 정지보다도 운동, 절제보다도 경도(傾倒), 건강보다도 불건강한 것, 원만보다도 편굴(偏屈)한 것, 전아(典雅)보다도 조폭(粗暴)한 것 등 ― 한말로 말하면 아폴로적인 것보다도 디오니소스적인 것, 고전적인 것보다도 현대적인 것에 많은 흥미와 집착을 갖고 있다. 현대인이 희랍미술에서 볼 수 있는 안정과 윤곽, 조화와 정지를 특징으로 하는 수학적 형식적 미보다도 불안정과 불균형, 운동과 경도(傾倒)를 특징으로 하는 역학적 내용적 미에 보다 많이 끌리는 것도 이 때문이 아닐까?[16]

---

16 서인식, 「문학과 윤리」, 『인문평론』, 1940. 10, 17~18면.

소설 속의 불구의 인간상에 대한 관심 역시 현실 속에 의식의 거처를 마련하지 못한 '부재의식'의 발현으로 서인식은 설명하고 있다. 서희원은 변증법적 논리에 충실했던 서인식이 "최명익과 이상의 작품에 표현된 비변증법적 양상에 공감을 느꼈다는 것은 대단히 아이러니컬하지 않을 수 없다"[17]는 반응을 보인 바 있는데, 서인식 비평에서는 구축의 논리와는 반대 방향으로 작용하는 힘에 대한 사유가 어느 시점 이후 점증하고 있었다.

비평적 담론의 영역을 벗어나게 되면 오히려 그와 같은 탈구축의 의식이 전면적으로 드러나는 양상을 확인할 수 있다. 「애수의 미 퇴폐의 미」(『인문평론』, 1940.1), 「사색일기」(『인문평론』, 1940.6), 「향수의 사회학」(『조광』, 1940.11) 등의 에세이를 그런 관점에서 살펴볼 수 있다.

우리의 인생의 첫날을 준비하여주던 그 정신의 세계가 무너지고 그와 인연이 먼 별개의 정신적 풍속이 우리의 생활의 후사에 투입하는 경우에는 이미 무너진 정신의 세계는 우리의 정신사적 생애에 있어서 일종의 상실된 고향의 풍격을 갖추고 그것을 회상할 때마다 일종의 향수를 자아내게 될 것이다. 이 땅의 지식층만 두고 보더라도 그들의 육체만은 틀림은 없이 이 땅의 자연 속에서 컸으나 정신은 구라파적 계보에 속하는 학문과 예술의 성과 위에서 일련의 특이한 정신적 세계들을 편력하

---

17 서희원, 앞의 글, 276면.

면서 성장하였다. 이리하여 그들의 육체의 요람과 정신의 그것은 처음부터 그 계보를 달리한 만큼 그들의 정신은 탄생되던 첫날부터 그 체질이 이 땅 고유의 정신적 풍토와 완벽한 조화를 이루기 어려웠던 것이다. 근일에 와서는 그 영리(永離)가 더욱 심한 바 있어서 이 땅의 정신적 환경은 이질의 정신이 안주하기에는 지나치게 거칠고 좁게 되었다.[18]

이 시점에 이르면 이전 논의 구도에서 변증법적 결합의 대상이었던 보편주의의 가치와 당대의 현실은 더 이상 화해하여 하나로 묶일 수 없는 단절적인 것으로 간주되고 있다. 그런데 서인식은 이 지점에서 한 발 더 나아가 현실에 적응할 수 없는 '이심적(離心的)'인 의식의 기원을 더 근본적인 차원에서 구하고 있어 인상적이다.

인류가 자고로 '에덴'이니 '이데아의 세계'니 하는 어떤 종류의 원시고향이든 상정 않고는 마지않는 것은 인간이 그 존재에 있어서 이향적 생존인 탓이려니와 그러한 원시고향을 노래한 종교시, 사상시라는 것도 인간이 지니고 있는 이러한 오리지날하고 영원한 향수의 발로이다. 다시 말하면 인간은 자고로 모든 향수의 단초이며 근원인 일종의 원시적 향수성을 갖고 있는 것이다.[19]

---

18 서인식, 「향수의 사회학」, 『조광』, 1940.11, 186면.
19 위의 글, 187~188면.

구체적으로 규명되고 있지는 않지만 그럼에도 서인식은 '원시고향'을 상정하고 그에 대한 인류학적 차원의 향수에 대한 의식을 드러내고 있다. 현실에 대한 회의가 점증하면서 그것은 보다 근원적인 차원으로 깊어지는 양상을 드러내고 있고, 그 이후의 서인식의 행적으로 보건대 그와 같은 근본적인 회의는 그로 하여금 더 이상 비평이라는 형식 속에서 구축적인 행위를 수행할 수 없게 만드는 원인이 되었던 듯하다.

4. 서인식 비평에서 탈구축적 계기가 갖는 의미

다케우치 요시미는 태평양 전쟁을 전후로 하여 일본 지식인들이 보인 태도를 설명하면서 다음과 같이 기술하고 있다.

다카스기 이치로의 회상을 두고 어느 젊은 비평가는 "이 체험은 압도적 위기가 도래하자 지식인조차 자진해 '성전'이나 '팔굉일우' 혹은 '대동아공영권' 같은 신화적 상징 속으로 뛰어들었다는 사실을 보여준다"(에토 준, 「신화의 극복」)고 해석했다. 다카스기와 동시대를 살아 비슷한 실감을 경험한 내가 보기에 그 해석이 틀리지는 않았지만 흡족하지도 않다. "자진해" "신화적 상징 속으로 뛰어들" 작정은 아니었을 것이다.

그보다는 주관적으로야 줄곧 신화를 거부하고 혐오했겠지만 결국 이중 삼중으로 굴절된 형태로 신화 속으로 말려들었다고 보는 편이 대다수 지식인의 경우에 들어맞지 않나 싶다.[20]

현실에 대한 비판적 의식을 보유하는 것은 단순히 생각하는 것에 그치는 관성에 의거하는 것이 아니라 어떤 정신적인 에너지의 지속적인 소모를 조건으로 하는 일이다. 그 의미를 지속적으로 갱신하지 않을 경우 그 비판은 동력을 상실해버리고 만다. 그 갱신 작업이 원활하게 이루어지지 않을 경우 이미 선언된 비판은 주체에게 일종의 억압으로 작용하는 면이 있다. 태평양 전쟁 발발 당시 일본의 비판적 지식인들이 놓여 있던 심리적 상황 역시 그러한 맥락에서 짐작해볼 수 있다. 전쟁에 반대해왔지만 그것이 이미 현실화되어 돌이킬 수 없는 사태로 전개되고 더구나 전황 초기에 영국의 전함이 격침되는 등의 사건은 그 지식인들에게 그와 같은 억압으로부터 벗어날 수 있는 해방의 계기를 제공했다고 볼 수 있다는 것이 다케우치 요시미의 설명이다.

구축의 과정에 투여했던 에너지를 회수하여 그 반대 방향에 투여하는 일의 의미를 이 지점에서 발견해볼 수 있지 않을까. 그와 같은 의미에서 서인식에게 어느 시점 이후 나타나기 시작한 탈구축의 의식

---

20 다케우치 요시미, 「근대의 초극」(1959), 『고뇌하는 일본 – 다케우치 요시미 선집 1』, 휴머 니스트, 2011, 135~136면.

은 그로 하여금 신화 속으로 말려들어가지 않을 수 있는 근거를 제공했다고 할 수 있을 것이다. 그와 같은 서인식의 태도는 아감벤이 바틀비를 참조하면서 언급했던 "무엇이지 않을 수도 있는 역량 그 자체를 통해 현실성과의 관계를 유지하는 잠재성"[21]의 맥락에서 다시 음미해 볼 수 있는 여지가 있다고 여겨진다.

전쟁이 끝나고 식민지로부터 해방되면서 대부분의 조선의 전향지식인들은 다시 현실 정치의 일선에 복귀한다. 하지만 서인식의 경우 다시 모습을 드러내지 않았고, 결국 흔적도 없이 사라져버렸다. 서인식이 보여준 그러한 예외적 행위의 기원을 우리는 그의 비평에 징후적으로 나타났던 탈구축적 의식에서 사후적으로 확인해볼 수 있다.

---

21 조르조 아감벤, 박진우 역,『호모 사케르』, 새물결, 2008, 113면.

'동양'에 대한 조선과 일본의 담론

교토학파의 논의에 대한 서인식의 수용과 비판을 중심으로

1.

1930년대 중반 무렵부터 일본과 그 식민지 조선의 문학 담론에서 하나의 큰 변화가 일어난다. 서인식은 그것을 문화의 '계급성'으로부터 '민족성'으로의 전환으로 설명했다.[1] 그 전환은 '시간'으로부터 '공간'으로, '역사'로부터 '장소'로, '단계'로부터 '유형'으로 등의 그 하위 개념들의 전환을 내포하고 있는데, 당시의 사상 공간에서 이러한 일련의 전환은 니시다 기타로[西田幾多郞]를 비롯한 이른바 교토학파의 논객들에 의해 주도적으로 이루어진 바 있다. 니시다 기타로는 서구의 유(有)의 사상을 비판하면서 동양적 무(無)의 사상을 철학적으로 정초했고, 고야마 이와오[高山岩男]는 서구 중심의 세계사를 비판하면서 동양을 새로운 주체로 설정하는 이른바 '세계사의 철학'이라는 다원주의적 관점을 제시했다. 미키 기요시[三木淸]의 '동아협동체론'이

---

1 서인식, 「민족성과 문화 ─ 문화의 유형과 단계(1)」, 『조선일보』, 1939.6.18.

라는 정치적 모델 역시 그와 같은 철학적 관점을 배경으로 삼고 있는 것이었다. 이러한 일련의 사상적 흐름의 영향은 당시 식민지 조선의 지식인들에게까지 미치고 있었는데, 그 가운데에서도 그들 논의에 가장 민감하게, 그리고 본격적으로 반응한 인물이 서인식이다.

서인식의 그와 같은 적극적인 반응은 그를 교토학파의 이론적 취지에 공감한 지식인으로 판단하는 데 빌미를 제공했는가 하면, 전혀 반대로 단순한 소개의 차원을 넘어서는 반응으로부터는 교토학파의 담론에 대한 비판의 가능성이 해석의 형태로 도출되기도 했다. 이러한 상반된 양면은 교토학파의 영향이 서인식 논의의 어느 지대에까지, 어떤 방식으로 드리워져 있는지 명확하게 가늠할 수 없기 때문에 발생한 것으로 볼 수 있다. 우선 교토학파의 논의를 소개하는 것과 그에 대한 비판적 반응은 명확하게 구분될 필요가 있다. 교토학파에게서 낯익은 개념과 논의들이 보인다고 해서 그것이 바로 영향과 수용을 의미하는 것은 아니기 때문이다. 한편 서인식의 논의에서 포스트모던적인 해석의 계기가 있다고 하더라도 그것이 교토학파 논의의 영향에서 기인한 것이라면 온전히 서인식에게로 귀속시키기 어려울 것이다. 결국 서인식 논의의 성격은 그것이 대상으로 삼고 있는 교토학파 철학자들의 논의와의 비교 검토를 통해서만 분명하게 드러날 수 있다. 이 과제는 전반적이고 체계적인 비교를 요구하는 것이지만, 여기에서는 서인식의 후기 비평 가운데 동양 문화에 대한 대표적인 두 편의 평문을 교토학파와의 비교적 관점에서 검토함으로써 우선 그 작업의 단초로 삼고자 한다.

2.

첫 번째 텍스트는 「현대의 세계사적 의의」(『조선일보』, 1939.4.4~14)
이다. 이 글은 서인식이 미키 기요시 등 당시 일본에서의 혁신 좌파의
동아협동체 이데올로기의 직접적인 영향을 받았다는 근거로서 해석
되고 있는 듯하다. 물론 그렇게 이해할 수 있는 개념상, 내용상의 유사
성이 발견되고 있는 것은 사실이지만, 미키 기요시의 동아협동체론의
주장을 서인식이 전적으로 동감하고 있다고 보기는 어렵다고 생각한
다. 대표적인 한 대목을 사례로 들어 비교해보고자 한다.

① 자본주의 문제의 해결은 현재 세계의 모든 나라에서 가장 중요한
과제이다. 그렇기 때문에 지나사변(중일전쟁)의 의의는 시간적으로 말
하면 자본주의 문제의 해결에 있다고 해야 한다. 그리하여 시간적으로
는 자본주의 문제의 해결, 공간적으로는 동아 통일의 실현, 이것이 이번
사변이 가져 마땅한 세계사적 의의이다. 그리고 이 공간적 문제와 시간
적 문제는 상호 관련되어 있다. 자본주의 문제를 해결하지 않고서는 진
정한 동아시아의 통일은 실현되지 않는 것이다.[2]

---

2   三木清, 「新日本の思想原理」(昭和研究會, 1939.1), 『三木清全集』, 第十七卷, 岩波書店, 1968,
510면.

② 그러나 주제가 일정한 민족의 역사적 과제를 논함에 있는 이상 문제는 세계사의 공간적 외연을 확충하는 데보다도 도리어 시간적 내용을 혁신하는 데 있어야 할 것이다.

역사의 공간적 외연의 확충은 시간적 내용의 혁신을 수반하는 한에서만 역사적 의의를 획득할 수 있기 때문이다. 그러면 세계사적 '현대'의 시간적 내용이란 무엇인가? 그것은 논자가 지적하듯이 단순한 구라파의 원리로서의 구라파주의가 아니고 동시에 세계의 원리로서의 캐피탈리즘이었다.[3]

①은 미키 기요시의 글에서, ②는 서인식의 글에서 인용한 것이다. 유사한 구도라고 할 수 있지만, 자세히 들여다보면 강조점이 다르다는 것을 확인할 수 있다. 미키의 주장에서도 '자본주의의 해결'이 강조되고 있지만 그럼에도 문맥상 더 중요한 축은 '진정한 동아시아의 통일'이다. 반면 서인식의 경우에는 '역사의 공간적 외연의 확충'의 경향을 주된 논의의 대상으로 삼고 있음에도, 궁극적인 귀결점은 '시간적 내용의 혁신', 곧 '캐피탈리즘'의 문제로 향하고 있다. 미키에게 자본주의는 서구의 근대라는 역사의 한 국면을 의미하는 다소 추상적인 개념으로 설정되고 있는 것에 반해, (그에게는 공산주의 역시 극복해야 할 근대주의의 한 양상으로 간주되고 있다) 서인식의 경우 자본주의는 "오늘날 세

---

3 서인식, 「구라파주의의 파탄―현대의 세계사적 의의(2)」, 『조선일보』, 1939.4.8.

계사적 현재에 내포된 제다(諸多)의 가능원리 가운데서 내일의 계제(階梯)원리로 등장할 자는 현대생산의 모순을 해결할 수 있는 성층이 되지 않을 수 없다. 이 의미에 있어서 우리는 역사의 합리적 필연성을 말할 수 있다"[4]고 이야기하는 대목에서 보듯 역사적 발전의 합법칙성 속에서의 생산양식을 의미하는 훨씬 구체적인 개념이다. 그렇기 때문에 이때의 자본주의는 '단순한 구라파의 원리로서의 구라파주의가 아니고 동시에 세계의 원리로서의 캐피탈리즘'이라고 새삼스럽게 강조될 필요가 있었던 것이다. 미키 기요시의 동아협동체론에서의 주장은 대단히 유연하지만 한눈에 보아도 원칙적인 이상론이라는 사실이 드러나는데, 서인식 역시 그러한 주장을 액면 그대로 받아들이고 있지는 않았던 것 같다. 서인식의 글에는 동아협동이론에 대한 다음과 같은 회의적인 시각도 직접적으로 드러나 있다.

많은 논객들이 말하는 것과 같은 서양의 제국주의에 대립하는 의미에 있어서의 동양의 전통적인 왕도이즘이나 서양의 개인주의에 대립하는 의미에 있어서의 동양의 전통적인 가족주의가 그대로 세계사의 원리가 못 되리라는 것은 오늘날도 대개가 시인하는 듯하나 오늘날 제창하는 사상적 원리로서의 동아협동이론(東亞協同理論)도 그것은 단순한 동양적 뮤토스로서 논의되는 한 전자와 다를 것이 없으며 또는 설사 세계적 뮤

---

4 서인식, 「시대를 이끌 신원리─현대의 세계사적 의의(5)」, 『조선일보』, 1939.4.12.

토스로서 논의된다 하더라도 그가 캐피탈리즘의 문제와 근본적 연관을 갖고 제기되지 않는 한 그야말로 단순한 뮤토스에만 그치고 말 것이다.[5]

서인식은 전통적인 동양주의뿐만 아니라 새로운 세계사의 원리로서 제시되고 있는 동아협동체론 역시 일종의 신화적 성격을 가진 것으로 분석하면서, 그것을 인식하는 태도와 관련하여 "현대 일본이 과연 세계사의 주체가 될 용의를 가졌는가? 만일 세계사의 기본적 방향계수(方向係數)와 현대 일본의 정치적 동향과의 간(間)에 막대한 편차가 생긴다면 모든 것이 공론(空論)이다. 오늘날 지식계급이 현실사태에 대하여 회의하는 것도 이 때문이 아닐까?"[6]라는 의견을 제시하고 있다. 이 글에서, 특히 일본과 연관된 대목에서 이런 내포가 모호한, 불투명한 암호와도 같은 수사가 자주 동원되는 현상은 일본을 주체로 하여 주장되는 동양주의에 대한 비판적 의도를 우회적으로 보여주는, 일종의 의식적인 '동상이몽'을 드러내기 위한 장치 혹은 전략일지도 모른다.[7] 이렇게 보면 개념과 내용상의 표면적 유사성만으로 서인식

---

5 서인식, 「동양주의의 반성-현대의 세계사적 의의(3)」, 『조선일보』, 1939.4.9.
6 서인식, 「현대의 과제(其2)-전형기 문화의 제상」, 『역사와 문화』, 학예사, 1939, 215면. 이 글이 발표될 당시(「선발민족의 자격-현대의 세계사적 의의(4)」, 『조선일보』, 1939.4.11) 에는 "만일 세계사의 기본적 방향계수(方向係數)와 현대 일본의 정치적 동향과의 간(間)에 막대한 편차가 생긴다면 모든 것이 공론(空論)이다" 부분이 빠져 있다.
7 당대의 시류적 담론에 대한 서인식의 비판 방식은 대체로 이런 차원을 크게 벗어나지 않는다. 따라서 그의 논의를 두고 "당대의 파시즘 철학이 부각시키는 민족주의, 국가주의, 영웅주의에 논리적으로 대항하면서 자본주의의 세계사적 문제와 그 해결을 모색하기 위

을 동아협동체론자로 이해하는 시각은 재고될 필요가 있다.

　두 번째 텍스트는 「동양문화의 이념과 형태─그 특수성과 일반성」(『동아일보』, 1940.1.3~12)이다. 이 글은 세 부분으로 나눠져 있는데, 동양문화라는 범주의 성립 근거에 대한 회의적 시선을 서두로 삼고 있으며, 두 번째 부분에서 니시다 기타로와 고야마 이와오의 동양론에 대한 소개가 이어지고 있고, 동서양문화의 대립적 성격에 대한 서인식 자신의 논의와 동양론 전반에 대한 그의 비판적 의견 개진이 마지막 세 번째 부분을 이루고 있다. 여기에서 서인식은 다른 글에서와는 다르게 그가 참고한 글의 출전을 직접적으로 드러내고 있어 그것을 비교의 준거로 삼아볼 수 있다.

　우선 그는 니시다 기타로의 「형이상학적 입장에서 본 동서고대의 문화상태」라는 글을 참조했다고 적었는데, 그 정확한 제목은 「형이상학적 입장에서 본 동서 고대의 문화형태」로 『文學』 1934년 9월호에 처음 발표되었으며, 이후 『日本文化の問題』(1940)를 거쳐 후기의 동양 중심으로 역사철학으로 발전하는 단초를 이루는 글이다. 니시다의 글에 이어 그가 참조하면서 소개하고 있는 글은 고야마 이와오의 「무의 철학과 배후의 생명」이라고 제시되어 있는데, 이 글의 정확한 제목은 「인간 배후의 생명과 무의 철학」으로 『思想』 1934년 5월호에

　한 공정한 방법을 묻는다"(조관자, 「세계사의 가능성과 '나의 운명」, 『일본연구』 9, 2008, 46면)고 적극적으로 해석하는 입장은 이 글에서의 해석 방향과 차이가 있다.

처음 발표되었다. 이 부분에서 서인식은 설명이나 분석을 거의 덧붙이지 않고 인용을 위주로 내용을 정리하여 니시다와 고야마의 논의를 간략하게 소개하는 형식을 취하고 있다. 원문과 서인식의 분석 내용을 비교해 보면, 서인식은 니시다와 고야마의 글에서 다뤄지고 있는 일본 정신에 대한 부분은 전혀 언급하고 있지 않고, 다만 서양문화와 동양문화의 대립에 관한 논의에만 초점을 맞추고 있다. 그리고 니시다와 고야마의 논의를 소개하는 내용에 뒤이어, 서양과 동양 문화의 대립적 성격에 대한 그 나름의 입론을 덧붙이고 있는데, 그 입론이 비록 니시다와 고야마의 논의로부터 크게 벗어나는 것은 아니라고 하더라도 그와 같은 구체화의 시도는 그 직전에 씌어진 「문화의 유형과 단계」(『조선일보』, 1939.6.16~22)가 거의 대부분 고야마 이와오의 논지로 채워져 있던 것과는 달라진 면모를 보여준다. 이 글의 결말에서 서인식이 서양과 동양 문화를 대비시키는 문화유형론의 허구성에 대해 비판적 의견을 개진할 수 있었던 것도 바로 그와 같은 차이와 연관이 있어 보인다.

　동양문화의 일면에 인간성을 부정하고 인식을 배제하는 특수성이 있는 것은 사실이다. 그러나 그것을 말 그대로 동양문화의 특수성에 지나지 못할 것이다. 다시 말하면 그것은 서양 문화와 대비하게 되니 자연 그것과 다른 특수한 측면만을 추출하지 않을 수 없는 데서 유래한 것이다. 따라서 특수성 그것이 곧 동양문화가 아니라는 것을 알아야 할 것이다. 동양문화

에 동양적인 특성이 있다면 문화로서의 일반성도 있어야 할 것이다.[8]

　서양과 대비되는 동양의 특수성만을 강조하는 태도는 또 하나의 오리엔탈리즘으로 비판될 여지가 있는데, 위의 인용에 나타나는 서인식의 시각 역시 그와 같은 문제점을 적시하고 있다. 그것은 서양의 일부 국가와 협력하면서, 또 서양의 다른 일부 국가와 대립하고 있는 일본 자신이 이미 근대의 일부라는 사실을 은폐하는 이데올로기에 지나지 않는다. 서인식이 반복해서 근대의 보편성을 강조하는 대목에서 그에 대한 비판적인 인식이 자각적으로 작동하고 있음을 암시받을 수 있다. 이렇게 볼 때 서인식은 교토학파의 논의를 통해 당대 문화와 사상의 동향을 파악, 소개하는 역할을 맡고 있었지만, 그에 대한 비판적인 태도는 시종 유지하고 있었다고 할 수 있을 듯하다.

8　서인식, 「동양 문화의 이념과 형태―그 특수성과 일반성」, 『동아일보』, 1940.1.12. 이처럼 앞에서는 서양과 동양 문화의 대립적 성격에 대해 논의하다가 마지막에 가서는 그 논의를 무화시켜버리는 방식으로 결론을 맺고 있는 것은 어떤 관점에서 보면 이상하게 여겨질지도 모르겠지만, 사실 서인식은 다른 많은 글에서도 이러한 구도를 보여주고 있다. 이 역시 앞서 살핀, 내포가 모호한 수사와 더불어 서인식 글쓰기의 전략이라고 할 수 있을 듯하다.

3.

교토학파에 대한 서인식의 태도 혹은 입장을 단적으로 보여주는 사례를 한 가지 더 살펴보고자 한다. 「역사에 있어서의 행동과 관상 ─ 역사와 영웅을 말함」(『동아일보』, 1939.4.23~5.4)을 그런 맥락에서 살펴볼 수 있다.

헤겔의 사관은 이성사관, 관상사관이외다. 일반자의 사관, 유(有)의 사관이외다. 이미 만들어진 존재로서의 역사를 문제하고 역사의 현재와 미래를 문제하지 않았습니다. 헤겔의 사관이 이러한 것이었던 만큼 그에 의하여 행위의 문제, 운명의 문제가 정당히 파악되었는가는 의문이외다. 이성의 편조(遍照)된 운명과 행위를 엄밀한 의미에 있어서 운명이나 행위라고 부를지 의문이외다. 행위가 주체적 실천이고 객관적 존재가 아닌 것 같이 운명은 주체적 의식이 아니고 객관적 상념이 아니외다. 오늘날 많은 사람들이 헤겔의 일반자의 철학보다도 실존철학이나 니시다(西田)의 개체자의 철학에 깊은 흥미를 느끼는 일반(一半)의 이유도 이러한 곳에 있는 줄 압니다.[9]

위에서 보는 것처럼 이 글은 헤겔과 니시다를 대립시키는 구도를

---

9 서인식, 「역사에 있어서의 행동과 관상 ─ 역사와 영웅을 말함」, 『동아일보』, 1939.4.28.

취하고 있다. 이 글의 전반부에서 헤겔 철학의 관상적 태도가 니시다를 비롯한 교토 학파의 행위적 직관에 의해 대체되고 있는 사상적 상황을 받아들이는 듯이 논의를 전개하던 서인식은, 중반 이후 논점을 점차 이동시켜 결국 두 대립되는 관점을 절충하는 방향으로 귀결시켜 나가고 있다. 이런 구도는 서인식이 사유하고 발화하는 지점을 명확히 보여주고 있다. 가령 이 글에서 운명에 대해 서인식이 논의하는 방식을 보면 이렇다. 헤겔이 운명을 필연과 자유의 결합으로 보면서도 필연에 중점을 두고 있다면, 미키 기요시는 외적 운명과 내적 운명을 구분하여 양자의 균형을 유지하면서도 주체적 측면인 내적 운명을 강조하고 있다. 이 대립 구도 위에서 논의를 이끌어나가면서 서인식은 그 둘을 절충하는 지점에서 자신의 운명에 대한 태도를 마련한다.[10] 그는 헤겔, 맑스로부터 연원한 근대적 사유의 원리와 교토 학파로 대표되는 당대의 사상 담론의 흐름 사이에 자신을 위치시키고 있는 것이다. 이러한 선택은 발화의 지정학적 위치 때문에 발생하는 것이기

10 서인식이 교토학파로부터 받은 영향은 그 내용의 차원에서뿐만 아니라 논리 형식의 차원에서도 검토될 필요가 있다고 생각된다. 사상적 원칙과 현실적 상황을 절충하는 태도는 교토학파 논자들의 논의에서 발견되는 특징이면서도 동시에 한계이자 문제점이라고 할 수 있는데, 서인식의 경우에는 그와 같은 논의 전체를 현실적 상황으로 삼고 그것과 자신이 견지해온 철학적 원리를 절충하고 있다. 어떤 의미에서는 내용의 문제보다도 이런 논리의 방식이 서인식이 벗어나지 못한 교토학파 영향의 그림자를 보여주고 있는 것은 아닐까. 그런 관점에서 바라본다면, 사상의 내용에서는 서로 대립하는 듯한 모양을 취하고 있는 헤겔과 니시다 기타로, 그리고 니시다 기타로와 서인식이 사실 결과로서 제시된 입장을 제외한 나머지 대부분을 공유하고 있는 것인지도 모른다.

도 하지만, 다만 그러한 수동적인 산물만은 아닌 것으로 보인다. 이러한 선택이 이루어지는 과정에서 어떤 문제들이 작동하고 있었는지 살펴볼 필요가 있지만, 그것은 다음의 과제로 미룬다.

임화와 '임화'

해방 직후 임화의 비평과 민족문학론

임규찬

1. 역사의 희롱, 역사의 본질

해방 직후의 임화를 생각하다, 현재까지 간행된 『임화문학예술전집』(임화문학예술전집편찬위원회 편, 소명출판, 2009) 다섯 권 속에 담긴 해방 직후의 '임화'를 바라보았다. 평론만을 놓고 보았을 때 임화는 1926년 「정신분석학을 기초로 한 계급문학의 비판」으로 시작하여 1947년 「북조선의 민주건설과 문화예술의 위대한 발전」에서 멈춰 섰다. 시를 보니 1924년 「연주대」에서 시작하여 1952년 「40년-김일성 장군 탄생 40년에 제하여」로 끝나 있다. 일제강점기 때와 해방 직후 시기의 편수를 비교해 보면 문학사 관련 글이나 산문을 빼고도 평론이 124편 대 12편, 시가 88편 대 37편이었다.

이런 수치로만 본다면 해방 직후 임화는 시인으로서 활동을 훨씬 더 많이 한 듯하다. 그러나 그렇게 생각할 논자는 아무도 없을 것이다. 오히려 평론 편수가 그렇게나 적은가 갸우뚱하지 않을 수 없다. 얼마 안 되는 편수 가운데도 정치평론 「민주주의 민족전선」과 소품에 가까운 「비평의 재건」을 빼면 더욱 초라하다. 일제강점기 때부터 해방 직후 시기까지 가장 가까운 평생 동지로 함께 해온 소설가 김남천의 비평작업과 비교해 봐도 임화의 비평작업은 매우 빈약하다.[1]

1939년, 1940년만 해도 한 해 스무 편 남짓 평론을 정력적으로 발표한 임화였는데,[2] 더욱 정열적이었을 해방 이후 임화의 어떤 영혼이 평필 대신 다른 삶의 시간을 살게 했을까. 더구나 그의 마지막 평론이나 시가 환기하는 '북조선', '김일성'에 대한 '찬양'이 그의 '사형' 위에 겹쳐지면서 그가 1939년에 쓴 글 한 편이 해방 후의 임화를 되비추는

---

[1] 정호웅·손정수 편, 『김남천 전집』(박이정, 2000)에 수록된 평론을 셈해 보니 '식민지 시기 83편, 해방 직후 25편'이다.

[2] "가장 활동이 활발했던 1936년~1941년의 만 6년 동안, 그는 현재까지 조사된 바로도 110편 가량의 평론, 20편이 넘는 단평과 서평, 70편이 넘는 수필 및 잡문, 20편 이상의 시를 발표했으며, 두툼한 책 한 권 분량의 「개설 신문학사」를 썼고, 또 그 사이에 시집 『현해탄』과 평론집 『문학의 논리』를 발간했으며, 그 외 출판사(학예사)를 경영하면서 『원본 춘향전』, 『현대조선시인선집』과 『조선민요선』을 직접 편찬했고 그 외 20여 권의 책을 기획 출판했다."(신두원, 「변증법적 사유와 실천의 한 절정─1940년을 전후한 시기의 임화」, 『민족문학사연구』 38, 2008, 23면).

거울로 다가온다. "예기(豫期)하지 않은 돌발사건, 대인물(大人物)의 출현, 자명하리라던 역사과정의 격한 변화 등등 사유하는 사람으로 하여금 정신을 어지러이 만드는 제(諸) 현상이 그것이다"라면서 말했던 '역사의 희롱'이 그것이다.

본시 정치의 모험이라는 것은 경제상의 투기와 근사(近似)한 점이 있으나, 정치는 언제나 용기와 결단을 필요로 한다. 용기와 결단! 이 두 요소가 모험의 두 개 구성요소이고 행위의 전(全) 성격임을 생각할 때, 우리는 투기와 모험을 절연(截然)히 구별치 아니할 수 없다. 투기는 가능성이 문제가 아니고 요행이 문제다. 모험은 가능성을 최단기한에 단숨에 실현해 보자는 심리에 더 많이 관계되어 있다.

행위는 따라서 언제나 적절한 모험에 의하여 찬연한 성과와 광영(光榮)을 가져온다. 이러한 모험심리는 언제나 행위하는 인간의 필수물이다.

(…중략…) 또한 인간의 행위, 더구나 역사적인 행위라는 것은 정치에 있어서 최고조에 달하기 때문이다. 정치는 또한 전쟁에 있어 열광적인 정점에 달한다. 여기에선 일 개인, 일 국민, 민족, 국가, 혹은 세계의 생과 사와 흥망의 운명이 실로 글자대로 일조(一朝)와 일석(一夕)에 결정된다는 것은 행위적인 세계의 최대의 매력이 아닐 수 없다. 이기느냐? 지느냐? 흥하느냐? 망하느냐? 힘의 가장 티피컬한 성격의 표현이 전쟁이 아닐 수 없다.[3]

이 대목에 이르면 한국전쟁 중 '너 어느 곳에 있느냐'고 딸을 찾는 '머리가 절반 흰' 아비 임화까지 떠오른다. 물론 1939년의 임화가 이 글에서 말하고자 한 것은 이게 다가 아니다. 그는 역사의 현상을 넘어 본질을 탐구하는 역사철학적 관점을 말하고 싶어서였다.

이러한 노력은 역사상에 일어나는 잡다한 현상을 계통적으로 이해하려는 욕망의 표현이며, 동시에 각 사건의 의의, 의미와 의미와의 사이의 연관, 최후로는 그것들이 유래하는 궁극인(窮極因)을 발견하려는 데 있었다. 무엇이 행위되는 일체의 것을 가능케 하느냐? 이 욕망은 뒤집어 보면 자기들의 행위가 어떻게 해야 역사적인 합리성의 표현일 수 있느냐 하는 깊다란 실천적 근거와 연락(連絡)되어 있는 것이다.[4]

임화에게 가는 길도 임화 스스로가 말한 역사의 '희롱'을 넘어서는 역사의 '본질'을 찾아나서는 길이어야 할 것이다. 임화 자신은 그 나름의 인과관계나 필연성에 따라 자신의 인생을 펼쳐왔다고 생각했을지 모르지만, 사실 오늘의 시간 속에서 그를 보았을 때 그가 펼쳐놓은 삶의 책장을 우리는 쉽게 넘길 수 없다.

---

3   임화, 「역사 · 문화 · 문학―혹은 시대성이란 것에의 일(一) 각서」(『동아일보』, 1939.2.1
    8~3.1), 임화문학예술전집 편찬위원회 편, 『임화문학예술전집』 3, 소명출판, 2009, 582
    면(이하 임화 글은 『전집』으로 약함).
4   위의 글, 583면.

2. 임화로 '임화' 보기 혹은 또다른 내부자의 '시선'

임화로 '임화' 보기, 정확히 말하면 1930년대 중후반의 임화로 해방 직후의 '임화'를 살펴보고자 하는 게 본고의 출발점이다. 이것은 필자가 임화에 관해 앞서 쓴 글에서 과제처럼 남겨둔 말이기도 하다.

사실 한때 해방 직후를 가지고 역으로 1930년대를 탐색하려는 시선이 있었다. 민족문학을 탐색하는 현미경적 노력도 그 일환이다. 그러나 30년대 중후반에 임화가 그토록 비판했던 '정치주의의 악령'을 생각하면 30년대 중후반에 만날 수 있는 풍성한 임화의 눈으로 해방 직후의 변화상과 동요하는 양상을 들여다보는 일도 흥미로우면서도 비판적인 접근 방법이 될 것이다.[5]

물론 임화가 30년대 중후반에 보여주었던 일련의 작업들을 모조리 상찬해서가 아니다. 이 시기 임화의 활동상을 일목요연하게 정리하기란 쉽지 않다. 그럼에도 그의 숱한 글에서 보여지는 치열한 모색의 편린들은 그 이후 어떤 평론가에게서도 찾기 힘든 매혹적인 비평의 장관들이다. 그런 만큼 해방 직후 임화가 펼쳐놓은 선명한 직선적 논

---

5 임규찬, 「임화 문학사를 둘러싼 몇 가지 쟁점」, 임화문학연구회 편, 『임화문학연구』, 소명출판, 2009, 125~126면.

리의 세계와 자꾸 대비된다. 무엇보다 해방 직후 임화가 그 선을 직접 30년대 후반과 잇대고 있어서 더욱 그렇다. 좀더 솔직히 말하면 해방 직후 임화가 택한 '문학의 정치화' 속에서 그가 그토록 경계했던 '정치주의의 악령'이 어떻게 나타나는지 찾고 싶어서다. 또한 임화를 시대적 한계로 품는 '역사적 연민'에서 벗어나고도 싶다. 해방 직후의 시대야말로 숱한 죽음을 야기할 만큼 너무나 위험한 '모험'과 '행위'의 시대였다.

　해방 직후라는 역사적 국면은 이처럼 일제치하의 오랜 질곡과 탄압에서 벗어나 모든 것을 새롭게 형성할 수 있으리라는 기대치가 높은 열린 공간으로 출발하였으면서도 사실상 자유와 평화를 누리기 어려웠던 닫힌 공간으로 고착화되는 과정이었다. 미군과 소련군이 해방군에서 점령군으로 바뀌듯 해방에서 남북 분단으로 반전하는 역사 속에서 이루어지는 혼란과 갈등의 연속이었다. 모든 것이 극과 극의 대립으로 귀결되는 이분법의 세계인지라 그 양상은 남과 북이나 좌와 우 등으로 너무나 쉽사리 나눌 수 있지만, 시작과 결말, 지향과 도달점이 완전히 달라진 탓에 가치의 저울추가 늘 흔들릴 수밖에 없었다.[6]

6　임규찬, 「국민국가 수립과 문학적 대응―해방 직후」, 민족문학사연구소 편, 『새 민족문학사강좌』 2, 창작과비평사, 2009, 266~267면.

해방 초기에 부분적으로 보여졌던 다양성이 조화로운 공존을 향하거나 혹은 합치를 통한 통합의 길로 나가기보다는 '분단'이란 말이 환기하듯 극단적인 대결과 배척을 통해 각기 집단화, 단순화되면서 모든 게 정치주의화의 길로 마감하고 만 가장 비극적인 도살장의 시대였다. 임화야말로 그런 길 한 편을 가장 정면으로 걸어 나간 비운의 인물이었다.

그래서 필자의 시선 하나는 이런 집단적 흐름과 또 다른 내부자의 눈이다. 바로 홍명희와 김동석이 그들이다. 임화로 대표되는 문학가동맹과 이들 역시 무관치 않을뿐더러 그러면서도 개개인의 삶 자체가 무시못할 문학적 존재들이다. 임화를 놓고 보면 홍명희는 문단의 대선배로서, 해방 직후 임화가 주도한 문학가동맹의 중앙집행위원장으로 추대된 인물이며, 또 김동석은 해방 직후에 본격적으로 문학활동을 시작, 2권의 주목할 만한 평론집과 1권의 시집을 낸 주목할 신진이다. 그런데 무엇보다 임화를 보는 이들의 시선이 독특했고, 또 임화와 달리 생각하는 몇몇 측면을 글이나 좌담에서 보여준다는 점에서 해방 직후 임화의 글을 함께 따라가는 길동무로 삼고자 한다.

3. 야심찬 문화혁명의 테제 ―「현하의 정세와 문화운동의 당면임무」

해방 직후 임화의 활동에서 누구나가 놀라워하는 첫 번째 일은 그가 주동이 되어 발빠르게 구성해낸 문학 및 문화조직이다. 8월 17일에 결성된 조선문학건설본부(약칭 '문건'), 그리고 그 다음날 결성된 '조선문화건설중앙협의회'(약칭 '문협')가 바로 그것이다. 이 조직이 어떻게 그리 기민하게 조직될 수 있는지는 그 경과에 대한 자세한 자료가 없는 탓에 정확히 파악할 수 없지만, 석달 뒤 임화 자신이 문협이 '8월 15일 직후 혁명적 앙양 가운데서 응급으로 만들어진 조직'[7]이라 말하고 있어 서둘러 만든 조직임은 분명하다.

그런데 조직은 그렇게 빨리 만들어놓고 정작 이에 대한 본격적인 글은 무려 석 달 뒤에 나타난다. 그런 점에서 임화의 첫 글 「현하의 정세와 문화운동의 당면임무」는 여러모로 의미심장하다. 해방 직후 혼란스런 상황을 본인 스스로 어느 정도 추슬렀을 테고, 그에 따라 앞서 행한 일련의 작업들에 대한 평가와 함께 새로운 모색 또한 치열하였을 것이다. 실제로 이 글은 그 이상의 것을 보여준다.

요컨대 문화활동의 기초와 목적을 한가지로 인민에 둘 것, 이것이 현재 우리의 문화통일전선 운동의 기준이요 노선이 되어야 한다.

---

[7]   임화, 「현하의 정세와 문화운동의 당면임무」(『문화전선』, 1945. 11), 『전집』 5, 367면.

문화에 있어서 모든 반인민적인 것과의 투쟁 이것이 또한 문화통일전선의 투쟁목표가 되지 아니하면 아니 된다.

이리해야만 문화통일전선은 명목만이 아니라 실질에 있어 추이(推移)해가는 새 정세와 호흡을 같이할 수 있으며 문화건설중앙협의회의 조직도 거기에 적응하도록 새로운 기초 위에서 재조직되어야 한다.

요컨대 팔월십오일 직후 혁명적 앙양 가운데서 응급으로 만들어진 조직으로서의 결함을 청산해야 한다.[8]

임화는 이 글에서 '문협'을 '응급으로 만들어진 조직'에서 뚜렷한 노선과 목표를 가진 조직으로 재조직할 것을 주장한다. 그런데 뒤이어 기존 조직을 단순하게 재조직하는 차원이 아니라 '새로운 기초 위에서 재조직'하는 '새 조직'을 제안한다. 이후 등장하는 조선문학가동맹과 조선문화단체총연맹을 예고하는 일종의 제안서에 방불하다.

지금까지 이 글은 '조선문학건설본부'와 '조선프롤레타리아문학동맹'(약칭 '프로문맹')의 대립을 염두에 두고 '문건'의 입장을 대표하는 글로 내세워졌다. 그러나 '문건'과 '프로문맹'의 대립 시기는 일제 말 카프 해산 이후 근 10년의 단절 뒤에 갑작스레 열린 공간에서 미처 확고한 이론적 준비 없이 대처함으로써, 조직의 입장이 명확히 조직적 차원에서 통일되어 정리되었다기보다는 몇몇 중심인자에 의해 선도되

8　임화, 앞의 글, 367면.

면서 이론이 즉자적 상태로 표출된 초기적 양상으로 바라보아야 할 것이다. 그런 만큼 그 주도자인 임화 등 일부의 생각은 이 글의 요지와 전연 무관치는 않겠지만, 임화 자신만 하더라도 당시 정세의 흐름과 역사적 판단을 통해 비로소 어느 정도 시간이 흐른 뒤에 하나의 체계화된 글로 만들어냈을 것이다.

이 점은 사실 결성 당시의 선언서와 비교해 보면 그 차이를 한눈에 알 수 있다. 즉 "새로운 우리 정부가 탄생되어 문화예술의 새 정책을 세울 때까지 현 단계의 문화 전체에 관한 통일적 연락과 각 부문 활동의 질서를 지키기 위해서"[9] 결성하였다고 하여 8월 15일 조직된 조선건국준비위원회를 연상시키는 문화계의 발빠른 대응작업이 '문협'이었다. 그런 만큼 김동석의 '무원칙 통일'이라는 비판은 이에 대한 간과할 수 없는 지적이다.

> 그(임화-인용자)가 '문협'의 의장이 되었을 때도 문화계에서는 성원을 아끼지 않았었다. 그럼에도 불구하고 '문협'이 용두사미가 된 것은 원인이 여러 가지 있겠지만 애초에 '한데 뭉치자'는 식의 무원칙 통일이었다는 것이 최대 원인이다. 그러니 8·15의 흥분도 가시고 해서 문화인들도 자기 결정 단계에 이르렀으니 의장인 임화 씨가 뚜렷한 통일안을

---

9 「조선문화건설중앙협의회 건설」(『매일신보』, 1945.8.24), 임화문학연구회 편, 『임화문학연구』 2, 소명출판, 2011, 223면.

내세워 가지고 '문협'을 개조한다면 다시 소생하는 길이 있을 것이다. 조직체란 애초부터 대가리와 팔다리가 있어야 되는 것이 아니오 세포를 형성해야 되는 것이니 적어도 그 자체로서 살고 성장하는 것이라야 한다. '문협'이 처음엔 크고 차차 작아졌다면 그것이 조직이 아니라 명부이었다는 것을 의미하게 된다.[10]

그렇다면 「현하의 정세와 문화운동의 당면임무」에서 우리가 주목할 점은 무엇일까. 먼저 1945년 8월 15일 직후 시기에 임화는 주로 '문학'보다는 '문화'라는 용어를 사용하였다. 「문학의 인민적 기초」외에는 「현하의 정세와 문화운동의 당면임무」, 「문화에 있어 봉건적 잔재와의 투쟁임무」, 「조선문화의 방향」 등 다 '문화'를 다룬 글이다. 김동석은 임화를 '문협의 의장'이라 지칭하면서 '정치의 무대에서 진보적인 역할을 하고 있는 그', '문화정책가'라고 지칭했다. 임화는 혁명적 앙양기라는 상황판단 속에서 일종의 문화정책 이론가 내지 문화운동 조직가로서 발빠르게 정치적 활동에 몰두한 것으로 보인다.

실제로 이 글과 관련해서 가장 많이 지적된 사항 하나가 조선공산당(재건파) 박헌영의 '8월테제'와의 상관성이다.

그가 해방 후 처음 발표한 논문 「현하의 정세와 문화운동의 당면임무」(『문화전선』, 1945.11)는 제목부터가 '8월테제'라고 통칭되는 박헌영

---

10 김동석, 「시와 행동」, 『김동석평론집』, 서음출판사, 1989, 33면.

의 논문 「현 정세와 우리의 임무」(1945.8.20)를 그대로 따온 것이다. 임화는 8월테제가 제시한 정세분석과 현실파악을 충실히 접수하고, 이에 바탕하여 자신의 문학사적 인식을 결합한 민족문학론과 문화운동론을 구성했던 것이다.[11]

말하자면 '남로당의 정치노선(박헌영의 8월테제로 대표되는)'을 그대로 문화상에 직역해낸 것'[12]일지 모른다는 생각이 들 정도로 닮았다는 것이리라. 그런데 '8월테제'와 구체적으로 비교해 보면 내용의 구성이나 강조점 등에서 임화와의 직접적인 연관성은 찾기 힘들다. '부르주아 민주주의 혁명'으로서 규정한 현 혁명단계와, 정세 및 주도세력에 대한 분석 등에서 '8월테제'의 용어와 접근방법을 임화는 그대로 취하고 있지 않다. 가령 '8월테제'엔 '노동자 농민 도시소시민과 인텔리겐차는 조선혁명의 현단계인 부르조아민주주의혁명의 동력'으로 되어 있는 반면, 임화는 '노동자계급을 위시한 농민과 중간층과 진보적 시민'으로 범주화했다. 또한 임화는 코민테른 6회 대회 강령, 이른바 '12월테제'로 알려진 「조선 문제에 대한 코민테른 집행위원회 결의」를 내세우며 부르주아 민주주의혁명을 이야기하고 있다. 문제는 '8월테제' 역시 코민테른의 12월테제에 철저히 근거하고 있다는 것이

---

11 염무웅, 「죽음을 넘어 시대의 어둠을 넘어−오늘을 비추는 거울로서의 임화의 삶과 문학」, 임화문학연구회 편, 『임화문학연구』, 소명출판, 2009, 28면.
12 신두원, 「계급문학, 민족문학, 세계문학−임화의 경우」, 『민족문학사연구』, 민족문학사학회 민족문학사연구소, 2002, 49면.

역사학계의 정설이다.[13]

그렇다면 임화는 '8월테제'의 핵심적 내용을 소화하여 그 나름의 창의성으로 문화방면의 테제를 제안한 것은 아닐까. 민족통일전선과 연계된 문화통일전선의 중요성을 강조하고, 당의 보조단체로서 '문화연맹', '작가동맹' 등에 대한 '8월테제'의 언급을 조직의 새로운 결성으로 제시하는 임화를 주목하자.

실제로 이 글은 해방 후에 임화가 집필한 모든 글의 원천이다. '문화의 해방', '문화의 건설', '문화전선의 통일'의 삼각 표어를 내건 임화의 선도성은 주목할 만하다. '건설'을 꼭짓점으로 하여 '해방', '전선', 즉 청산투쟁과 연대, 분리와 결합을 기획한 그의 구상은 돋보인다. 이런 내용이 이후 문학가동맹의 민족문학론에도 그대로 이어진다는 점에서 임화의 이 시기 주도성 또한 추론할 수 있다. 그의 몇 편 안되는 글들이, 가령 「현하의 정세와 문화운동의 당면임무」와 함께 「조선 민족문학 건설의 기본과제에 관한 일반보고」나 「민족문학의 이념과 문학운동의 사상적 통일을 위하여」 등이 문학가동맹의 기본 방향을 제시한 대표적인 글로 손꼽힌다는 점에서 이 점은 쉽사리 입증된다.

그런데 「현하의 정세와 문화운동의 당면임무」는 사실 치밀하게 논리화된 글이 아니고, 또한 필요한 내용이 풍부하게 서술되어 있지도

---

13 한 예로 서중석은 '민족적 완전독립' 대신 '제국주의 타도'라는 말을 집어넣으면, 문장의 앞뒤만 바뀌었을 뿐 '8월테제'와 거의 똑같다고 지적한다(서중석, 「일제시기 국내 공산주의자들의 혁명노선의 성격」, 한림대 아시아문화연구소, 『아시아문화』 7, 1991. 12, 25면).

않다. 다분히 강령적인 내용이 선언적인 형태로 이것저것 뒤섞여서 제시되어 있는데, 다만 그런 내용이 임화의 이후 글에서 구체화되어 가고 있음을 알 수 있다.

4. 30년대 후반과 악수하는 「문학의 인민적 기초」

가령 문화의 기초를 인민 속에 수립해야 한다는 「현하의 정세와 문화운동의 당면임무」 속의 언급은 곧바로 「문학의 인민적 기초」로 나아간다. 「문학의 인민적 기초」는 문학만을 본격적으로 다룬 해방 직후 최초의 글이면서 문학가동맹의 결성과 연관된 시점에 발표된 글이라 흥미롭다. 우선 반제국주의전선에 기반한 민족통일전선의 핵심적 요소로 '인민'을 일반화하고 있는 점이 눈에 들어온다. 비록 계급간 정도의 차이는 있지만 민족해방론에 근거하여 '민족의 압도적 대다수의 행복'을 이야기하는 인민적 민족문학론의 단초가 여기에 있다. 이와 관련해서 또 하나 주목할 점은 임화가 반제국주의 전선을 통일전선의 주축으로 삼고 있다는 사실이다. 이미 앞선 글에서도 '종래의 반제국주의적인 요소의 통일전선에서 출발'한 것이라 한 바 있는데, 「문학의 인민적 기초」에서는 직접적으로 지나간 30년대 후반에 출발점을 두고 논의를 시작한다. 즉 30년대 후반에 이루어졌던 세태소설과 심리소설로 상징되는 문학정신의 원심운동과 구심운동을 역사적으로 환기하며 문제를 제기한다.

성격론이라든가 모랄론이라든가의 형태로 우리 비평이 이 문제에 관하여 약간 접근했던 일은 있으나 여기에서 근본적인 해결책을 발견하지 못한 채 국민문학운동이 대두하여 일본제국주의에 대한 조선문학의 무조건 항복을 제안하는, 그 이외의 문학운동에 대한 완전한 금압(禁壓)의 철쇄(鐵鎖)를 엮은 채 지난 8월 15일에 이르고 말았다.

당면한 현금(現今) 우리 조선문학의 과제는 당연히 중심을 떠난 이 두 가지 경향, 즉 원심운동과 구심운동의 통일을 어떻게 하면 달성할 수 있느냐 하는 데 있다 아니할 수가 없다.[14]

이처럼 40년대 전반, 이른바 암흑기로 지칭되는 바로 앞선 시간대는 지워버리고, 바로 그 직전인 30년대 후반기에 해방 직후의 시간을 잇는 작업을 임화는 하고 있다. 이 점이 해방 직후 임화가 구사하는 역사화의 방법이다. 그래서 더욱 더 임화의 30년대 고민과 모색이 해방 직후 온전히 이어지고 심화되고 있는지 궁금하다. 이 글에서 가장 문제적인 지점은 다음 대목이다.

14 임화, 「문학의 인민적 기초」(『중앙신문』, 1945.12.8~12.14), 『전집』 5, 374면.

인민에의 길만이 우리 문학 가운데 있는 제(諸)모순을 해결할 단서를 제공한다. 문학에 있어서 객관성과 주관성, 개인과 사회, 개성과 보편성, 심지어는 민족성과 세계성이란 복잡한 모순은 결코 문학 내부에서는 해결되는 것이 아니다. 왜 그러냐 하면 이러한 제(諸)문제는 본시 문학 내부에서 발생한 것이 아니라 그 외부에, 즉 사회조직에 토대 깊이 근원을 두고 있는 것이기 때문이다.[15]

인민을 국민, 민족, 민중 등의 개념과 대비하여 정의하고, 이를 우리 민족의 압도적 대다수의 행복을 위해 인민과 연결시켜 문학의 정치성과 사상성을 연결시킨 논의는 그 자체로 선명하면서도 도발적이다. 그러면서도 30년대 후반 임화가 그토록 천착했던 문학적인 실천 방향, 즉 리얼리즘의 실천을 여기서는 현실의 실천문제로 이월시켜 버린다. 리얼리즘이란 "객관적 인식에서 비롯하여 실천에 있어 자기를 증명하고 다시, 객관적 현실 그것을 개변해가는 주체화의 대규모적 방법을 완성하는 문학적 경향"[16]이라는 데서 알 수 있듯이 '세계관 -생활 실천'과 '예술적 실천-리얼리즘' 사이에 일종의 변증법적 원환운동을 생각했던 것이 30년대 후반의 임화였다.[17] 그런데 문학과 현

---

15 임화, 앞의 글, 376면.
16 임화, 「사실주의 재인식」, 『전집』 3, 84면.
17 김동식, 「'리얼리즘의 승리'와 텍스트의 무의식」, 임화문학연구회 편, 『임화문학연구』 3, 소명출판, 2012, 210면.

실의 이러한 주객변증법을 제시하지 않는 한 이 역시 객관적 현실, 그것도 현실적 실천에 절대적 우위를 두는 정치우위론의 한 모습일 터이다.

오히려 이 지점에서 '근자에 흔히 쓰는 인민', '공작' 등의 용어나 '인민에의 길'이라는 핵심 주장에서 떠오르는 것이 모택동의 「문예강화」이다. 「문예강화」는 세계 최초로 우리나라에서 번역되었고, 「신민주주의론」과 함께 해방 직후 우리 지식계에 상당한 영향력을 발휘했다. 특히 1946년에 그 영향력은 지대하여 '문학가동맹'의 대중화운동이나 민족문학론 등에도 많은 영향을 미친 것으로 알려진다.[18]

1945년 12월이라면 또 김태준이 중국 연안에서 11월에 귀국하여 당에서 본격적인 활동을 시작한 때인 만큼 중국의 동향과 함께 임화에게도 본격적인 영향을 미쳤으리라 생각한다. 실제로 임화가 '인민'의 중요성을 다양한 측면에서 언급한 후 마지막으로 서술한 청산의 문제도 중국의 동향과 연관되어 읽힌다.

그러나 문학이 인민으로 가는 길, 다시 말하면 문학의 기초를 인민의 토대 위에 수립하는 공작은 결코 일조일석에 달성되는 것은 아니다.

우리 문학 가운데 있는 여러 가지 전(前) 시대의 유물, 예하면 봉건적

---

18 백원담, 「모택동 『연안문예강화』의 재음미」, 중국어문학연구회 편, 『중국어문학논집』 11, 1999.2, 360~361면.

잔재리든가 퇴폐사상이라든가 무근거(無根據)한 고고주의(孤高主義), 순수주의, 퇴영적인 향토 취미, 개인주의 등 요컨대 일본 제국주의 치하에서는 어느 정도 존재의 개연성(蓋然性)을 가진 요소가 오늘날에는 청산해야 할 대상이라는 것을 밝힐 필요가 있다.[19]

'인민 속으로'는 중국에서 작가 시인 등 문인들의 사상을 개조하는 운동과 직결되어 있었다. 말하자면 문학예술가의 사상개조는 그의 생활 실천과 창작 실천과 분리될 수 없다는 것이고, 그것은 또한 인민의 사상 감정과 일치시켜 나가는 과정으로서 소시민성의 청산 과정이라는 것이다. 임화의 글은 거기까지 나가진 않았다. 다만 이 시기 임화의 글이 대개 과제의 제시를 통해 진영을 결합시키는 전략을 취하고, 마지막에 기존의 문제되는 경향이나 사상을 비판하는 식으로 마무리하는 것도 그 나름의 통일전선을 겨냥한 서술방식이라 할 것이다.

---

19 임화, 앞의 글, 380면.

5. 30년대의 성취와 민족문학론 ─「조선 민족문학 건설의 기본과제에 관한 일반보고」

　김태준과 임화의 주도로 1945년 12월, 문건과 프로문맹의 통합으로 조선문학가동맹이 결성되었다는 것은 널리 알려진 사실이다. 새로운 조직의 화려한 출발이 1946년 2월의 전국문학자대회이고, 임화는 여기서 기조발제격인「조선 민족문학 건설의 기본과제에 관한 일반보고」를 통해 '민족문학론'를 체계적으로 제출함으로써 이 시기 최고의 이론가이자 지도자로서 면모를 확실히 드러낸다.

　이 글은 많은 논자들이 지적했듯이 민족문학에 대한 명료한 정식화와 지금까지의 근대문학에 대한 민족문학적 시각에서의 평가가 돋보인다. 우선 정식화 문제부터 보자.

　민족문학은 한 민족을 통일된 민족으로 형성하는 민주주의적 개혁과 그것을 토대로 한 근대 국가의 건설 없이는 수립되지 아니할 뿐 아니라 조선과 같이 모어(母語)의 문학이 외국어 한문 문학에 대하여 특수한 열등 지위에 있었던 나라에서는 정신에 있어 민족에 대한 자각과 용어에 있어 모어로 돌아가는 '르네상스' 없이 민족문학은 건설되지 아니하는 것이다.[20]

20　임화,「조선 민족문학 건설의 기본과제에 관한 일반보고」,『전집』5, 412~413면.

지금까지 임화는 '한 민족을 통일된 민족으로 형성하는 민주주의적 개혁과 그것을 토대로 한 근대 국가의 건설'을 중심으로 이야기를 풀어갔는데, 여기에 이르러 '모어로 돌아가는 르네상스'를 덧붙여 배치함으로써 단순한 정치경제적 변혁뿐만 아니라 문화적 변혁까지를 포괄, '민족생활 전반'의 민주주의적 개혁으로 폭넓은 민족 현실의 언어적 사유를 가능하게 했다. 또한 이러한 명제화는 자연스럽게 과거 근대문학에 대한 민족문학적 평가를 더 광범하게 개진할 수 있는 힘을 부여했다. 말하자면 다양한 근대적 요소의 제측면을 민족문학적 시각에서 포용할 수 있게 한 것이다.

사실 언어에 대한 임화의 관심은 상당히 오래되었고, 그 과정에서 민족문학이란 범주를 숙고하는 계기를 가져다주었다. "언어의 성쇠가 그 민족 혹은 국가의 정치적 경제적 운명을 표현할 뿐만 아니라, 이 가운데 성립하는 사상, 문화 전반 위에 가장 직접 역향을 던지는 것이다", "조선에 있어 언어상 문제란 문화, 문학적인 문제이면서 항상 현실적 정치상의 문제인 것이다"[21]라는 말에서 보듯 문학의 직접적 기반이 되는 언어의 민족적 측면을 민족문학적 시각으로 끌어올렸다.

그런 측면에서 해방 직후 민족문학론에 버금가는 기본틀이 이미 1930년대 중반기에 형성되었다는 사실을 주목하지 않을 수 없다. 임

---

21 임화, 「조선어와 위기하의 조선문학」(『조선중앙일보』, 1936.3.8~3.24), 『전집』 4, 589~590면.

화의 해방 직후 민족문학론에 대한 대부분의 찬사가 하나의 이론체계로서 비교적 선명하다는 사실에 두고 있는 만큼 일제강점기 이에 관한 대표적 평론 「조선문학의 신정세와 현대적 제상」(『조선중앙일보』, 1936.1.26~2.13)과 정밀하게 비교해볼 필요가 있다.

임화는 「조선문학의 신정세와 현대적 제상」에서 일단 '조선문학'이 역사적으로 제약된 현실적인 내용의 것임을 주장하면서 현 시대의 역사적 개념으로서 '진정한 의미의 조선문학=민족문학의 수립'을 제기한다. 그리고 '그 창조 행동의 주류적 담당자인 프롤레타리아 문학과 그 접근적 노력자군(努力者群)이 금일에 있어 무엇을 할 것이냐 하는 당면 임무의 전망을 가능케 할 것이며, 또 그 방향을 스스로 암시할 것'이라고 하여 '프롤레타리아 문학과 그 접근적 노력자군'을 담당세력으로 내세운다. 「조선 민족문학 건설의 기본과제에 관한 일반보고」에서 임화가 "민족문학 수립 운동이 계급문학운동으로 바뀐 것은 이 시기에 있어 문학적 진보와 민족해방의 정신이 계급문학의 형식으로밖에 표현될 수 없었"[22]다고 하는 지적은 이렇게 볼 때 이미 임화 자신의 일제강점기 작업에 그대로 이어지는 작업이라 할 수 있다. 그렇다면 30년대 중반에 임화는 민족문학을 어떻게 규정하였는가?

왜 그러냐 하면 한 민족의 문학이란 것을 나는 민족문학, 국민문학이

---

22 임화, 「조선 민족문학 건설의 기본과제에 관한 일반보고」, 『전집』 5, 420면.

라고 불러지는 구체적 내용의 것으로 생각하기 때문이다. 즉 이 구체성은 역사적인 것으로, 일반 역사의 견지에서 보면 자본주의의 발전에 의하여 형성된 민족·국민별(別)의 문학으로서, 그것은 근대 자본주의의 발달에 의한 완전한 과학적 의미의 민족의 형성=통일 없이는 그 존재를 상상키 불능한 때문이다.

이것은 비단 정치사적 또는 사회사적인 이유뿐만이 아니라 근대적 제 관계로 말미암아 촉진된 민족의식의 자각과 민족어의 통일적 형성이란 문화적 조건 없이 문학의 민족적인 성격의 확립을 바랄 수 없는 또 한 개의 이유가 있다. 그러므로 항상 어느 나라의 문학사를 물론하고 완전한 의미의 그 나라 민족·국민문학은 이러한 역사적 전환기를 중심하고 족생(簇生)한 것이다.[23]

『조선 민족문학 건설의 기본과제에 관한 일반보고』에 견줘서도 그렇고, 적어도 '민족(국민)문학'에 대한 일반적 정의로서 필요한 내용을 대체로 모두 진술해 놓았다. 그런 연후에 임화는 식민지 조선의 구체적 상황과 연계지어 현재상과 미래상을 이야기한다.

그리하여 조선문학의 개념은 광범한 의미에 있어 한 형식적인 것으로서 우리들은 그것을 수용해야 할 것이다. 왜 그런고 하니, 금일의 문학의

---

23 임화, 「조선문학의 신정세와 현대적 제상」, 『전집』 4, 540면.

기초인 생활의 현실은 벌써 근대적(소부르주아적, 배타적!)인 조선문학의 형성에는 모순하는 국제적 내용에 의하여 충만되어 있기 때문이다.

이것은 조선의 문학을 진실로 예술적인 문학으로 발전시킬 생산적 민중의 기본적 생활 내용이고, 또 현 시대의 민족 생활의 특질이 그러한 것이기 때문에, 이러한 것으로부터 인위적으로 '조선문학'을 조작하려는 사람들은 민족문학의 조성자(造成者)가 되지 못할 뿐 외(外)라, 문학의 생산자로서의 자격조차 상실하게 된다. 현실을 떠나 문학은 불가능하므로! 따라서 조선문학(근대적 시민적)의 개념(구분)은 다른 나라와 달라, 그것이 자기의 시대를 기념할 대(大) 예술적 기념물을 하나도 생산치 못한 채 한 문학사 상의 과도적 존재로서, 진실한 의미의 조선문학의 건설 도정에서는 한 개 형식으로 남아 있어, 장래의 문학사의 보다 더한 개화의 먼 미래에는 드디어 소멸될 성질의 것이다.

즉 조선 사람의 사회생활이 완전히 평등한 자격으로 국제화되고 그 민족적 형식이 폐기될 때…….

그러나 그것은 먼 미래에 대한 단순한 이론적 상상이고, 현재 우리는 내용에 있어는 국제적으로 향하고 형식에 있어 민족적인, 조선민족의 사회생활의 발전을 반영하고 그것에 봉사할 위대한 민족문학의 발전을 위하여 노력할 것이다.[24]

---

24 임화, 위의 글, 544면.

스탈린의 유명한 '계급적 내용에 민족적 형식'이란 테제에 결박되어 있지만, 임화는 여기서 기존의 계급문학-세계문학(혹은 국제적 문학)의 단순한 연관을 끊고, '민족문학'을 현재의 문학단계로 정확하게 내세우고 있다.[25]

그런 점에서 해방 직후 임화의 민족문학론 역시 이미 30년대에 이룩한 문학론과 함께 한다. 오히려 30년대 중후반을 재반성하면서 여기에 통일전선의 통합적 시각을 적극적으로 반영, 프로문학과 민족문학으로 이원화된 자기 분열을 극복, 민족문학으로 재탄생시키는 역사적 도약을 임화는 해방 직후에 수행하였다.

그렇다면 문제의 핵심은 자기반성의 진정성, 서로 다를 수밖에 없는 문학관(경향)의 유기적 공존과 통일전선적 결합일 터인데, 과연 거기에 걸맞은 내용과 운동을 제시하고 있는 것일까. 이 글과 관련해서는 직접적으로 과거의 문학에 대한 평가로 나타날 수밖에 없을 터, 나름대로 그런 의도는 충분히 엿볼 수 있다. 다만 용어상에서 '민족주의문학'을 '민족문학'이라 호칭하는 등 용어상 혼란이 있고, '근대'와 '현대'란 말도 뒤섞여 사용되고 있거나, 무엇보다 경향이나 유파 등 특정 흐름을 지칭하는 역사적 체계화가 다소 혼란스러워 임화가 이전에 수행해왔던 문학사 서술보다 더 불분명해진 감이 없지 않다.[26] 또한 프

---

25 신두원, 앞의 글, 43면.
26 이 점과 관련해서는 임규찬의 「임화의 문학사 방법론과 문학사 서술」(『문학사와 비평적 쟁점』, 태학사, 2001)을 참조할 것.

로문학에 대한 중심성과 함께 비중이 여전히 높고 타경향에 대한 분석이 막연하여 마치 통일전선을 고려하기 위해 적당히 정책적 배려를 한 것처럼 느껴지기도 한다. 예를 들어 "종래의 신문학 가운데 들어있는 긍정될 요소와 새로이 대두할 수 있는 예술문학 가운데 들어있는 좋은 의미의 민족성을 부르조아적이라고 하여 부정하는 과오에 빠졌다"[27]와 같은 표현이 그러하다.

6. 최후의 도달점과 정치주의 ―「민족문학의 이념과 문학운동의 사상적 통일을 위하여」

이제 임화가 남긴 최후의 문제적인 글, 「민족문학의 이념과 문학운동의 사상적 통일을 위하여」 속으로 들어가 보자. 아마도 지금까지 이 글에 대한 최고의 헌사는 '한국 프로문학운동의 마지막을 장식하는 글'이면서, '근대성의 성취와 동시에 근대극복을 동시에 추구'함으로써 아직도 살아있는 민족문학론이라는 하정일의 논문 「마르크스로의 귀환」(임화문학연구회 편, 『임화문학연구』, 소명출판, 2009)이 아닐까 싶다.

물론 많은 사람들이 제목대로 임화의 민족문학론의 이념을 이야기

---

27 임화, 「조선 민족문학 건설의 기본과제에 관한 일반보고」, 『전집』 5, 421면.

할 때 여기에 근거해서 이야기해왔고, 그래서 '노동자계급 당파성'에 근거한 '인민적 민주주의 민족문학론'이라고 임화의 민족문학론을 최종 규정하곤 했다. 그리고 때에 따라서는 민족문학론의 심화라고도 평가하였고, 필자도 한 때 그 점을 힘주어 강조한 바 있다.[28] 그런데 되돌아보면 그와 같은 평가는 당시 손에 쥘 수 있었던 유물론 미학과 철학 서적들을 참조하여 이론적 진술의 수준을 최대한 가늠해본 것이 정직한 표현일 터이다. 지금도 그런 측면에서라면 임화의 이 글에 어느 정도 점수를 주고 싶다. 그러나 당시 극도로 위축된 정세에 더해 임화를 겨냥한 북쪽에서의 우편향 비판까지 더해진 상황을 감안할 때 계급적 시각과 노동자계급의 헤게모니를 강조할 수밖에 없는 '남로당과 민전과 임화'의 안타까운 모습이 거기에 담겨있다. 굳이 '문학'이란 말을 쓰지 않고, '사회'나 '철학'이나 '국가'란 말을 붙여도 하등 이상해 보이지 않는 것이 이 글이다. 말 그대로 사회주의에 관한 교과서적인, 그래서 더 강조할 수밖에 없는 추상적인 이론 영역의 논의가 바로 노동자계급의식과 세계관의 문제이다. 이 글의 맨 마지막을 장식하는, "그것은 과학적 세계관, 진보적 세계관의 확립의 문제와 동일한 것이 되는 것이다"[29]라는 명제야말로 모든 논리의 수렴관계를 말해 준다.

그러니 이 글이 인간의 사회성을 계급성으로 귀결시킨 계급환원주

---

28 임규찬, 「8 · 15 직후 민족문학론 연구」, 『문학사와 비평적 쟁점』, 태학사, 2001.
29 임화, 「민족문학의 이념과 문학운동의 사상적 통일을 위하여」, 『전집』 5, 471면.

의, 계급결정론으로부터 어느 만큼 자유롭겠는가? 순수하게 문학만을 이야기한 곳에 집중해 보았을 때 거기 나타나는 것은 30년대 중후반 임화가 그토록 비판했던, 매우 단순화된 도식주의와 도그마주의이다.

그러므로 시민계급의 이념을 토대로 한 근대 서구문학자는 시민들이 건설한 자본주의사회가 그러한 것과 같이 문학의 역사상의 새로운 시기를 창조하였으나, 위대한 작가와 작품들은 대개로 시민계급이 혁명적이었던 르네상스기에 탄생한 데 불과하였으며, 또한 그 시기의 문학들만이 진정으로 인민의 문학이요 민족의 문학에 해당하였다. 시민계급이 한번 혁명성을 상실하자, 각 나라와 각 민족 가운데서는 위대한 작가와 작품은 나오지 아니하였고 문학의 발전은 정지되었으며, 문학들은 인민의 문학으로부터 특권자의 문학으로, 민족의 문학으로부터 민족의 지배자의 문학으로 변질하여버린 것이다.[30]

예전의 임화가 애써 성취했던 30년대 중후반의 자리에서라면 감히 상상할 수 없는 역사적 접근이다. 발자크며 '리얼리즘의 승리'며 작가와 작품 속으로 푹 스며들던 임화의 모습을 찾아볼 수 없다. 여기엔 날카롭게 배제하는 추상적 목소리만 있을 따름이다. 이 시기에 발표

---

30 임화, 위의 글, 465면.

된 글 중 불과 10매에 불과하지만, 예전의 임화를 환기시켜서일까, 「비평의 재건」(『독립신보』, 1946.5.1)이 그래서 더욱 진정성 있게 다가온다.

앞서가는 이론과 뒤처진 창작과의 관계를 조절할 기능은 비평이 감당해야 하는 것이다. 이론적 규정을 창작적 실천에다 매개(媒介)할 뿐만 아니라 창작적 실천의 경험을 이론적 활동에로 매개할 것도 비평이기 때문이다. 창작활동만이 아니라 이론활동 위에도 현재 이러한 결함은 나타나 있다.[31]

「민족문학의 이념과 문학운동의 사상적 통일을 위하여」는 이 점에서 확실히 '결함' 쪽으로 흘러가면서 맞이하게 된 이론 과잉의 글이다.[32] 임화 스스로가 걸어왔던 길을 정리한 30년대 후반의 글 「최근 10년간 문예비평의 주조와 변천」(『비판』 5 · 6호, 1939)을 통해 임화가

---

31 임화, 「비평의 재건」, 『전집』 5, 407면.
32 이제 평론마저 선동문에 가깝게 간 「인민항쟁과 문학운동」을 이런 대목과 함께 떠올리면 문학권마저 '아와 적'으로 갈라져 이미 돌아올 수 없는 '적대적 분단'으로 들어선 것이 아닌지 여겨진다. '원수'니 '괴뢰국가'니 하는 용어는 용납한다 하더라도 말이다. "그러므로 이러한 계급의 이념을 기초로 한 문학은 사이비의 민족문학, 즉 민족문학 같으면서도 조금도 민족문학이 아닌 문학, 본질에 있어서는 외국제국주의와 내통한 자들의 문학이요 인민들의 원수의 문학이며, 민족의 적의 문학인 것이다. 국수주의나 민족주의나 기타 온갖 방법으로 자기들의 민족성 · 우국성(憂國性)의 가면을 요란하게 이색(移色)하는 갖가지의 반동문학이야말로 모두 이러한 범주에 속하는 문학들이다."(『전집』 5, 470면).

해방 직후 걸어온 길을 반추해 보자. 이 글은 문예평론계 전반의 역사를 회고하는 글로 전반부가 바로 카프시대 비평에 대한 반성이다. 크게 3기로 정리, 점검하여 창작방법 논의가 제창되기 이전까지를 1기, 유물변증법적 창작방법 논쟁 시기를 2기, 그리고 사회주의 리얼리즘 논의 시기를 3기로 설정하였다. 무엇보다 임화는 1기를 정치주의 시기로 지칭하며 가장 혹독한 비판을 가했다.

문학의 운동이론이라는 것은 문학의 일반이론이 아니라 문학권 내에 적용되는 정치방침이다. 즉 문예정책 그것은 조직을 가졌던 문학운동인 만큼 그 조직을 운용해가고 또한 비평이나 창작의 전반 활동을 조직의 활동과 연결시키기 위한 하나의 폴리스다.

이런 이론은 경향문학의 대두 이래 문학 제작을 하나의 단체의 중심에다 집중하면서부터 생긴 특유한 것으로 창작의 실제에 적용된다느니보다 오히려 창작 그것을 통제하고 제작의 결과를 어떻게 운용하는가 하는 전혀 문학 그것에 비하여 사회적이고 정치적인 말하자면 문예정책에 관한 것이다.[33]

박영희를 대표자로 거론하면서 임화 자신을 포함한 권환, 안막, 김남천 등을 새로운 정치주의의 에피고넨으로 지칭한다. '정치만능의

---

[33] 임화, 「최근 10년간 문예비평의 주조와 변천」(『비판』 5·6, 1939), 『전집』 5, 114면.

후박한 운동이론 전성의 시대'로서 문예정책 가운데 일체를 함축하려고 했던 운동이론 전성기의 산물이라는 것이다.

제2기 유물변증법적 창작방법론이 제창되던 시기는 세계관의 공식적 경화로 낡은 정치주의가 연장된 면이 없지는 않지만 다음과 같이 중요한 전환을 담고 있다고 보았다.

바꿔 말하면 문학의 효용에 대한 순정론적(純正論的) 견지에서 문학이 생산되는 내부의 원리를 발견하고 그것으로 문학의 성격을 규정하려는 의도의 표현이다.

즉 문학운동의 원리를 문학 외의 다른 곳에서 빌어온다거나 혹은 문학의 효용가치에서 끌어내 오는 대신 문학생산의 자신 가운데서 그것을 발견하고 그것으로써 문학운동의 원리에까지 높이자는 것이다.

이것은 폴리티컬한 사업의 단순한 일익으로서 문학운동을 생각하지 않고 어디까지나 독자의 성질을 가진 것으로써 문학을 인정하고 문학 그 자체의 원리로서 문학운동의 최고원리를 삼자는 것이다.[34]

그러나 이 역시 예술성보다도 사상성을 절대적으로 중시함으로써 일종의 도그마주의를 낳고 말았다고 진단한다.

그리고 3기에 들어와서 사회주의 리얼리즘의 논의와 함께 다양한

---

34 임화, 위의 글, 116면.

성취가 나왔는데, 그와 반대급부로 잘못된 편향도 대거 나왔다고 진단한다. 가령 이전에는 엄두도 못낼 고전의 재인식, 문학유산의 계승 등 예술성을 강조하게 된 사실을 주목하면서, 문학의 예술성과 독자성만을 지나치게 강조하는 잘못된 청산풍조도 나왔지만, 그것이 일방적으로 과장되지 않으면 예술이론의 막대한 발전이고 작가활동의 자유와 창작적인 충동을 줄 수 있을뿐더러, 나아가 경향문학운동의 문호를 광범위하게 넓힐 수 있는 계기가 될 수 있을 텐데 불행히도 그렇게 되지 못했다고 아쉬워했다.

임화의 이런 분석을 해방 직후에 맞세우면 비록 내용은 옛 시대와 비교할 수 없을 정도로 진전했다 할지라도 임화는 다시 정치주의의 그늘 밑으로 파고들어간 형국이다. 임화 스스로 문제로 제기한 민족문학에 대한 주변의 반응들, '문학운동의 정치적 성격을 표현한 문서', '일종의 정치적 구호'란 반응 등이야말로 위에 언급한 정치주의를 자연스럽게 떠올리게 한다.

그래서일까, 이 시기 홍명희의 발언들이 새삼스럽다. 가령 한 대담 (「홍명희·설정식 대담기」)에서 나온 인상적인 말들 몇 가지를 추려 본다.

① 문학은 문학을 통해서 도달하는 길이 있을 뿐이지.

② 우리는 지금 우리 민족문학을 강요하는 것보다도 문학전통을 계승하는 데 치중해야 될 줄 압니다.

③ 앞으로 서로 좋은 작품을 쓰는 데 전력을 다하는 것이 문학 건설하

는 데 가장 중요한 일이겠지요. 주의나 개념이 앞서고 창작이 빈약한 것
은······.

사실상 이런 내용은 임화 스스로 지나온 자기 역사를 통해 반성적
으로 사유한 내용과 상통한바 많다. 그런데 이어지는 대담 속에서 '민
주독립당 당수' 홍명희의 '시인' 임화에 대한 비판이 예사롭지 않다.
설정식의 당황한 표정 뒤에 맡게 되는 홍명희의 유연한 느긋함이랄
까, 그런 시간 감각이 임화의 글에서 느끼는 조급함과 강퍅함과 사뭇
다르다.

홍 작품들을 통관(通觀)하면 대체로 정신적 준비가 결여된 것 같군요.
임화 시집 있지 않아요. 그런데 내 보기엔 그 사람 시는 해방 전 것이 해
방 후 것보다 난 것 같애. 해방 후 것은 어딘지 모르게 저절로 우러나오
는 것이 아니고 억지로 무엇을 보이기 위해서 만들어 논 것 같단 말야.
설 글쎄요, 그럴까요. 선생님도 아직 순수론을 좀 지지하시는군요. 제
보기엔 임화란 친구가 해방 이후에 노래한 것이 직접 자기가 체험한 것을
즉음직영(卽吟直詠)한 것 같은데 어떻게 우리가 길거리 아우성을 못 들었
다 하고 잉크냄새 싱싱한 불길한 신문보도를 못 본 체할 수가 있을까요.
홍 그야 물론 방안에 가만히 앉아 있을 수야 없지요. 뛰어나가는 것은
정당합니다. 또 뛰어나갈 수밖에 없고. 그러나 가두에 나가고 싶지 않을
때에는 나가지 않아도 좋겠지요. 요컨대 내 말은 '체'하는 게 안 되었다

는 말이오.[35]

그런데 이 대목에서 홍명희가 말한 '정신적 준비의 결여'는 이태준·이원조·김남천과 나눈 또다른 홍명희의 대담에도 나온 이야기로 이 시기의 한 풍경을 보여주는 듯해서 흥미롭다. 김남천과 김남천이 쓰고 있는 『8·15』라는 작품을 두고 나누는 대목이다.

> **벽초** 체험 이전의 중요한 요소로 정신적인 준비도 있어야 하고.
>
> **김남천** 8월 15일 이후에 새로운 사상이나 세계관을 가져야겠다는 의미에서는 나는 아무런 새로운 정신적 준비도 필요치 않았습니다.
>
> **벽초** 글쎄, 내가 말한 정신적 준비라는 것은 그런 의미가 아니라……
>
> **김남천** 『8·15』를 8월 15일 직후에 쓴다고 현상을 그르치지는 않는다고 생각해요.
>
> **벽초** 현상을 그르친다기보다 8·15 이후의 생활다운 생활이 아직 없다고 볼 수 있으니 문제는 거기에 있겠지.[36]

작가들이 새로운 현실을 맞아 숙고하고 또 숙고하는 깊은 내면화의 단계를 거쳐 창작으로 나아간 것이 아니라, 해방의 감격에 휩쓸려

---

35 「홍명희·설정식 대담기」(『신세대』 23, 1948.5), 임형택·강영주 편, 『벽초 홍명희와 『임꺽정』의 연구자료』, 사계절, 1996, 224~225면.

36 「벽초 홍명희 선생을 둘러싼 문학정담」(『대조 창간호』, 1946.1), 위의 책, 201면.

너무도 쉽게 새로운 사상을 표방하고 새로운 경향의 작품을 쓰려고 덤비는 것을 홍명희는 문제삼았다. 그래서 홍명희는 '작자의 골육을 통해 나온 사상'이라야만 진정한 의미에서의 사상이며, 가치있는 문학작품의 창작으로 이어지므로 육화(肉化)되지 못한 생경한 관념을 노출하는 문학은 지양해야 한다고 주장한다.[37] 이런 홍명희의 지적은 사실 임화가 30년대 집중적으로 탐사했던 리얼리즘론과 함께 제기한 문학적 실천을 자연스럽게 연상시킨다.

7. 마무리하며 —다시 '문학과 정치'

해방 직후 임화의 주요 글들을 따라가 보니 시간이 흐를수록 글이 메말라지고 추상화, 이론화되어갔으며 발표되는 글 또한 줄어들었다는 사실이 자연 드러난다. 물론 1946년 중반 무렵부터 본격화되는 좌익에 대한 미군정의 탄압으로 위축되어가는 정세의 변화가 가장 큰 요인일 것이다. 혁명에 들떴던 초기의 낙관이 정반대의 비관으로 치달아가는 과정 속에서 모든 것은 급격히 경직화되어갔다. 실제로 이

---

37 강영주, 「해방 직후 홍명희의 문학활동과 문학관」, 상명대 인문과학연구소, 『인문학연구』 6, 1997, 9면.

시기의 가장 핵심이라 할 수 있는 통일전선을 문제삼더라도 그 구성에서 협애화되어 갔고, 이념 또한 도그마되어 갔고, 적대감과 충성심은 적대적으로 깊어만 갔다.

박헌영에게 바치든 김일성에게 바치든 상투적인 찬사와 공허한 수식어로 가득찬 개인숭배적 찬송시에서 발견하는 것은 참된 시정신의 증발로서의 어용문학의 탄생이다. 그것은 「나의 눈은 핏발이 서서 감을 수가 없다」나 「깃발을 내리자」와 같은 강렬한 비판적 참여시의 언어를 용도변경하여 체제순응의 도구로 사용한 것이라 말해도 좋을 것이다.[38]

임화의 마지막 평론의 한 대목을 거기에 덧붙여 보자.

실로 북조선에서는 문화예술의 자유만이 아니라 그 이상의 것이 부여되고 있는 것입니다. 그것은 마치 자라나는 식물을 더 빨리 더 크게 키우기 위하여 만들어진 온상과도 같은 것입니다.[39]

살아있는 그대로의 세상 속이 아니라, '만들어진 온상'을 떠받드는 곳으로까지 임화는 위태롭게 떠밀려갔다. 김동석은 해방이 되고나서

---

38 염무웅, 앞의 글, 39면.
39 임화, 「북조선의 민주건설과 문화예술의 위대한 발전」(『문학평론』 3, 1947.4), 『전집』 5, 477~478면.

재빠르게 '문협'을 조직한 임화를 두고 "시인이 되어야만 맛이 아니다. 정치의 무대에서 진보적인 역할을 하고 있는 그를 볼 때 명철보신(明哲保身)을 금과옥조로 하는 조선의 지식계급을 위하여 모범이 되어주기를 축원"[40]한다고 했다. 그리고 또다른 글에서 "문학가의 생명인 문학까지도 버리고 민족해방의 전사(戰士)가 된다면 그런 사람은 행동만으로도 충분히 문학가의 영예를 가질 수 있는 것이다"[41]라고도 했다. "작가가 정치에 관여할 때는 일반시민으로서 한 인간으로 관여해야지 '작가'로서 그래서는 안 된다"[42]라는 조지 오웰의 말 또한 그런 점에서 중의적이다.

임화는 과연 어떤 자리에 섰던가? 해방 직후 첫 글에서 '정치우위론'을 이야기하며 임화는 부적처럼 '문화종사자에 대한 정치가의 우위가 아니라'[43]는 단서를 달았다. 문학과 정치는 과연 어떻게 만나야 가장 바람직할까? 가장 비극적인 시대를 누구보다 철저히 살아왔던 임화의 삶 속에 역사를 밀어 넣을수록 인간과 문학이 따로 떨어질 수 없기에 답보다는 더 깊은 물음으로 문학과 정치의 문제가 떠오른다.

---

40 김동석, 앞의 글, 33면.
41 김동석, 「비판의 비판」, 앞의 책, 90면.
42 조지 오웰, 이한중 역, 『나는 왜 쓰는가』, 한겨레출판, 2010, 444면.
43 임화, 「현하의 정세와 문화운동의 당면임무」, 앞의 책, 368면.

임화 문학사의 내재적 기원

염무웅

1. 비평과 문학사, 이론과 실천

임화의 문학활동이 다방면에 걸쳐 이루어졌다는 것은 널리 알려진 사실이다. 창작과 비평을 겸하는 것은 동서양 어디서나 드문 일이 아니므로 굳이 거론하지 않아도 될지 모른다. 그의 경우 특별한 점은 문학운동가 내지 실천가로서도 뛰어난 역량을 발휘했던 것인데, 그 역시 아주 예외는 아니다. 가장 독보적인 것은 그가 동시에 우리 근대문학사 연구의 개척자라는 점일 것이다. 그는 우리 근대문학의 탄생과 초기 성장과정에 관해 처음으로 체계적인 이론적 고찰을 수행하고 근대문학사의 기본구도를 제시함으로써 이후의 모든 문학사가들에게 계승 또는 극복의 발판을 만들었다. 아마 가장 놀라운 점은 우리가 잘 아는 위의 여러 측면들이 임화라는 한 개인의 인격 안에 서로 긴밀하게 연관되고 상호간 전제를 이루고 있었을 뿐 아니라 그와 같은 통합이 그 자신의 의식적인 추구의 목표였다는 사실일 것이다. 그는 「집단과 개성의 문제」(1934.3.13~20)라는 논문의 서두 부분에서 다음과 같이 의미심장한 기술을 하고 있다.[1]

거의 무한에 가까운 문예과학의 여러 과제 가운데서 기본적인 것으로 우리는 대개 다음의 두 계열을 들 수가 있다. 하나는 문학 및 예술의 역사적 발전에 관한 일반적 학(學) 즉 역사적 과학으로서의 '사적(史的) 문예학'을 들 수 있으며, 둘째로는 예술적 형성의 과정에 관한 논리학과 인식론으로서의 '변증법적 문예과학'을 들 수가 있다.

그리하여 이러한 계열은 여태까지 전자는 문학사, 후자는 문예비평(혹은 문예학, 시학)이란 개념으로 표시되었다.

그러나 맑스주의 예술과학은 이 두 계열을 그 통일 가운데서 체현하

---

1 이 글에서의 임화 인용은 모두 『임화문학예술전집』(소명출판, 2009)에 의거하되, 임규찬 편, 『전집 2 – 문학사』는 『문학사』로, 신두원 편, 『전집 3 – 문학의 논리』는 『논리』로, 그리고 신두원 편, 『전집 4 – 평론 1』은 『평론』으로 약칭하여 면수와 함께 본문 속에 포함시켰다. 거론된 논문의 경우 처음 나올 때 발표일자만 괄호 속에 넣었는데, 임화 사유의 전개 과정에서 어느 시점에 위치하고 있는지 상기시키기 위해서이다. 그리고 원문을 인용할 때 구투(舊套)에 얽매이지 않고 때로는 현대 독자의 문장감각에 맞게 다듬기도 했다. 예컨대 '급(及)'은 '및'으로, '제 과제'는 '여러 과제'로 고쳤다.

는 것이며, 동시에 전자나 후자가 다 이러한 통일성 가운데서만 비로소
과학으로서의 독립적인 학문이 되는 것이다.

—『평론』, 413~414면.

　문학연구의 기본범주에 관한 원론적인 규정이다. 미국이나 한국 대
학의 문학부에서 오랫동안 기본교재로 사용되던 『문학의 이론』(1949) 저
자들이 이론 · 비평 · 문학사로 연구의 범주를 구분하기 훨씬 전에 임
화가 거칠게나마 이런 논의를 전개했다는 것은 경탄에 값한다. 물론
쉽게 짐작할 수 있듯이 이 구분은 임화의 독창이 아니다. 그것은 1920
년대 말부터 그가 맹렬히 학습하고 있던 맑스주의 철학에서의 역사적
유물론과 변증법적 유물론 구분을 문학연구 분야로 옮겨온 것이다.

　임화는 문학연구의 분과들인 역사적 문예학(문학사)과 변증법적
문예학(비평과 이론)이 분리 아닌 통일성을 달성할 때에만 독립적인 학
문으로 된다고 주장한다. 뿐만 아니라 그는 좀더 일반적인 명제로서
이론과 실천의 상호매개에 관한 맑스주의적 관점 역시 열정적으로
자기화한다. 1930년대 이후 모든 임화의 문필에 깔려 있는 전제가
그런 것이지만, 카프가 해체되고 나서 카프진영에 속했던 작가 · 비
평가들이 침체와 혼돈상태에 빠진 국면 앞에서는 이론과 실천의 통
일은 더욱 강조될 필요가 있었다. 「사실주의의 재인식」(1937.10.8~10.14)
에서 그는 주로 이론가들을 향해 거의 구호와 같은 외침을 발한다.

실천으로부터의 유리! 아니 실천으로부터의 의식적 도피!

우리들의 이론적 사업은 모름지기 비(非)실천주의를 청산하지 않으면
아니 된다.

지도적 비평, 문학사, 문예학의 건설.

—『논리』, 76면.

생각해보면 이 호소의 대상은 누구보다 자기 자신이었다. 당시 그
는 카프 해산에 중요한 책임자였을 뿐더러, 변화된 현실 앞에서 그 자
신도 정신적 동요를 겪고 있었고, 게다가 폐결핵으로 병원을 전전하
고 있었기 때문이다. 어떻든 여기서 확인할 수 있는 사실은 임화의 문
학사 연구가 순수한 역사적 관심의 소산이 아니라 그의 다른 이론작
업이나 비평활동과 분리되어 있지 않은, 그리고 현실적 난관을 돌파
하려는 실천적 노력과도 일체를 이룬 작업의 산물이라는 점이다.

「개설 신문학사」를 집필하는 시점에 이르면 임화는 비평과 문학사
의 관계에 관해 더욱 원숙한 이해에 도달하는 것 같다. 나로서는 임화에
게 어떻게 그런 인식상의 비약이 가능해진 것일까 하는 구체적인 경위
에 의문을 가지게 된다. 간단히 해명할 수 없는 인간활동의 신비에 해
당한다고 할 수도 있겠지만, 어떻든 「신문학사의 방법」(1940.1.13~20)
에 나오는 다음과 같은 문장을 읽으면 그가 이 시기에 문학 그 자체의
존재방식에 대한 어떤 근본적인 깨달음에 깊이 다가서고 있었다고 믿
게 된다.

문예작품의 내용은 언제나 형식이라 불려지는 문학적 형상의 조직으로 은폐되어 있다. 혹은 형상이 됨으로써 내용은 비로소 진정하게 실재적이라고 말할 수가 있다. (…중략…) 문학사나 비평은 형식을 벗겨버리고 내용과 사상을 연구하는 것이 아니다. 그러한 형식으로밖에 표현될 수 없는 내용 혹은 그러한 내용을 가질밖에 없는 형식을 연구하는 것이다. 바꿔 말하면 형식과 내용의 통일체로서의 문학작품을 연구하는 데 궁극목적이 있다. 한 개 한 개의 작품의 이런 것을 연구하는 것이 비평이요, 한 사람의 작품을 연구하는 것은 작가론이나 평전이나, 한 시대를 연구하는 데서부터 벌써 문학사에 접근한다.

―『논리』, 658~659면.

뿐만 아니라 그는 비평과 문학사의 관계에 대해서도 단순히 양자 간의 통일성을 말하는 것 이상으로 다음과 같이 좀더 진전된 견해를 피력하는데, 이것은 오늘의 우리들도 심각하게 새겨듣고 진지하게 숙고해 볼 과제라 하지 않을 수 없다. 왜냐하면 비평이 끝나는 데서 문학사 연구가 시작된다는 지적은 양자 간에 작용하는 분리와 통일의 변증법을 탁월하게 드러낸 것이기 때문이다.

문학사는 (고전주의 또는 낭만주의 같은) 몇 개의 특색 있는 양식을 발견하는 게 언제나 큰 임무이다. 그러한 과제의 수행을 위하여 역사적 연구는 비평에서 얻는 바가 크다. 비평의 역사는 작품이나 작가의 역사를 연구하는 데 그 중요한 안내자다. 그것은 마치 비평이 문학사의 선구(先驅)인 것과 마찬가지다. 그러므로 양식의 설정은 비평의 최후의 과제이면서 문학사의 최초의 과제라 할 수 있다.

－『논리』, 660면.

2. 역사적 사유의 내재적 구조

그러나 현실적 필요가 절실하고 실천적 의지가 강하다 하더라도 문학사 연구는 학술적 사전준비 없이 되는 일이 아니다. 상식적인 얘기지만, 한 나라 문학의 발전과정에 대한 의미 있는 연구는 일정하게 쌓여진 선행업적의 토대 위에서만 가능하다. 국민문학사 전체의 기술에서도 그렇고 연구자 개인의 학문적 성숙에서도 그렇다고 할 수 있다. 그렇다면 임화는 근대문학사 구상에 있어 어떤 선행업적을 출발점으로 삼았는가. 우리나라 '문학사 연구의 역사'를 제대로 공부해 본 적도 없고 그런 연구사가 있는지 없는지조차 잘 알지 못하는 문외한임을 전제로, 임화 근대문학사의 형성과정에 대해 나름대로 한두 가지 가설적인 견해를 피력해보려고 한다.

우리나라 최초의 문학사는 재야의 국학자 안확(自山 安廓, 1886~1946)의 『조선문학사』(한일서점, 1922)이다. 고대의 「공후인(箜篌引)」부터 이광수의 『무정』(1917)과 김안서의 『오뇌의 무도』(1921)까지 개략적으로 훑어본 선구적인 저서이다. 『안자산 국학론선집』(崔元植·丁海廉 편역, 현대실학사, 1996)에 따르면 안확은 이후에도 「조선 가시(歌詩)의 연구」 (『조선』, 1931.3), 「조선 문학의 변천」(『조선』, 1932.5), 「조선 문학의 기원」 (『조선』, 1932.6), 「이조시대의 문학」(『조선』, 1933.7), 「고구려의 문학」 (『조광』, 1939.7) 등 논문을 계속 발표했다고 한다. 하지만 당시의 학계나 문단으로부터 진지한 반응을 얻었다는 증거는 보이지 않는다.

우리나라 문학(사) 연구에서 획기적 의의를 가지는 것은 3·1운동 이후 연희·보성·이화 등 사학들이 전문대학 체제를 갖추기 시작하고 특히 1926년 경성제대가 출범한 사실이다. 경성제대는 식민지조선의 유일한 대학으로서 식민주의의 학문적 관철이라는 본래의 설립목표에도 불구하고 그 내부로부터의 식민성 극복을 위한 자생적 역량의 배출에 기여하였다. 경성제대 출신인 조윤제(1904~1976, 1회), 이희승(1896~1989, 2회), 김태준(1905~1949, 3회), 김재철(1907~1933, 3회) 등은 알다시피 이 나라 국어국문학 연구의 제1세대를 구성하게 되는데, 그들의 『조선소설사』(김태준, 1930.10.31~1931.2.14. 초판 1933, 증보판 1939), 『조선연극사』(김재철, 1933년 사후출판) 및 『조선시가사강』(조윤제, 1937) 등 저서들은 각 문학장르들의 역사에 대한 최초의 아카데믹한 연구일 뿐만 아니라 후속연구와의 지적 교류의 출발점이 되었다는 점에서 결정적 의의를 가진다. 임화의 「개설 신문학사」에도 이들 세 저서에 대한 언급 또는 인용이 있어, 이 시기에 바야흐로 한국문학(史) 연구가 본궤도에 오르기 시작함을 짐작케 한다.

그러나 임화에게 문학사 연구를 촉발한 직접적 계기는 아카데미로부터의 순수한 이론적 자극보다 오히려 당면한 문단현실의 실천적 필요에서 주어졌다고 보는 것이 옳을 것이다. 알다시피 1930년대 들어 동(북)아시아에는 검은 먹구름이 몰려오기 시작했다. 만주사변(1931)에 이은 만주국 선포(1932)와 중국대륙 침략(1937)으로 일본 제국주의의 파시즘 체제가 공격적으로 팽창하는 가운데 국내 문단에서는 카프 맹원들에 대한 1차(1931), 2차(1934) 검거사건이 벌어지고 마침내 카프 해산(1935)에까지 이르렀던 것이다. 이러한 사태의 진행 속에서 지식인사회는 방황과 동요, 좌절과 전향의 분위기에 함몰되어 총체적 난국을 맞고 있었다. 1930년대 후반 임화가 평론문장 도처에서 강조한 대로 현대문명의 위기였고, 새로운 방향과 방법론을 찾지 않을 수 없는 상황이었다. 신문학이 출발한 1920년대부터의, 또는 봉건조선의 몰락이 가시화된 1890년대부터의 역사전개에 대한 전면적인 재검토가 불가피한 시점이었다. 임화의 문학사 연구는 바로 이러한 위기적 현실에 대한 이론적 대응의 일환이었다고 생각된다.

나는 제2회 임화문학연구회 학술대회(2009.10.10)에서 「낭만적 주관주의와 급진적 계급주의」라는 논문을 통해 1930년대 임화 시와 시론을 검토하면서, 비평가 임화에게 전환적 의미를 갖는 중요한 평론이 「33년을 통하여 본 현대조선의 시문학」(『조선중앙일보』, 1934.1)이라고 지적하였다. 당시보다 조금 더 광범하게 임화를 읽고 난 지금은 그 생각이 더 확고해졌다고 할 수 있는데, 예컨대 그 글과 거의 동시에 씌어졌고 제목조차 유사한 문제의식을 내포한 「1933년의 조선문학의 제 경향과 전망」(『조선일보』, 1934.1) 역시 동일한 비평사적 의의를 지니고 있다고 말할 수 있다. 요컨대 임화의 비평적 통찰력과 문학사적 시야가 1933년경을 전환축으로 하여 본격적으로 발전해나간다는 것은 문학사가로서의 임화의 탄생을 검토하는 데 있어 매우 중요한 사실이다.

그 글들에서 임화의 이론적 방향전환이 일어나고는 있었지만, 지난날의 관념적 미숙성과 도식주의적 편향의 잔재들이 여전하다는 점도 간과할 수는 없다. 그러나 거듭 강조하고 싶은 것은 그런 과도기적 불균형에도 불구하고 임화 비평이론에 중대한 진전이 이룩되고 있음을 확인할 수 있다는 점이다. 그것은 「33년을 통하여 본 현대 조선의 시문학」, 「1933년의 조선문학의 제 경향과 전망」 등 1934년 초에 동시에 발표된 두 편의 논문을 통해 한 사람의 문학사가가 출현하는 광경이 생생하게 목격된다는 사실이다. 다시 말해 위 논문들은 그 자신이 말했던 이론적 사유와 역사적 사유의 결합 즉 비평과 문학사의 통일을 초보적 수준에서나마 일정하게 실현하고 있는 것이다. 그 점에 관해 2009년의 논의를 부분적으로 되풀이하고자 한다.

첫째, 주목할 사실은 그가 『백조』 시대의 시에서 신경향파 시가 분화되는 과정을 설명하기 위해 19세기 말 20세기 초 우리 근대문학이 출현하던 시기의 물질적 토대에 눈을 돌린 점이다. 그는 앞 세대의 감상적 낭만주의에 대해 격렬하게 비판하던 1930년경의 볼셰비즘적 교조주의에서 벗어나 그와 같은 낭만적 허약성이 생성될 수밖에 없었던 '황량한 토양'에 대해 논리적인 해명을 시도하는 것이다.[2] 그는 이렇게 말한다.

경제적으로 후진적인 지역, 국토 전체에 걸쳐 아직도 뿌리깊이 봉건적 관계들이 잔존한 곳, 민족 부르주아지가 자기의 요구를 들고 낡은 봉건제도에 대하여 투쟁하고 승리하기 전에 벌써 앞선 외래자본의 힘으로 말미암아 영향된 곳, 따라서 그들은 하등의 독자적인 생성의 힘을 갖지 못하고 봉건유제 및 그 밖의 것에 대하여 비상히 타협적인, 일분의 이니셔티브도 갖지 못한 시민계급, 협심(俠心)의 속물화한 귀족자류(貴族者流)의 소부르주아지 등등 – 이것이 젊은 낭만주의적 정열에 가득 찼던

---

[2] 1933년경 임화의 비평이 어떤 계기로 조선의 사회경제적 토대에 관심을 돌리게 되었는지, 그리고 그 결과 그의 문학사가 사회사적 탐구를 겸하게 되었는지는 확실하지 않다. 본문에서 언급한 학술대회 발제에서 나는 백남운(白南雲)의 『조선사회경제사』가 1933년에 출판되고 조선 부르주아계급의 경제적 허약성과 타협주의에 관한 백남운의 설명으로부터 임화가 '조선 근대문학의 불완전', 즉 '조선 낭만주의'의 사회적 근원에 대한 논리적 뒷받침을 얻었으리라고 추측하였다(『문학과 시대현실』, 창작과비평사, 2010, 100면). 그런데 나는 내 발표에 앞서 김재용 교수가 「임화의 이식문학론과 조선적 특수성 인식의 명암」(『문예연구』, 1999.6)에서 1930년대 중반 조선 맑스주의자 내부의 이론적 분화를 거론하면서 이미 그 문제에 접근했음을 뒤늦게 발견하였다. 김 교수는 다음과 같이 지적하고 있다. "조선의 특수성을 설명하면서 한편에서는 아시아적 정체성론에 입각하여 논의를 진행하였고 다른 한편에서는 이러한 정체성론을 부정하면서 조선의 특수성을 설명하고자 하였다. 전자에는 이청원(李淸源)이, 후자에는 백남운이 중심적인 논자였다. (…중략…) 임화는 이 중에서 전자의 견해를 수용하게 된다."(문학과사상연구회, 『임화문학의 재인식』, 소명출판, 2004, 99면).

조선 근대시가 생성한 황량한 토양이었다.

—『평론』, 331면.

거듭 말하자면 그가 보기에 조선의 부르주아지는 대외적으로 제국주의에 대해 타협적이며, 동시에 경제적으로 허약하고 산업적으로 충분히 성숙하지 못했다. 이것이 조선 근대문학의 불완전, 즉 조선 낭만주의의 허약성의 사회적 근원이다. 물론 이 사실을 설명하는 그의 문장이 거칠고 조악한 것임은 숨길 수 없다. 하지만 그 숨가쁜 문장들의 표면을 뚫고 들어가 보면 그가 동시대 젊은 시인들의 역사적 위상에 대한 사회학적 고찰을 통해 문학사적 합리화를 시도하고 있음을 어렵지 않게 간취할 수 있다. 그것은 실상 자신의 문학사적 정체성에 대한 자문자답이었다.

둘째, 그는 조선 프롤레타리아계급의 역사적 위치와 그 특수한 사명에 대해 발언하기 시작하였다. 서구에서는 근대 자본주의와 국민국가의 형성이 시민계급의 고유한 임무였으나, 우리의 경우에는 시민계급의 미발달로 인해 근대의 완성뿐만 아니라 근대 이후를 설계하는 것도 노동계급의 과제로 되었다고 그는 생각한다. 이러한 역사적 상황의 조선적 특수성은 문학사의 현 단계를 파악함에도 결정적인 참조사항이다. 그가 급진적 소부르주아지(즉, 자기 자신)의 낭만주의에 대한 투쟁을 언급하는 과정에서 다음과 같이 말한 것은 해방 후 그가 주창한 민족문학론의 단초가 이미 이때 싹트고 있었음을 엿보게 한다.

조선 근대문학은 부르주아 문학으로서의 자기를 여러 농촌적 협잡물
로부터 정화하지 못하였다. 그러므로 1920년 이후 몇 번째 급진적 소부
르주아지의 손으로 반낭만주의적 낭화(狼火)가 들어졌음에도 불구하고
그들은 결국 낭만주의에 대하여 승리적일 수 없었던 것이다. 이곳에 낭
만주의에 대한 진실한 투쟁이, 즉 원칙적으로는 부르주아지가 수행해야
할 문학상의 행동이 프롤레타리아문학 위에 이중적으로 걸려 있게 되는
특수성이 있는 것이다.

―『평론』, 332면.

조선 프롤레타리아 계급의 이중적 임무에 관해서 임화는 다른 문맥
의 논문 「언어와 문학―특히 민족어와의 관계에 대하여」(1934~1935)
에서도, 즉 민족적 통일어와 현대적 문학어의 완성이라는 과제에 관련
해서도 다음과 같이 논하고 있다.

20년대의 염상섭, 춘원, 김동인, 김억, 주요한 등에 이르러 완성된 현
대 문학어는 모든 재능 있는 작가 시인들의 존경할 만한 노력에도 불구
하고 언문일치의 문체적 이상, 또 언어문학상의 민주주의 개혁을 달성
치 못한 채로 근대 노동계급의 문학세대로 유전(遺傳)된 것이다. (…중
략…) 그러므로 조선의 프로문학은 그 절정에 있어서도 완성하지 못한
문학·언어상의 민주적 개혁의 임무까지 어깨에 짊어져야 하는 것이다.

―『평론』, 482면.

몇 해 뒤에 씌어진 평론 「조선어와 위기하의 조선문학」(1936.3.8~24)에서도 비슷한 취지로 발언하고 있어, 조선 프롤레타리아계급의 역사적 임무에 대한 그의 신념이 조선 근대문학사의 형성과 전개를 해석함에 있어 지렛대와 같은 핵심적 위치에 있음을 알 수 있다.

신세대의 문학은 자기 세계의 생활을 창출하고 그것에 상응하는 새로운 언어를 발견 창조해야 하고, 일방 부르문학이 해결치 못한 언어상의 시민적 민주적인 점까지 동시에 해결해야 할 이중의 중하를 짊어지고 있는 것이다.

─『평론』, 598면.

셋째, 그는 봉건조선의 몰락과 신문학의 등장 이후 시작된 문학적 변화과정에 대해 역사적 의미화를 시도한다. 그는 말하자면 일종의 발전사관에 입각하여 우리 근대시가 육당의 신체시로부터 안서·요한의 정형적인 신시, 『백조』의 낭만주의적 자유시를 거쳐 프롤레타리아계급의 신흥시로 나아가는 과정을 밟아왔다고 본다. 이러한 해석에는 은연중 임화 자신을 포함한 카프시인들의 문학사적 자부심이 내재되어 있다고 할 터인데, 다만 그는 우리나라 프롤레타리아 시가 노동계급의 일상적 투쟁 가운데서가 아니라 부르주아 시의 선진적 부분에서, 즉 진보적 지식인의 손에서 태어났기 때문에 부르주아 시의 잔재로서의 낭만주의적 요소를 청산하지 못했다고 인정한다.[3] 이런 논의의 연장선 위에서 그는 「우리 오빠와 화로」, 「요꼬하마의 부두」
같은 자기 업적 자체에 대한 자신의 전면부정을 철회하고 그들 작품
이 가지고 있던 약점으로서의 감상주의를 '부르주아 감상주의'로부터
구별할 것을 주장하는 것이다.[4]

---

3 카프의 프롤레타리아 시가 『백조』의 낭만주의 가운데서 자라났다는 이론을 임화는 여러
   군데에서 되풀이하고 있는데, 「33년을 통하여 본 현대조선의 시문학」에서의 언급은 아마
   그러한 해석의 출발점일 것이다. 극히 조악한 문장이나 중요한 내용을 담고 있기에 그대
   로 인용해둔다 : "우리나라 프롤레타리아 시의 발생, 특히 그것이 노동계급의 일상적 투쟁
   의 한가운데서가 아니라 아직 계급이 정치적 문화적으로 幼少하였을 때, 부르주아시 가운
   데의 선진적 부분이나 (급진적) 소시민 인텔리 등의 손으로 그 운동이 일어났을 때, 그것
   이 부르주아시의 잔재와 시인들의 心·身的 심리로부터 자유일 수 없었다는 것은 불가피한
   일이다. (…중략…) 그러므로 소설 희곡 등에 있어서도 그렇지만 더욱이 프롤레타리아 시
   가에 있어서는 조선의 정신적 환경의 공기에 충만한 낭만주의로부터 결별하려는 노력은
   금일까지의 프롤레타리아 시가 발전한 한 側面史인가 한다."(『평론』, 360면).

4 널리 알려진 바와 같이 1929년 임화의 「우리 오빠와 화로」가 발표되었을 때 김기진은 '단편
   서사시'라는 개념을 통해 상세히 분석하고 적극 지지를 표명하였다. 그러나 정작 당사자인
   임화는 「시인이여! 일보 전진하자!」(『조선지광』, 1930.6)라는 구호적인 제목의 논문에서
   객관적 정세에 옳게 대처하지 못함으로써 무력증에 빠진 카프운동의 지도부를 비판하고
   김기진 등 선배들의 기회주의에 공격의 포문을 열었다. 임화는 난국을 타개하고 시인이 일
   보 전진하기 위해서는 시의 대중화, 시의 프롤레타리아화라는 원칙을 무조건 관철해야 한
   다고 주장하였다. 그에게 있어 일보 전진이란 "프롤레타리아의 생활 속으로 들어가는 것",
   "노동자 농민의 생활감정을 자기의 생활감정으로 하는 것"이었다. 이런 입장에서 그는 「네
   거리의 순이」, 「우리 오빠와 화로」등 자신의 시에 대해 가차없는 자기비판을 감행하였다.

3. 이식문학론, 근대적 문학언어

임화가 일찍이 이식문학론자의 악명을 얻었음은 잘 알려져 있다. 조선에 있어서 신문학사는 "서구적 문학의 이식으로부터 시작되는 것"(『문학사』, 15면)이란 단정적인 언명, 그리고 그 단정을 부연하여 "신문학이란 새 현실을 새 사상의 견지에서 엄숙하게 순(純)예술적으로 언문일치의 조선어로 쓴, 바꾸어 말하면 내용·형식 함께 서구적 형태를 갖춘 문학이다"(『문학사』, 15면)라는 설명은 그에 대한 이식문학자의 악명이 단지 오해나 모략만은 아니었음을 증명한다. 그러나 여기저기 산재해 있는 사론들을 읽어보면 그의 '이식문학론'이 조선 근대 문학사의 실체적 진실에 접근하기 위한 논리적 출발에 불과함을 어렵지 않게 간파할 수 있다. 이미 1990년대 초에 임규찬, 「임화의 문학사 방법론과 문학사 서술」, 「임화 문학사를 바라보는 최근의 관점과 비판」 및 신승엽, 「이식과 창조의 변증법―임화 '이식문학론'의 정당한 이해를 위하여」 등 훌륭한 논문들이 나와 임화 문학사론의 올바른 이해를 통한 '복권'을 선언하고 실현했던 것이다. 단지 유감이라면 그런 노력에도 불구하고 임화에 대한 무지와 곡해가 아직도 가시지 않고 있는 점이라 하겠다. 하지만 이 자리에서 나는 한두 가지 보충적인 언급을 하는 데 그치려 한다.

우선 그의 소위 이식문학론은 '조선'만을 위한, 그리고 '문학'만을 위한 이론이 아니었다는 점이 주목될 필요가 있다. 16세기 이후(우리의 경우 19세기 이후) 서구 제국주의의 팽창이 동아시아에서 '서세동점'의 이름으로 밀려오고 조선도 피할 수 없이 그 대세에 사로잡혀 있었으며 문학도 그 일부라는 것이 유물론자 임화의 확고한 인식이다.

역사는, 더구나 근대사회는 결코 한 국가나 지방의 폐쇄적 독존(獨存)을 허락하는 것은 아니다. 상업과 화폐에 의한 모든 지방의 세계화가 이 시대의 특징이다.

개국이 근대화의 유일한 길이다.

―『문학사』, 26면.

임화의 이 말은 부르주아계급의 맹렬한 활동에 힘입어 지구 전체가 하나의 단일한 세계시장으로 묶여지고 이로 인해 각 나라의 산업들이 불가피하게 전 지구적 성격을 띠어가게 되었음을 지적한 맑스와 엥겔스의 논리를 충실히 학습한 것이다. "복고주의자들에게는 매우 유감이겠지만, 부르주아지는 산업의 발밑으로부터 그 산업이 딛고 서 있던 일국적 발판을 제거하였다"는 맑스주의 창시자들의 선언을 임화는 조선적 입장에서 복창했다고 할 수 있다. 따라서 서구 사회제도와 문화의 이식은 조선만이 아니라 동양사회 전체의(또는 비서구사회 전체의) 근대화에 불가결의 강제이다. 따라서 "동양의 근대문학사는 사실 서구문학의 수입과 이식의 역사다"(『문학사』, 17면)라는 그의 거듭된 논의는 시차와 정도차가 있을망정 유독 조선의 경우만을 특칭하는 것이 아니다.

물론 "이조 봉건사회 내부에서 자생적으로 성숙, 발전치 못한 것은 불행히 조선근대사의 기본적 특징이 되었었다. 이 점은 모든 연구자의 결론이었다"(『문학사』, 22면)라든가 "동양사를 장구한 동안 지배해오던 소위 아세아적 정체성이란 것은 결국 서구의 근대 사회제도를 수입 이식하지 않고는 봉건사회로부터 근대사회제에의 전화, 과도(過渡)를 불가능케 한 조건을 만드는 데 결착(結着)되는 것이다"(『문학사』, 25면) 등의 언급은 오늘의 입장에서 볼 때에는 타율적 근대화론 내지 식민지 근대화론으로 해석될 여지가 많고, 1930년대의 조선 사회경제사학자들이 이의 없이 수용한 헤겔과 맑스의 '아시아적 정체성'론 또한 지금으로서는 동의하기 어려운 서구중심주의임이 분명하다 하겠다. 그러나 서구 여러 나라와 조선과의 관계를 "조선측으로서 보면 대구미(對歐美) 외교사이며 국제적 견지에서 보면 구미 자본주의의 동양침략사의 일환이다"(『문학사』, 32면)라는 언급에서 입증되는 바와 같이 임화가 맹목적 근대주의자 내지 얼빠진 서구추종주의자였던 것은 결코 아니다.

　　임화 이식문학론의 진정한 의의는 19세기 후반부터 조선 사회와 문화 전반에 걸쳐 진행되어온 '이식'현상을 그가 단순히 인지하는 데 그친 것이 아니라 신승엽의 뛰어난 분석대로 그 이식을 우리 고유문화 내부에서 어떻게 소화하고 극복했는가, 또 그럴 만한 역량의 축적이 우리 자신 안에 있었는가 하는 문제를 제기한 데 있다. 임화 자신이 상이한 문화들의 접촉과정에서 발생하는 변증법적 진화의 가능성을 문화이론의 최고수준에서 명쾌하게 갈파한 바 있다.

문화의 이식, 외국문학의 수입은 이미 일정 한도로 축적된 자기 문화의 유산을 토대로 하지 않고는 불가능하다. 그러므로 일찍이 토대를 문제삼을 제, 물질적 토대와 아울러 정신적 배경이 문제된 것이다.

— 『논리』, 656면.

동양 제국(諸國)과 서양의 문화교섭은 일견 그것이 순연한 이식문화사를 형성함으로 종결하는 것 같으나, 내재적으로는 또한 이식문화사 자체를 해체하려는 과정이 진행되는 것이다. 즉 문화이식이 고도화되면 될수록 반대로 문화창조가 내부로부터 성숙한다. 이것은 이식된 문화가 고유의 문화와 심각히 교섭하는 과정이요 또한 고유의 문화가 이식된 문화를 섭취하는 과정이다. 동시에 이식문화를 섭취하면서 고유문화는 또한 자기의 구래(舊來)의 자태를 변화해 나아간다.

— 『논리』, 657면.

물론 임화는 「신문학사의 방법」(1940.1)에서 개진한 자신의 이 이론을 실제의 문학사 서술에서 충분하게 구현하지 못했다. 뿐만 아니라 '이식과 창조의 변증법'에 대한 그의 신념이 초지일관한 것이었다면 "동양의 근대문학사는 사실 서구문학의 수입과 이식의 역사다"와 같이 오해를 자초할 수 있는 단정적 표현을 좀더 정교하게 다듬어야 했을 것이다. 그의 연구(「개설 신문학사」)가 신문학사 초기에, 그것도 주로 신소설에 집중되다가 중단된 것은 애석하지만 부득이한 일이었다 치더라도, 고유문화와 이식문화 간의 교섭을 다룸에 있어 무엇보다 고유문화 지식의 절대적 빈곤은 치명적이었다고 하지 않을 수 없다.

마지막으로 한 가지 문제만 더 거론하면서 후일을 기약하고자 한다. 작년의 제5회 학술대회(2012.10.12)에서 임형택 교수도 임화의 문학사론을 동조적으로 또는 비판적으로 검토한 바 있다(「임화의 문학사 인식논리」, 『창작과비평』, 2013 봄). 그 논문에서 임 교수는 고대의 향가부터 오늘의 근대문학에 이르는 우리 문학사 전체를 임화가 언문문학사, 한문학사 및 신문학사의 구도로 정리한 것에 대해 "특출한 고견"이라고 높이 평가하였다. 사실 조선문학의 개념과 범위에 관해서는 일제강점기 동안 논란이 간헐적으로 계속되었고, 이광수 같은 대표적 문인은 한문학 배제론을 적극 주장하여 큰 영향을 끼쳤다. 하지만 이광수의 주장은 임화가 암시한 것처럼 수천 년 조선역사 자체의 부정에 가까운 비상식이다.

그러나 한문학이 우리의 일상적 삶에서 가지는 본질적인 한계 또한 간과할 수 없다. 어렵게 설명할 것 없이 한자·한문은 조선인의 생활과 감정을 직접적으로, 즉 구체적 형상을 통해 표현하는 도구일 수 없다. 한문은 우리나라에서 장구한 세월 동안 지배적 표기수단으로 군림해왔음에도 문자언어의 울타리를 결코 벗어날 수 없었다. 더욱이 그것은 주지하듯 지식계급의 언어이자 지배계급의 언어였다. 따라서 훈민정음의 발명과 한글사용의 보편화는 근대적 민족국가의 형성과 국민문학의 발전에 불가결한 전제임이 분명하다. 심지어 근대 이전 시대에조차도 한문학은 조선문학의 범주 안에서 언문문학과 완전히 동일한 위상을 주장할 수 없는 결함을 갖고 있었다고 볼 수밖에 없다. 서포(西浦)나 다산(茶山)처럼 봉건체제의 황혼이 멀지 않은 시대가 다가올수록 문자와 문학 간의 부조화는 점점 더 뚜렷이 노출되었음을 우리는 작품 자체를 통해 확인한다.

그 점을 임화는 어떻게 인식했던가. 그는 "한문문학사는 조선의 유학사(儒學史)와는 별개의 것으로 조선문학사의 한 특수영역일 따름이다. 일본문학사에 비하여도 더 다른 이와 같은 조건이 조선문학사에서 용인됨은, 조선에서 고유문자의 발명이 극히 뒤늦은 점과 거기에 따라 한문에 의한 문화표현이 어느 곳보다 압도적이었던 특수성 때문이다"(『논리』, 649면)라고 말하는데, 일리 있는 설명이라 하겠다. 다음은 「언어와 문학」(1934~1935)에서의 인용이다.

세계적 규모로 자본주의적 사회체제의 승리가 확립되면서, 문학에서는 문학어와 속어와의, 다시 말하면 문체와 언어와의 구별의 폐지, 소위 '언문일치'라는 언어상의 부르주아적 혁명이 요구되고 일부분 실행된 것이다. 동시에 이것은 언어상에 있어서의 각국어의 확립의 과정으로서, 이 현상은 대부분 먼저 문학상에 표시된 것이다.

―『평론』, 476면.

조선어가 진실로 통일적인 민족어로서 자기를 완성하고 더욱이 문학

위에서 실현되려면, 무엇보다도 과거의 우리를 지배하고 있던 한문에 대한 투쟁으로부터 시작되어야 할 것이다. 그러므로 개화 조선의 문화적·정신적 욕구라는 것이 한문과 유교적 정신으로부터의 해방을 부르짖고 일어난 것은 지극히 당연한 것이었다.

　　　　　　　　　　　　　　　　　　　　　　　　　　　　　—『평론』, 477~478면.

따라서 "시민정신을 내용으로 하고 자유로운 산문을 형식으로 한 문학"(『문학사』, 18면), 그리고 서구 현대문학에서처럼 유형적으로 장르가 나누어진 문학이 근대의 문학이라 할 때 우리의 신문학은 '언어적 해방'이라는 또 하나의 투쟁을 과업으로 짊어져야 하는 것이다. 그것은 중국의 백화(白話)운동이나 서구의 속어운동에 비견될 만한, 외래문화의 주체적 극복운동의 일환이다. 이런 의미에서 임화가 조선의 근대적 자기해방운동에서 맡았던 전위의 영광을 신문학의 어깨 위에 다음과 같이 부여했던 것은 오늘의 입장에서는 그 절실성이 상당 부분 소진되었다고 여겨진다.

우리 신문학은 장구한 동안 자기 문학을 지배하고 있던 외국어로부터의 해방의 결과, 우리 신문학은 이러한 의미에서 언어, 형식, 내용 전부가 재래의 문학으로부터의 비약이다. 여기에 조선의 근대문학사가 그 창건자들에 의하여 불려진 '신문학'의 이름으로 씌어지는 이유가 있다.

　　　　　　　　　　　　　　　　　　　　　　　　　　　　　—『문학사』, 19면.

종로와 임화*

정우택

1. 머리말

임화는 역사적·운명적 결절점 내지는 결단의 순간에 직면했을 때, 자신을 '종로 네거리'에 세우고 과거-현재-미래를 성찰하며 삶과 문학의 방향을 가늠했다. 그 산물이 「네 街里의 順伊」(1929.1), 「다시 네거리에서」(1935.7), 「9월 12일-1945년, 또다시 네거리에서」(1947) 이다. 임화는 「네 街里의 順伊」를 통해 명실공히 대표적 '프로시인'으

---

* 이 글은 『민족문학사연구』 51(2013.4)에 게재한 논문을 수정 보완한 것이다.

로 등재되었고, 「다시 네거리에서」를 쓸 무렵에는 카프 해산과 건강
악화, 이혼과 재혼 등으로 생의 전환기를 맞고 있었다. 「9월 12일—
1945년, 또다시 네거리에서」는 조선인민공화국 수립과 조선공산당
재건 축하 시가행진이 있던 날의 감격과 성찰을 통해 역사적 새국면
을 조망하며 쓴 시다.

일찍이 김윤식은 임화의 '네거리' 연작시에 주목하고, 이를 '누이
콤플렉스의 내면풍경'으로 설명하였다. "임화는 누이지향성으로 말
미암아 영웅지향성, 권력의지로서의 카프조직체에로의 편향성이 중
화 및 조정될 수 있었고"[1] 균형감각을 확보할 수 있었다고 설명한다.
이후 임화의 시세계에서 '네거리' 연작시와 그 의미에 주목한 연구들
이 다수 발표되었다.

이명찬은 임화의 자기 동일성 · 고향의 표상으로서 종로 네거리를
상정하고, 이향과 귀향의 반복을 통해 주체를 확인 · 강화하고, '보다
나은 공동체', 국가 건설의 이상으로까지 네거리의 공간성이 확장될
수 있다고 보았다.[2]

최현식은 임화의 '네거리' 시편들이 현실의 '골목됨'을 인식하는 한
편, '막힌 네거리'에서 '열린 네거리'로 탈주를 시도하는 것으로서 낭
만성을 주조로 한다고 설명하였다. 식민지 시대 "종로는 정치, 경제,

1 김윤식, 『임화연구』(제3판), 문학사상사, 1990, 191면.
2 이명찬, 「네 거리를 고향으로 둔 시인의 운명」, 『민족문학사연구』18, 민족문학사학회,
   2001.

문화적으로 일제에 의해 계획적으로 개발된, 지금의 명동, 충무로 일대인 혼마치[本町], 신마치[新町] 등과 날카로운 대립을 형성하고 있었"는데, 바로 "'종로 네거리'가 임화라는 특정 개인의 정체성 형성과 보존, 그리고 삶의 드라마를 기획하고 실현하는 데 없어서는 안 될 '가치의 중심지'"라고 보았다.[3]

역사학자 장규식은 『서울, 공간으로 본 역사』를 통해 서울의 역사·문화 현장을 발굴 고증하여 지도화하였다.[4] 본고는 장규식의 작업에서 계시·고무 받은 바 크다.

허정 역시 장규식의 작업을 바탕으로 하여 임화는 종로를, 1920년대 후반에는 민족운동의 중심공간으로, 1930년대 중반에는 이식 자본주의 소비문화의 장소로, 해방기에는 성찰적 자아가 용기를 구하는 장소로 전유하였다는 결론을 도출하였다.[5]

이혜원은 피식민 주체들이 압도적 제국의 스펙터클에 의해 억압받으면서도 저항의 의지를 발견하는 공간, 즉 민족의 거리이자 저항적 연대의 공간으로서 종로를 규정하고, 이런 관점에서 임화가 네거리 계열의 시를 썼다고 설명했다.[6]

3　최현식, 「낭만성, 신념과 성찰의 이중주」, 문학과사상연구회, 『임화문학의 재인식』, 소명출판, 2004, 211면.
4　장규식, 『서울, 공간으로 본 역사』, 혜안, 2004.
5　허정, 「임화와 종로」, 『한국문학논총』 47, 한국문학회, 2007.
6　이혜원, 「한국 현대시에 나타난 '서울'의 문학지리학적 연구」, 『어문연구』 59, 어문연구학회, 2009, 366~369면.

위 연구들에는 종로의 지리적 특성에 대한 공통된 이해가 나타난다. 즉, 청계천을 기준으로 '경성'을 남쪽 신마찌[新町]·혼마찌[本町]·메이지마찌[明治町] 대 북쪽 종로로 분할하고, 남쪽 / 북쪽을 식민성 / 민족성, 지배 / 저항이라는 구도 속에서 설명하고 있다는 공통점이다. 이를 세분화하면 먼저 식민성의 관점에서 남촌은 제국의 '내지'로서 자본과 권력이 집중된 장소이며, 북촌은 이에 수탈당하지만 동시에 저항의 거점으로서 민족 주체성을 보존하는 장소인데 그 중심에 종로가 있다는 것이다. 다음으로 근대성의 관점에서는 남쪽이 제국·이식성·문명의 스펙터클한 공간으로, 종로가 속한 북쪽은 전통성과 민족성·낙후성의 공간으로 분할된다. 남쪽은 자본과 상품, 소비의 장소로서 식민지독점자본주의의 아성이며, 이를 극복하려는 사회주의 운동의 근거지로 북쪽 종로에 주목하기도 한다. 이런 관점들에 의해 종로는 민족의 고유성과 전통성, 민족 자본의 성지처럼 인식되고 민족해방운동의 성소로 격상된다.

식민지 근대 체제의 관점에서 '경성'을 분할하여 인식하는 접근은 보편타당한 측면이 있다. 그러나 종로를 '내지' 제국의 연장으로서 혼마찌[本町]에 대응하는 식민지 민족주체성의 성격으로서 표상하게 되면, 종로는 식민통치권력과 식민자본의 타자로서만 존재의의를 부여받게 되는 문제가 생긴다. 실제로 식민지 시대 '종로'는 내셔널리티나 모더니티만으로 포괄되지 않는 독자적인 정치적 장소성을 가지고 있었다. 이러한 종로의 장소성, 사상지리적[7] 성격과 의미를 실현하고 있는 대표적인 기표가 임화의 '종로 네거리'이다.

이 연구는 우선 종로의 사상지리적 성격 ─ 역사적 사건과 사회정치적 운동들이 생성·조직·이동·대치하며 장소성을 생성하는 양상을 살펴서, 그 속에 임화를 배치해보고자 하는 것이다. '종로'라는 장소성을 구성하는 구체적인 장소와 사건·운동들이 감수성 예민한 13세에서 17세까지의 소년 '임인식'과 어떻게 조우하는지, 그 과정에서 종로의 장소와 사건들을 신체화하면서 정치사상가이자 문예운동가인 청년 '임화'로 탄생·성장하는 과정을 살펴보게 될 것이다. 이를 통해 임화에게서의 '종로 네거리'의 장소성과 의미를 온전하게 밝히고, 그의 시를 좀 더 적실하게 이해하며, 나아가 카프시인 임화의 문학·사상적 기원과 계보를 확인할 수 있을 것이다. 임화가 종로를 "조선의 식민지 근대가 도달한 최대한의 사회구성체",[8] 민족적·계급적·운동적 공간으로 표상하였다는 논의 한편으로, 본고는 소년 임인식이 청년 임화로 탄생해서 활동한 인큐베이터이자 장소로 종로에 주목하고자 한다.

---

7 "사상지리(the ideological geography)란 개념은 지정학적 경계가 표현의 제도적 심리적 규율체계이자 존재 ─ 장소에 대한 상상(imaginationa)과 이동성(mobility)을 배치, 규율하는 권력 ─ 지식의 작용과 효과를 의미한다."(이혜령, 「사상지리(ideological geography)의 형성으로서의 냉전과 검열」, 『상허학보』 34, 상허학회, 2012, 169면).
본고는 이혜령의 개념에 운동성과 대치, 그리고 장소 탈환의 각축 등의 역학을 보충·강조하였다.

8 이경훈, 「서울, 임화 시의 좌표」, 문학과사상연구회, 『임화문학의 재인식』, 소명출판, 2004, 153면.

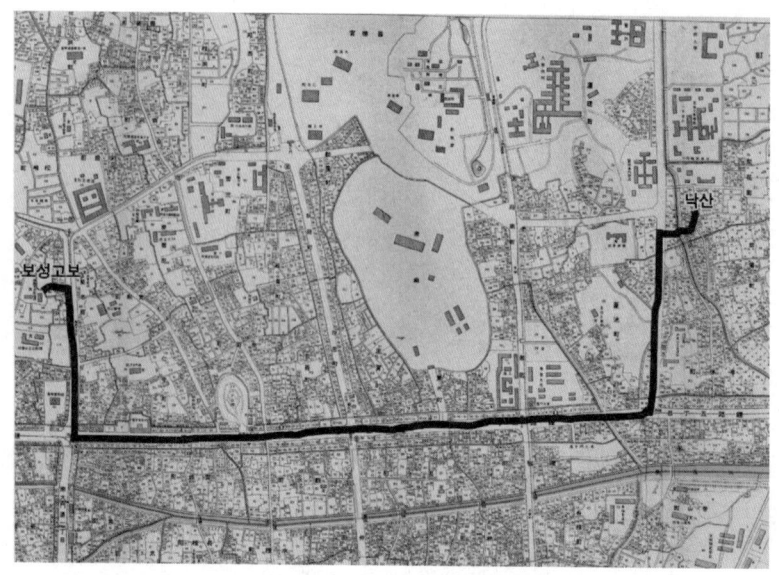

〈지도 1〉 낙산에서 보성고보까지 임인식의 등하교길

2. 종로의 소년, 임인식

　13세 소년 임인식은 1921년에 보성중학교에 입학하면서 종로를
자기의 신체 일부로 삼게 되었다. 보성고보생(1922년 4월 5년제 보성고등
보통학교로 개칭·개편)[9] 임인식은 1925년 졸업을 얼마 앞두고 학교를

9　보성중학교는 1906년 한성부 중서 박동(中署 礴洞) 10통 1호(현재 수송동 46번지, 조계사
　　자리)에서 개교하였다. 보성중학교는 1922년 5년제가 되면서 교명을 보성고등보통학교
　　로 개칭하였다. 「보성고등보통학교일람」(1928), 『보성백년사』, 보성중고등학교, 2006,
　　763~764면. 이후 보성고등보통학교는 1927년 5월 혜화동 1번지로 이사하였다.

자퇴할 때까지 5년 동안 매일 종로를 통해 등하교하였다.

그가 낙산의 집에서 보성고보를 가려면 종로 4정목이나 5정목으로 나와서 종로통을 걸어, 탑골공원을 거쳐, 종로네거리에서 우회전 하여 공평동 견지동 쪽으로 등교를 했을 것이다.[10] 호기심 많은 소년 임인식은 종로 일대를 배경으로 성장했다. 그에게 '종로 네거리'는 은유나 표상이기 이전에 생활 체험의 장소이자 신체의 일부였다.

채만식의 소설 「종로의 주민」에 의탁해서 종로로 등하교하던 임인식의 모습을 상상해 볼 수 있을 것이다.

송영호 군은, 그의 하숙집을 나와서 공원 앞을 지나 네거리까지 이르는 그동안이, 가령 장인(匠人)으로 치면 수십 년 가지고 쓰던 연장과 같은 것이었다. 하나도 생소하고 어색함이 없이 가늠이 잘 들어맞는 것이었다.

어디는 무슨 가게가 있고, 어떤 가게는 몇 층이고, 진열창은 어떻게 생기고, 간판은 어떻고, 점원은, 주인은 어떻게 생긴 사람이고, 가로수는 어떤 포기가 어떻게 생기고, 포도는 어디께가 상하고, 어디쯤엔 무얼 파는 노점 상인이 앉았고 (…중략…) 이렇게 눈을 감아도 횅하니 알아낼 수 있었다. 그리고 그런 것들이 모두가, 잘 맞는 낡은 구두처럼 임의롭고 정다운 것이었다.[11]

---

10 오늘날 낙산에서 조계사를 가려면 원남동에서 현대사옥으로 통하는 율곡로가 있지만, 창경궁과 문묘를 가로지르는 길은 1931년에 만들어졌다.
11 채만식, 「종로의 주민」(1941.2.20), 『채만식전집』 8, 창작과비평사, 1989, 167면.

이 소설의 주인공 송영호처럼, 소년 임인식도 종로를 발로 걸으며 눈으로 보고 귀로 듣고 손과 피부로 접촉하고 코로 냄새를 맡고 입으로 먹고 말하면서, 종로를 신체화했다. 그의 감각과 지각, 의식이 종로에서 형성되었다. 근대의 장소란 주체에 작용하는 경험의 형식으로서 시공간, 그 이상 즉 신체의 감각·지각현상이다. 장소는 신체의 연장인 것이다.[12] 그의 눈·코·입·귀·손·발이 직접 '종로'에 접촉하면서 사유와 신체를 형성시켰다. 때문에 종로는 그의 신체의 확장이며 연장이었던 것이다.

소년 임인식은 종로에서 청년 '임화'로 거듭났다. 훗날 '임화'는 '종로'를 '그리운 내 고향의 거리'라고 고백했다.

오오 그립은 내 故鄕의 거리여! 여긔는 鐘路 네거리.

나는 왔다 멀리 駱山 밋 오막사리를 나와 오즉 네가 네가 보고십혼 마음에……

─ 임화, 「다시 네거리에서」,[13] 부분(강조─인용자)

"종로 네거리"를 "내 고향의 거리"라고 할 만큼, 종로는 임화의 사

12 장소론에 대해서는 황호덕, 「경성지리지, 이중언어의 장소론」, 『벌레와 제국─식민지말 문학의 언어, 생명정치, 테크놀로지』, 새물결, 2011, 367면 참조. 이 글에서 황호덕은 특히 '경성' 내의 이중언어의 장소에 대해 논하고 있다. 위 채만식의 소설 「종로의 주민」은 황호덕의 논문에서 재발견한 것이다.
13 『조선중앙일보』, 1935.7.27.

〈사진 1〉 보성중학교 정문과 학생들 모습[15]

상적·정신적 근원이자 성장의 모태였다.

3. 청년·사회운동의 거점, 종로 '우정국로'

임인식이 보성고보를 다니던 시기인 1921년부터 1925년 사이는 한국의 사상·사회운동이 과학적 틀을 갖추고 격렬하게 진출하던 때인데, 바로 종로 '우정국로'[14]가 그 거점이었다.

〈사진 1〉은 보성중학교 정문과 주위에 모여서 바깥을 바라보는 학생들의 모습이다. 이 학생들이 응시하는 장소, 사건, 이상은 무엇일까? 보성학교 정문은 수송동 각황사 쪽으로 나 있고, 후문은 종로 견지동으로 통하게 되어 있다. 임인식의 통학 동선은 후문 견지동 방면이었다. 그가 학교를 나와 거리에서 정면으로 직면하는 곳에 '서울의 명소', 견지동 80번지가 소재하고 있었다.

(견지동 80번지는─인용자) 朝鮮式 2층집이 줄행낭가티 나란히 서 잇는 것 영업하다가 망해 도망한 냉면집 터 갓지 안이한가. 그러나 이 2층이 맹낭한 2층이라 우선 이 편 끗 石炭광 2층 우가 朝鮮少年總聯盟 한間. 그 다음에 간판 만흔 2층이 서울靑年會. 靑年總同盟 ─ 무엇무엇 社會運動線上에 맹렬한 활동을 하고 잇는 여러 단체가 간판을 한데 부치고 저러케 한 방에 잇다네.[16]

---

14 현재의 명칭 우정국로를 사용한다. 종로 네거리 보신각에서 조계사를 지나 안국동 육거리에 이르는 길. 조선 고종 때 지금의 견지동 397번지에 우체사무를 맡았던 우정총국이 있었다는 데서 도로명이 유래한다. 주요 통과지역은 종로구 청진동·관철동·공평동·견지동·관훈동이다.

15 『보성백년사』, 88면. 〈사진 1〉에 보이는 교문에는 '사립보성초등학교', '사립보성학교', '사립보성법률상업학교', '보성사'(1919년 6월 소실)라는 간판이 붙어있다. 3·1독립선언서와 『조선독립신문』은 보성사에서 전량 인쇄되었다. 임화가 입학한 1921년엔 보성초등과 보성전문이 이사를 함으로써 온전히 보성고보만 수송동 교사를 사용하였다.

16 일기자, 「2일 동안에 서울 구경 골고로 하는 法, 시골親舊 案內할 路順」, 『별건곤』 23, 1929.9.27, 61~62면.

위 기사는 '견지동 80번지'가 조선 사회운동단체들의 집합처로서, 근대 서울의 한 정치적 표식이라고 안내하고 있다. 실제로 '견지동 80번지'는 청년회연합회, 경성청년연합회, 서울청년회, 조선청년총동맹, 조선소년총동맹, 사회주의자동맹, 토요회, 전진회, 적박단, 신생활사 등이 입주해 있던, 조선 "사회운동선상에 맹렬한 활동을 하고 있는 단체"들의 '소굴'이었다.

당시 신문기사를 참고하여 견지동 80번지의 장소성을 살펴보자.

京城고무女工罷業饑餓同盟同情團을 조직하고 그 사무소는 견지동 80번지 토요회에 두엇는데 참가한 단체는 경성양화직공조합, 경성양말직공조합, 경성양복직공조합, 토요회, 노동대회, 서울청년회, 무산자동맹회, 인쇄직공친목회 등이다.[17] (강조 − 인용자)

이 기사에서 전하고 있는 내용은, 경성고무여공 연대파업 직공을 해고하자 단식투쟁으로 맞서고 노동연맹회를 비롯한 각종 단체가 '동정단'을 조직하였는데, 종로경찰서에서 사복 순사를 동원해 '동정단'을 해산시켰다. 이에 홍난파·김영환 등이 기금모금 동정음악회를 천도교 회관에서 개최하였다. 이처럼 견지동 80번지 종로 일대에서는 노동운동·청년운동·예술운동이 연쇄적으로 조직되었다.[18]

---

[17] 「동정단 출현」, 『동아일보』, 1923.7.9.

한국의 사회운동은 청년운동으로 개막했고,[19] 그 본거지가 종로였다. 1920년 12월 2일 전국 121개 단체가 모여 종로 기독교청년회관에서 창립총회를 열고 조선청년회연합회를 결성하였다. 청년회연합회는 곧 노동공제회, 서울청년회, 북풍회, 화요회로 나누어지고 1921년부터 청년운동은 점차 '좌경화'해갔다.[20] 1923년 2월 23일 서울청년회가 주도하여 견지동에 '전조선청년당대회 준비위원회'를 설치하고,[21] 3월 24~29일까지 6일 동안 90여 단체에서 약 200여 명이 참가하여 전조선청년당대회를 개최하였다. 대회는 부인·종교·교육문제의 제1분과(견지동 시천교당), 경제·노동문제의 제2분과(수송동 각황사), 민족 및 사회문제의 제3분과(간동 불교학원)로 나뉘어 진행되었는데,[22] 이는 보성고보 인근이었고, 당시 임인식은 3학년이었다. 조선

---

18 위의 글.
19 이현주, 「서울청년회의 초기 조직과 활동」, 『국사관논총』 70, 국사편찬위원회, 1996. 10, 3~7면 참조.
20 "기미년(1919) 3·1운동 이후 발생한 청년운동이 청년회연합회의 분열을 보게 된 후 노동공제회와 서울청년회, 북풍회의 세 개의 파벌로 갈라섰고, 조금 뒤에 화요회가 생겨가지고서 결국 네 개의 진영이 사회운동 전체를 이끌고 나가는 형편이었는데, 청년운동에서 출발했던 사회운동이 1921년 이후부터 해마다 좌경해가지고."(김기진, 「나의 회고록」, 『김 팔봉문학전집』 II, 문학과지성사, 1988, 201면).
21 "서울에 잇는 각 주최 단톄와 시골서 올나온 단톄들 사이에 각각 두 사람 이내의 위원을 선뎡하야 준비위원회를 조직하고 림시사무소를 시내 견지동 7번디로 옴기엇다는대 대회에 대한 모든 사무를 그 준비위에서 처리한다."(「청년당대회 준비위원회」, 『동아일보』, 1923. 2. 24).
22 「3분과를 置하고 신중토의」, 『동아일보』 1923. 3. 29. 종로에는 기독교, 천도교, 시천교, 불교 등 종교단체 본부가 있었고, 각 사회단체들은 정치적 표현의 제약을 종로의 종교단체를 통해 발화하기도 하였다.

〈사진 2〉 조선청년당대회 기념사진(1923.3.24)

청년당대회 기념사진을 보면, 중앙 상단에 배치된 한반도 지도 걸개가 상징적이다. 이 사진과 걸개는 지금 이곳, 종로, 청년당대회를 중심으로 조선의 역사가 운행할 것이라는 메시지를 발화하고 있다.

　1924년 4월 21일에는 서울청년회・청년회연합회와 화요회・북풍회계의 신흥청년동맹까지 망라한 청년단체의 전국적 통일조직인 조선청년총동맹이 전국 223개 단체 대표와 700여 명의 방청객이 지켜보는 가운데 창립되었다. 염군사는 "焰群社 音樂部의 청아한 축하"[23] 공

23　「조선청년총동맹 대회 개막」, 『조선일보』, 1924.4.22.

연을 통해 조선청년총동맹에 연대를 표명하였다. 조선청년총동맹의 결성은 "청년운동의 통일을 상징하는 동시에 민족주의적인 운동에서 사회주의적인 무산계급운동으로 청년운동이 전환했다"[24]는 평가를 받았다. 대회가 끝난 후에 "노동가를 부르며 시가지 행진을 하다 종로경찰서 앞에서 경찰과 대치하다 10여 명의 청년이 검속"[25]되고, 이에 수백 명의 군중들이 항의하는 사태가 일어났다. 그날 밤 종로경찰서 고등계 형사들이 각 여관을 돌며 24명을 추가로 검속하였다. 조선청년총동맹회는 견지동 80번지의 조선청년연합회 사무소를 인계받았다. 조선노동총동맹도 견지동 88번지에 사무소를 차렸다.

청년단체와 민중운동단체들은 종로 일대에서 지속적으로 군중집회를 개최하였고 각종 기념일[26]에 강연 및 가두행진, 선전삐라 살포 등을 통한 대중선전활동을 펼쳐나갔다. 이에 종로경찰서는 집회를 금지하고 실행위원들을 구속하는 것으로 대응하였다. 특히 1925년 4월 20일 전국의 4백 수십 단체의 5백여 대표자가 '경성'에 모여 '전조선민중운동자대회'를 개최(장소는 장곡천정 공회당)하고자 하였으나, 경무당국이 대회를 금지하자 대회 사무소가 있는 종로 일대에서 대규모 항의 시위를 열기도 했다.[27]

---

24 성산학인, 「조선사회운동개관-을축1년수확기(6)」, 『동아일보』, 1926.1.6.
25 「노농총동맹임시대회」, 『조선일보』, 1924.4.22.
26 대표적인 기념일로는 칼·로자 순국기념일(1.15), 레닌사망추도(1.21), 파리콤뮨기념 (3.15), 부인해방데이(3.8), 국제무산청년데이(9월 첫째 일요일), 러시아혁명기념(11.7) 등이 있었다.

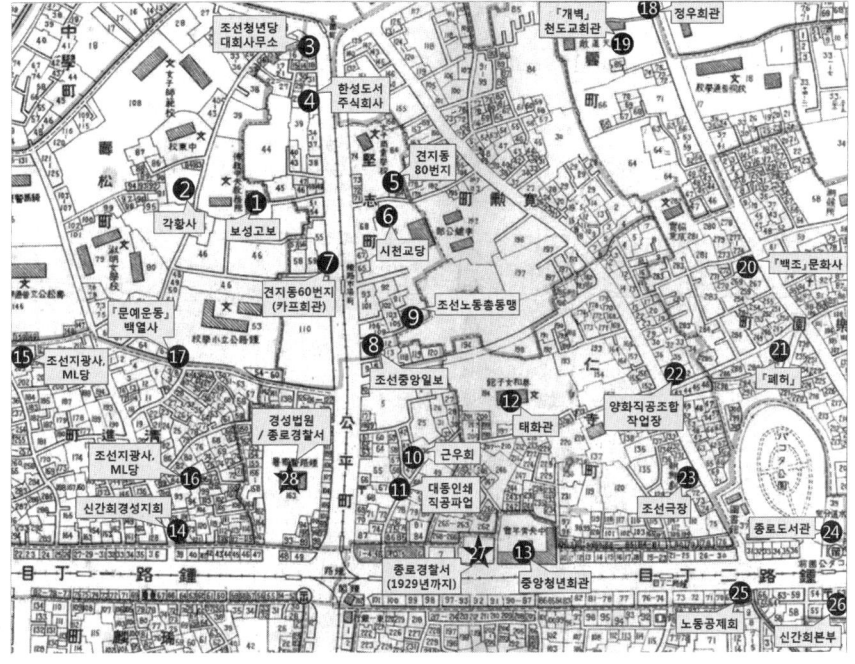

〈사진 3〉1920년대 종로의 사상지도

※ ⑧ 조선일보(1926.7~1933.4) → 조선중앙일보(1933~1937) ⑮ 조선지광(1927.10 현재) ⑯ 조선지광(1926.2 현재) ㉑
폐허(2호, 1921.1) ㉗ 종로경찰서(1929년까지) ㉘ 경성법원(1908~1928) → 종로경찰서(1929년 이후)

1920년대 중반 이후 형평청년회를 비롯하여 양복·양화·인쇄·
운수·점원청년회 등의 직업별 노동청년단체가 곳곳에서 조직되었
으며, 그에 따라 조선의 사회운동은 점차 지식계급 청년 중심에서 노
동자 청년과 농민 청년을 중심으로 한 청년운동으로 변화되기 시작했

<hr />

27 「민중운동자대회 금지에 대하여」, 『동아일보』, 1925.4.21.

다.[28] 1925년 3월 마침내 조선공산당이 창립되었으며, 우정국로 옆 블록, 경운동 96번지 정우회 회관을 그 거점으로 삼았다. 1926년 11월 정우회선언을 계기로 범공산주의 전위당으로 '통일' 조선공산당(소위 ML당)이 출범하였으며, ML당도 정우회 회관과 조선지광사(청진동 95번지)를 주요 활동거점으로 삼았다.

1925년 8월 하순에는 조선프롤레타리아예술동맹이 창립총회를 열었다. 김기진의 회고에 따르면, "'프로예맹'의 간판을 견지동 시천교당 입구 큰 길 가에 있는 서울청년회관에다 걸었"[29]다고 했다. 프로예맹이 조선청년총동맹·서울청년회·사회주의자동맹 등이 들어 있는 견지동 80번지에 간판을 건 것은, 프로예맹이 이 단체들과의 연대 속에서 결성되어 활동할 것이라는 의지를 반영한 것이었다. 이렇듯 종로, 특히 우정국로는 1920년대 청년운동·노동운동·사상운동·문화운동의 중심지였으며 각종 대회와 집회, 행진과 선전, 행사 등으로 뜨거운 장소였다.

임화의 '종로 네거리' 계열 시는 이런 구체적이고 역사적인 장소성을 바탕으로 만들어진 것으로, 자신의 신체적 장소인 종로의 연장이자 확장이었다.

---

28 박철하, 『청년운동』, 독립기념관한국독립운동사연구소, 2009, 53면.
29 김기진, 「프로예맹의 요람기」, 김기진 외, 『한국문단의 역사와 측면사』, 국학자료원, 1996, 537면.

그 靑年인 勇敢한 산아희가 어듸서 온단 말이냐?

눈바람 찬 불상한 都市 鐘路 복판의 順伊야!

－임화, 「네 街里의 順伊」[30] 부분

이 시에는 '청년'이라는 시어가 무려 7번, 청년과 동의어인 '젊은'이 란 시어가 '7번'이나 등장한다. ("미덥성 잇는 이 나라 청년", "勤勞하는 靑年", "貴重한 靑年인 勇敢한 산희", "勇敢한 靑年을 차즈러 …", "靑年의 戀人 勤勞하는 女子" 등) 반복해서 말하지만, 종로는 청년들의 거리였던 것이다.

4. 카프의 청년시인 임화

종로는 '임화'의 인큐베이터였다. 임인식이 보성고보 다닐 당시, 종로에는 온갖 사회단체가 극성을 이루었고, '신사회 건설'과 '계급투쟁' 이란 구호가 난무하고, 이를 알리는 삐라와 벽보가 휘날리고, 하루가 멀다 하고 집회가 열렸으며, 군중들은 노동가를 부르며 시가지를 행진 하다 공권력과 대치하고, 공방 속에 검속되고 재항의 집회가 이어지는

---

30 『조선지광』, 1929.1(김재용 편, 『임화문학예술전집 1 －시』, 소명출판, 2009, 379～380면 에서 재인용).

나날이었다.[31] 하지만 학생 임인식은 이를 의식화하지는 않았다. 임
화는 학창시절을 "평화한 감상시대"였다고 회고했다. "열대여섯 살 때
그는 하이네의 시와 어여쁜 소녀의 생각으로 행복"했는데, "눈물과 탄
식"의 세계 즉 이쿠타 게츠[生田春月]의 『영혼의 秋』, 위고의 『레미제라
블』, 이광수의 『무정』, 노자영의 『사랑의 불꽃』, 베를렌과 칼 부세에
심취했다.[32]

학창시절 종로에서 수시로 목격하고 감각한 집회와 시위 행진과
함성과 노래, 공방과 검속 등의 긴장 국면은 소년 임인식에게 청년,
자유, 해방, 이상, 새로움, 유동 등 고열한 낭만성으로 전유된 것 같다.
그는 종로의 사상지리적 격동 속에서 감각한 것은 '신흥'이었다. 이
'신흥'에 접속하여 예술과 사상, 삶의 양식으로 자기 미래를 구상하려
했던 것이다.

마침내 소년 임인식은 1925년, 보성고보 졸업을 앞둔 5학년 때, 중
도 자퇴함으로써, 스스로 '청년'[33] 임화가 되어 거리에 나섰다. 그의
나이 17세였다.

중학교를 졸업 직전에 이별했습니다. (…중략…) 교과서를 팔어 그때

---

31 「노농총동맹임시대회」, 『조선일보』 1924. 4. 22 등 참고.
32 임화, 「어떤 청년의 참회」, 『문장』, 1940. 2 참조.
33 "一國家 一社會에 진보적 세력을 대표하는 자는 誰며 보수적 세력을 대표하는 자는 誰요 余
  는 言하노니 前者는 청년이요 후자는 老年이라 하노라."(「각지 청년회에 寄하노라 ─ 聯合
  을 要望」, 『동아일보』, 1920. 5. 26).

유행하든 鳥打帽를 사 쓰고 本町에 가서 「改造」라는 잡지 1冊과, 「크로포
트킨」의 저서를 1冊 사가지고 意氣 軒昻히 집으로 돌아와 양친께 그 뜻
을 말했습니다.(22면) (…중략…) 그 뒤로도 그는 『중앙공론』을 자꾸
사드리며 福田德三, 리카아드, 맑쓰, 엥겔스를 알게 되고 스티르너의 『唯
一者와 그 所有』, 니체의 『차아라투스트라』, 『파우스트』 등의 책을 사서
읽었습니다. (…중략…) 高橋新吉이란 이의 詩集을 사 읽고, 어느 틈에
「따따이즘」이란 말을 배웠습니다. (…중략…) 그는 山川均과 堺利彦이
란 이들의 글을 통하야 그는 계급이란 문구를 보았고 차차 그 語義를 알
었습니다. 그러나 「청년에게 고함」과 大杉榮의 情熱的 方法으로 그 말을
이해했습니다.[34]

그는 국민을 양성하는 정규 지식의 텍스트 '교과서'를 팔아서, 당대
청년들의 트랜드 — 패션과 사상·문예·교양과 맞바꾸었다. 말랑
말랑한 연애나 감상, 소설을 넘어 크로포트킨, 리카도, 마르크스, 엥
겔스, 스티르너, 로망 롤랑, 후쿠다 도쿠죄[福田德三], 야마카와 히토시
[山川均], 사카이 도시히코[堺利彦], 오스기 사카에[大杉榮] 등에 착목했다.
학교에서 탈주한 임화는 당대의 첨단 지식 담론인 자본주의, 사회주
의, 아나키즘, 니힐리즘, 다다이즘, 그리고 예술, 시에 몰두했다. 그는
'신흥예술'과 예술론, 계급 등의 기호와 어의를 알아갔다. 자신이 종

---

34 임화, 「어떤 청년의 참회」, 『문장』, 1940. 2, 22~23면.

로에서 목도하고 감각했던 현상을, 종로 '밖'의 혼마찌[本町]에서 제국의 언어로 된 텍스트를 통해 의식하기 시작했다. 이를 통해 자기 형식을 생성해 갔다.

이미 임인식은 고보 4학년 때인 1924년 12월 '성아(星兒)'라는 필명으로 『동아일보』에 시를 발표하며 학교 '밖'을 기웃거렸다. 1927년 3월까지 성아라는 필명을 사용했다. '성아(星兒)'는 스타(Star)로 비약하고자 하는 욕망의 기표였던 것이다. "중학생 시절의 임인식은 (…중략…) 軟派的 不良性을 띤 모던뽀이형이어서 학교에서도 문제아로 여겼던 사람"[35]으로 인상지어졌다. 학업과 학교 규율에 얽매이지 않고 학교 밖을 기웃거리며 '신흥' 패션에 민감한 문제적인 학생[36]이었다는 것이다.

임인식이 졸업 직전에 갑작스럽게 학교를 중퇴를 한 것은, 학생에서 청년으로 비약하고 싶은 조급한 욕망의 발로였을 것이다.[37] 그가

---

35 이헌구, 「편편산주」, 『사상계』, 1966. 10, 267면.

36 "그가 몸맵시를 내며 昭格洞을 넘나들던 그의 중학시절."(김남천, 「임화에 관하여」, 『조선일보』, 1933. 7. 22).

37 기존 연구에서 임화의 학교 중퇴를 가정의 파산에 말미암은 것으로 설명해 왔다. 그런데 임화가 학교 중퇴를 '의기양양해 하고, 중퇴 후 여러 책들을 '자꾸 사들이'며 댄디적 행세를 하는 것을 보면, 생활 형편이 어려워 졸업을 얼마 앞두고 중퇴한 것으로 보이지 않는다. 그는 다른 자서에서 자퇴는 말 그대로 자발적으로 '집어던졌'던 것이고, 집안의 파산은 졸업 후 2년 후였다고 한 바 있다. "아버지는 자상하시고 어머니 슬하에 나는 행복한 소년이었습니다. 20세 전후의 청년시대 중학교를 5년급에 집어던지고 난 지 2년 후 어머니도 돌아가고 자산도 파하고 나는 집에도 안 들어가고 서울거리를 정신 나간 사람처럼 헤매었습니다. 괴로운 때였습니다. 그러나 마음은 강한 행복에 불탔습니다."(임화, 「작가 단편 자서전」, 『삼천리문학』, 1938. 1, 261면). 그는 약간의 가정사를 핑계 삼아 평소의 뜻을 펼

열거한 지적 열망의 텍스트들이 『청년에게 고함』으로 귀결되었다
는 고백이 이를 증명한다.

> 余는 청년 제군을 18세나 20세에 갓가운 사람으로서 남의 門弟로나 學
> 生으로 학업을 마치고 방금 實生活에 드러가랴는 사람으로 가정하자[38]
> (강조-인용자)

당대 청년들의 바이블이었던 『청년에게 고함』은 청년을 18~20
세, 학업을 마치고 더 이상 학생이 아닌 사람, 실생활에 종사하는 사
람으로 규정하였다. 일본에서 다이쇼 말의 분위기는 가장 머리가 좋
은 학생은 마르크스주의를, 두 번째 패는 철학이나 종교를 연구하고,
세 번째의 패가 문학에 매달리고, 최하위에 속하는 것이 '반동학생'이
라고 일컬어졌다. 쇼와 초창기에는 다이쇼 교양주의의 인기가 점차
하락하고 마르크스주의의 영향력이 증대되는 시기였다.[39] 임화는 당
시 일본과 국내 지식청년들의 트랜드를 곧바로 흡수하여, 첨단의 전
위적 지식과 운동으로서 다다이즘부터 마르크스주의까지 넓은 지적
스펙트럼을 가로지르고 있었다. 그가 매료된 것도 최첨단 미디어, 영

친 것이라고 봐야 할 것 같다.

38 無我生 譯, 「청년에게 訴함」, 『공제』 7, 1921.4.17, 63면.

39 竹內洋, 「エリート學生文化のうねり」, 『敎養主義の沒落』(9판), 中央公論新社, 2007, 44면
(장인수, 「이헌구와 와세다대학교 문학부 교양주의」, 『한민족문화연구』 40, 한민족문화
학회, 2012, 360면에서 재인용).

화였다.

임화가 프로예맹과 접촉하게 되는 계기는 영화를 통해서였다. 그는 1927년 초에 조선영화예술협회 제1기 연구생으로 가입하였다.[40] 조선영화예술협회는 예지동 100번지에 있다가 황금정 3정목, 서사헌정 85번지(장충동 부근) 등으로 사무소를 옮겨 다녔는데, 당시 임화의 동선도 이 사무소와 일치했을 것이다. 이즈음 임화는 영화예술협회 윤기정의 권유로 프로예맹에 가입한 것으로 보인다. 프로예맹은 1927년 9월 1일 오후 7시 동맹회관에서 임시총회를 열고 맑스주의와 무산계급예술운동의 원칙을 천명하였다. 이 총회를 계기로 제1차 방향전환론이 결의되고, 명칭도 프로예맹에서 카프를 공식적인 명칭으로 사용하게 되었다. 임화도 이 대회에 참석하였다.[41] 이 시기는 종로 공평동에서 대동인쇄주식회사 동맹파업과 연대투쟁이 최고조를 이룰 시점이며, 임화는 새로운 문학을 주장하는 '제3전선파'의 문예강연을 감명 깊게 듣고 있을 때였다.[42]

---

40 "〈이리떼-狼群〉의 試作品 촬영을 개시하였는 바 (…중략…) 동회 1기 연구생 일동이 총출연하기로 되었다는데 (…중략…) 문단에 명성이 있는 김영팔, 이종명, 윤효봉(윤기정), 임화, 서광제, 이우 등 제씨가 관계하고 있다더라."(「영화예술협회의 試作品 '狼群' 촬영 개시 제1회 연구생 총출연」, 『중외일보』, 1927.12.13).

41 "1927년 9월 1일에 예술동맹의 맑스주의적 정신을 비로서 강령 가운데 정식화하고 방향전환을 조직적으로 결정한 역사적 총회가 열니엇다."(임화, 「예술운동 전후 문단의 그 시절을 회상한다-多事하던 30년 전후의 예술동맹」(4회), 『조선일보』, 1933.10.8).

42 "(1927-인용자) 7월 하순에 드러서 동경에 잇던 좌익조선인청년들로 만드럿든 '제3전선'社의 일행이 경성으로 하휴차 강연을 오게 되엿다. 이때 마침 잡지 『제3전선』의 창간호가 나온 때로 서울 잇든 우리들은 일층 기운을 어더 종로YMCA에서 문예강연회를 열고 장내

1926년부터 '성아'는 정해진 문학적 지향이랄 것이 없는 '청년'의 감성을 『매일신보』와 『조선일보』에 발표해왔다.[43]

소리업시 자최를 감츄고 나리는 가는 비는 / (…중략…) / 어든 밤에 헤매면서 우는 / 두견의 슬푼 눈물 갓치 굴너떠러진다. / 남모르게 홀로 뛰는 혼령아 / 이 어든 비오는 밤에도 쉬지 안코 날뛰며 / 무엇을 너는 찻느냐?

―「무엇 찻니」[44] 부분

서정적 주체로서 '청년'의 자아 탐구와 관련된, 감상이 주조를 이루는 시다. 시인 이상화의 '투신의 미학'으로서 시풍이 엿보인다. 의기양양하게 학교를 뛰쳐나와 신흥 패션으로 치장하고 신흥 지식을 난독하면서 의식과 정신이 확장될수록 혼란스러워졌다. 그는 급진적 정열로 신흥을 고열하게 밀고 가 '다다이즘', '표현주의' 등을 프롤레타리아예술에까지 접속시켰다.

에서 잡지를 팔고 하엿다."(임화, 「예술운동 전후 문단의 그 시절을 회상한다 ― 多事하던 30년 전후의 예술동맹」(4회), 『조선일보』, 1933.10.8).

43 「무엇 찻니」(『매일신보』, 1926.4.16); 「抒情小詩」(『매일신보』, 1926.10.10); 「향수(민요)」(『매일신보』, 1926.12.19); 「雪」·「赫上」(『조선일보』, 1927.1.2); 「초상」·「宣詩」(『조선일보』, 1927.1.31); 「晉光의 아들」(『조선일보』, 1927.3.8); 「화가의 시」(『조선일보』, 1927.5.8).

44 「무엇 찻니」, 『매일신보』, 1926.4.16.

마침내 1927년 대표적인 사회주의 잡지였던『조선지광』에「지구와 '빡테리아'」(1927.8)를, 동경에서 발간한 카프 기관지『예술운동』[45]에「曇 : 一九二七」(1927.11)을 발표하면서 본격적으로 '종로의 사상'에 귀환하였다.

"'작코' · '반제ㅅ틔'의 殉日에"라는 부제를 달고 있는「曇 : 一九二七」은 임화가 문학 · 사상 · 조직적 입장을 명확하게 표명한 작품이다. 이 시는 이태리 출신의 미국인 노동자 자코와 반제티가 노조활동을 하다가 살인강도사건의 혐의자로 검거되어 사형선고를 받았고, 이에 전세계 노동자들이 석방을 요구했음에도 불구하고 사형당한 (1927.8) 사건을 제재로 하고 있다.

세계의 가장 위대한 푸로레타리아의 동모를 / 革命歌의 묘지로 모라너엇다. / 그러나 강철갓흔 우리의 戰列은 / ×(殺-인용자)ㅅ者 ─ 그들의 폭악도 궤멸케 하지는 못하엿다. // (…중략…) 역사의 도살자인 / 아메리카-뿌르죠아의 정부는 / 사랑하는 우리의 동지 / 세계 무산자의 최대의 동모 / 작코, 반제ㅅ틔의 목숨을 빼어섯다. // (…중략…) 동모여

---

45 프로예맹은 이전에『문예운동』(1926.2)을 발간한 바 있다. 그런데『예술운동』은「조선 프롤레타리아예술동맹 기관지」라는 공식 명칭을 달고 나온 첫 번째 책이라는 공식성이 있다.『예술운동』은 1927년 9월 1일 카프 임시총회에서 선임된 위원회가 9월 회의를 열고 결의한 바, "본 동맹의 기관지『예술운동』은 동경지부에서 제1호를 발행하기로 하고 일체 사무는 동경지부에 일임함"이라는 것의 결과물이다. 특히 1927년 9월 1일 카프 임시총회 는 "전무산계급적 정치투쟁"을 슬로건으로 내 건 제1차 방향전환을 결의한 회의였고,『예 술운동』은 이를 적극 반영한 기관지라고 할 수 있다.

그놈들의게 생명을 도적마진 우리들의 사랑하는 전위여 / 조금도 염려
는 마러라 / 뒤에는 무수한 우리가 잇지 안느냐 / 가장 위대한 세계 푸로
레타리-트의 조직이

—「曩 : 一九二七」46 부분

임화는 이 사건을 국가와 자본이 결탁한 전세계 노동자에 대한 사
법 살인으로 규정하고 이에 대응하는 주체로서 '전위'를 호명하여, 자
기를 동일시하고 있다. 프롤레타리아 국제주의를 지향하는 이 시가
겨냥하는 국내적 이슈는 1927년 9월 13일, 경성지방법원 제3호 형사
법정에서 이루어진 '조선공산당사건' 공판이었다.

1927년 9월 13일, 경성지방법원 제3호 형사법정에서 조선공산당사건
공판이 개정되었다. 이 재판은 안팎의 커다란 관심 속에 열렸다. '조선
공산당사건' 재판은 테라우치 총독 암살 음모의 '105인 사건', 3·1운동
당시의 '48인 사건'과 아울러 '조선의 3대 재판' 가운데 하나로 지칭되었
다. 뿐만 아니라 조선공산당사건은 미국의 자코·반제티 사형사건과 더불
어 1927년도에 전 세계의 여론을 격동시킨 두 가지 사건이라고 지목되
기도 했다.[47]

---

46 『예술운동』, 1927.11(『임화문학예술전집1 ─ 시』, 377~378면에서 재인용).
47 임경석, 「박순병, 비운의 청년운동지도자」, 『내일을 여는 역사』 11, 서해문집, 2003.2,
    207면.

「纛：一九二七」은 제3인터내셔널의 대의, 프롤레타리아트의 분노를 조직하여 세계 국가독점자본주의의 파괴와 새로운 사회 건설을 촉구하는 정치적 상상력, 이를 조선공산당사건 공판의 환유로 독해하게 하는 시사적 맥락 등을 갖고 있었다. 이런 높은 수위의 정치적 발화를 게재할 수 있었던 것은, 『예술운동』이 동경에서 발간되었기 때문이다.[48] 이 시가 실린 『예술운동』은 국내에서 배포된 다음날로 압수되었고 발매금지처분을 받았다. 이를 돌파하기 위해 윤기정, 임화, 김유영 등은 동경에서 유입된 『예술운동』을 비밀리에 배포했다.

(1927년―인용자) 9월 말부터 동경지부와 의견이 일치되어 원고를 모아 동경으로 보내게 되어 그해 11월 15일에야 비로서 처음으로 표지에 「조선푸로레타리아예술동맹기관지」라고 공공연히 서명한 기관지 『예술운동』 제1호가 출판되엿다.
당시 나는 윤기정 군과 함께 「조선영화예술협회」에서 촬영 준비를 하고 잇슬 때이엇다. 엇던 날 저녁에 윤 군이 커다란 뭉치를 들고 와서 동경서 나온 책이라고 하면서 그날밤으로 시내 중요 서점에 배포를 하여야 한다고 햇섯다. 그 말을 들은 나는 엇제 이상한 것이 가슴을 누르는 듯한 감이 잇섯다. 밤이 좀 느즉해, 김유영 군인가 하고 나, 윤 군 3인인

---

48 일본 제국 내부에서 지역 간에 검열의 편차가 있었으며, 이것이 미친 텍스트적 영향을 '법역'과 '문역'으로 설명한 논문으로 한기형의 「'법역'과 '문역'」(『민족문학사연구』 44, 민족문학사학회, 2010.12)이 있다.

가 책을 들고 치운 鐘路거리를 冊을 돌르고 다닐 때 감상은 무엇이라고 말할 수 업는 '히로익'한 감정이 가슴에서 구비치는 것 가텟다. 허나 冊은 그 잇흔날 일즉이 압수되고 발매금지를 당햇다.[49]

자신의 시가 실려 있고, 표지에 당당히 '조선프롤레타리아예술동맹 기관지'라고 밝혀 놓은, 당대의 사상의 지도급인 카프 동경지부에서 발행한 이 책의 운명을 짊어지고, 조선의 법역을 돌파하기 위해 동지들과 밤의 "치운 종로거리"를 내달리는 청년시인 임화의 감격은 매우 컸다. 이 시기에 카프의 제1차 방향전환에 입각한 '정치투쟁'과 '운동으로서의 문학'에 적극 접속하면서 임화는 예술가로서, 또 운동가·이론가·조직가로서 신체를 단련·확장해 갔다. 종로에서 성장한 임화가 바야흐로 종로의 정치성을 주도하는 정체성을 형성해갔다.

당시 임화가 카프시인으로서 시를 발표했던 주요 잡지는 『예술운동』과 『무산자』, 『조선지광』이었다. 이 잡지들의 성격을 비교하면, 종로의 사상지리적 성격이 좀 더 분명해진다. 앞서 『예술운동』(편집 겸 발행자 겸 인쇄자 김두용, 발행소는 東京府 下吉祥寺 2554번지)이 동경에서 발행되었기에 「曇 : 一九二七」과 같은 작품이 실릴 수 있었음을 밝혔다. 『무산자』(1929.8)에 발표된 「병감에서 죽은 녀석」도 정치적 발언

49 임화, 「예술운동 전후 문단의 그 시절을 회상한다 — 多事하던 30년 전후의 예술동맹(4)」, 『조선일보』, 1933.10.8.

의 수위로 인해 조선 내에서는 검열을 통과하지 못하고 삭제되었을 것이다. 한편 「네 거리의 순이」를 비롯하여 임화가 1920년대 발표한 대부분의 시는 『조선지광』에 발표되었다.[50] 종로에서 발행된 『조선지광』(발행소 京城府 청진동 95번지 / 223번지)은 검열을 거쳐서 합법적으로 출간되고 있었다. 그에 따라 『조선지광』에 투고한 임화의 시들은 검열과 발매금지를 피해가기 위한 전략적·상징적 어법을 구사할 수밖에 없었다. 이처럼 게재지면에 따라 다른 성격의 작품을 발표하면서, 임화는 제국과 다른 종로의 사상지리적 성격을 확연히 실감하게 되고, 그에 따라 정치적·예술적 감각도 날카롭게 벼릴 수 있었다. 그리고 자신의 자유를 억압하고 통제하는 '적'에 대해서도 훨씬 섬세하게 통찰하게 되었을 것이다.

동경의 『예술운동』·『무산자』와 종로의 『조선지광』의 차이는 종로네거리의 지금, 여기를 선명하게 확인시켜주는 바로미터였다. 일본 '내지'에서 발간된 『예술운동』·『무산자』에서는 세계혁명을 과감하게 상상하고 표현하였던 것에 비해, 국내의 카프 준기관지 『조선지광』에는 '적'의 눈길과 간섭이 달라붙어서 그의 사유와 감각을 조율하고 있었던 것이다. 이 민감한 장소성은 사상성과 정치성, 상상력과 언

---

50 『조선지광』에 수록된 임화의 시는 「지구와 '빡테리아'」(『조선지광』, 1927.8), 「젊은 순라의 편지」(1928.4), 「네거리의 순이」(1929.1), 「우리 오빠와 화로」(1929.2), 「어머니」(1929.4), 「봄이 오는구나」(1929.5), 「다 없어졌는가」(1929.8), 「우산 받은 요코하마의 부두」(1929.9), 「양말 속의 편지」(1930.3), 「제비」(1930.6) 등이 있다.

어의 생성에도 관여하게 된다. 따라서 임화의 시에서 종로 네거리는 정치성과 상상력이 식민 권력과 대치하는 장소이며, 『예술운동』·『무산자』에서 보여준 혁명적 돌진보다는, 지금의 고통을 환기하고 극복 의지와 결의를 다짐하는 비극적 낭만성을 주조로 하고 있다.

5. "적이여! 너는 나의 운명"

1929년 『삼천리』는 창간 기념으로 문인 37인에게 '반도 8경'을 추천받았다. 그 결과 금강산(34명), 대동강(28명), 부여(21명), 경주(13명), 명사십리(11명), 해운대(10명), 촉석루(8명), 백두산(8명) 순으로 추천되었는데, 이 장소들은 모두 조선의 명승고적이다. 그런데 임화는 독특하게도 '반도 8경'으로 '부산 잔교', '신의주 세관', '경성역두', '종로 네거리'를 꼽았다.[51] 임화는 '반도 8경'을 첨예한 현재성을 기준으로 하여 서로 다른 힘들이 날카롭게 교차하거나 대치하는 경계의 장소로 규정했다. 이를 통해 임화가 얼마나 치열한 '현대적인' 인물이었는지 확인할 수 있다. '부산 잔교'·'신의주 세관'은 일본·중국·조선의

---

51 「전조선 문사 공천 新選 '반도 8경' 발표」, 『삼천리』 창간호, 1929; 7월호(1929.6.12 발행), 40면.

대치선이자 다른 법역의 경계지점이다. '경성역두'는 '수부(首府)' '경성'의 관문이자 경계이다. '종로 네거리'는 임화에게 단순한 시적 기제이거나 미학적·사상적 메타포에 머물지 않았다.

이 설문조사에 앞서 임화는 그해 1월 「네거리의 순이」를 발표한 바 있다. 조선의 현재성을 날카롭게 표상하는 '종로 네거리'의 장소성은 무엇인가? 경계, 관문, 대치, 법역, 이동이라는 공통 기호를 산출하는 장소로서 '종로 네거리'는, 그 네거리 길목에 배치되어 있는 사법·치안 통치기구인 경성법원과 종로경찰서를 빼고는 설명되지 않는다.[52] 종로경찰서는 임화가 13살 때부터 옆에 끼고 걸었던, 그의 신체의 한 부분이었다. 또한 종로 네거리의 길목을 지키며 우정국로 안쪽의 정치적 기획과 운동을 감시 통제하고 동지들을 잡아 가두는 종로경찰서와 경성법원은 '적'이자 '분노'이며 동시에 '용기의 원천'이자 '시의 동력'이었다. 그곳은 사유와 감각, 상상과 행위의 거멀못이었다.

敵이 나를 죽도록 미워했을 때 / 나는 敵에 對한 어찌할 수 없는 미움을 배웠다. / 敵이 내 벗을 주검으로써 괴롭혔을 때 / 나는 友情을 敵에 對한

---

52 경성법원은 예전의 의금부 터(공평동 163번지, 보신각 대각선 현 제일은행 본점)에서 1908년 개원하여 1928년 정동(현 서울미술관)으로 이전할 때까지 종로 우정국로 길목을 틀어쥐고 있었다. 종로경찰서는 종로2정목 8번지(YMCA 서편, 현 장안빌딩)에 있다가, 1929년 10월 경성법원 자리로 이전했다. 종로 네거리 우정국로 관문에 경성법원과 종로 경찰서가 좌우로 나란히 배치되어 식민지 통치권력의 상징이 되었다. 이에 의열단원 김상옥은 1923년 1월 12일 밤 8시 경에 종로경찰서에 폭탄을 투척하여 그 상징을 타격했다.

殘忍으로 고치었다. / 敵이 드디어 내 벗의 한 사람을 죽였을 때, / 나는
復讐의 빗싼 眞理를 배웠다. (…중략…) // 敵이여! 너는 칼날을 가지고
나에게 勤勉을 가르키었다. / 때로 내가 無謀한 돌격을 시험했을 때, / 敵
이여! 너는 아픈 打擊으로 전진을 위한 退却을 가르키었다. // 때로 내가
비겁하게도 진격을 주저했을 때 / 敵이여! 너는 뜻하지 않은 공격으로
나에게 前進을 가르키었다. (…중략…) // 敗北의 이슬이 찬 우리들의 잔
등 우에 너의 慘酷한 肉迫이 없었더면 / 적이여! 어찌 우리들은 **靑春**을 전
장에서 찾었겠는가 // 오오! 사랑스럽기 限이 없는 나의 畢生의 '동무' / 敵
이여 정말 너는 우리들의 勇氣다.

ㅡ「적」⁵³ 부분(강조ㅡ인용자)

임화는 "청춘을 전장"으로 내몬 것은 바로 '적'이었다고 고백한다.
그리고 '나의 용기'가 지속되는 한, '적'은 "나의 필생의 '동무'"가 될 것
이다. 옥살이도 과히 상심할 필요가 없었다. '적'은 운명의 동반자이
었기 때문이다.

임화 프로시의 시적 주체는 대개 운동과 체포·구금이라는 긴박한
상태에 직면하고 있지만, 그에 굴하지 않고 이상과 결의를 굳건히 세
우는 인물들이다. 그의 시에 빈번히 등장하는 배경은 경찰·법원·
유치장·형무소 등이다. 「네거리의 순이」(『조선지광』, 1929.1), 「우리

---

53 『중앙』, 1936.5(『임화문학예술전집1ㅡ시』, 421~422면에서 재인용).

오빠와 화로」(『조선지광』, 1929.2),「봄이 오는구나」(『조선문예』, 1929.5),
「병감에서 죽은 녀석」(『무산자』, 1929.7),「양말 속의 편지」(『조선지광』,
1930.3),「오늘밤 아버지는 퍼렁이불을 덮고」(『제일선』, 1933.3) 등에서
주인공은 감옥에 갇힌 동지나 노동자 또는 아버지, 그리고 옥사한 친
구들이다.

> 그립은 사랑하는 동모야-/ 나는 지금 이 봄의 저녁이 帽子 우이로 가
> 만히 나려 안즐 때 / 너와 내가 젊은 긔운이 타오른 ××(투쟁-인용자)
> 에로 발길을 날니든 / 鍾路 이 길 이 街里를 거러가며 간 네가 주는 눈물
> 을 먹고 잇다. // (…중략…) 지금도 나는 이 길거리를 거러간다 네 발자
> 죽 내 발자죽이 어우러저서 ××(투쟁-인용자)에 빗나든 그 길을 거러
> 가든 / 이 도시 이 길街里 이 봄을 가고 잇다 / 그러나 이것 봐라 지금 내
> 엽헨 네가 업구나 네가 업구나
>
> −「봄이 오는구나−사랑하는 동모야」[54] 부분

시적 주체는 "鍾路 이 街里"를 걸으며, 투옥(또는 사망)한 동지를 기
억하고, 투쟁과 용기를 환기하며, 마침내 올 "그날"을 기약한다.
이처럼 종로는 투쟁과 조직의 거점이기도 하지만, 동지의 구속과
죽음이 함께 기록되어 기억되는 장소이기도 하다. 그 상징적인 예가

---

54 『조선문예』, 1929.5(『임화문학예술전집1−시』, 383~384면에서 재인용).

김사국의 연합장과 추도회이다. 김사국(解光 金思國, 1892~1926)은 서울청년회, 조선청년회연합회, 흑도회, 조선노동대회, 노동공제회, 신생활사, 조선청년당대회, 조선청년동맹, 고려공산동맹 등을 주도하며 활동하다가 1926년 폐결핵으로 사망했다. 김사국의 장례는 청년총동맹 등 40여 사회운동단체의 연합장으로 치러졌는데, 1000여 명의 군중이 모였고, 영구행렬은 그의 활동 장소였던 안국동 네거리와 종로 네거리를 거쳐 동대문 쪽 훈련원 광장에 이르렀다. 종로경찰서에서는 시종 장의를 금지하고 통제했다.[55] 1년 뒤, 종로에서 김사국이 생전에 기획했던 '조선사회운동단체중앙협의회'를 발족하는 '고 해광 김사국 동지 일주년 사회단체연합 추도회'(1927.5.8)가 개최되었다.[56] 이와 함께 운동단체들이 속속 종로로 결집하였다.[57] 정치활동이 불허되던 1920년대 사회운동은 투옥과 죽음을 상징화, 의례화 함으로써 투쟁의 공간을 확보하고 금지를 돌파하기도 했다. 종로의 기억으로 상실 / 투옥 / 죽음을 의례화하여 운동의 생성과 부활, 결의를 기획하였던 것이다.[58] 이들은 종로를 투쟁과 대치, 체포와 좌절의 장소만

---

55 「금지로 일관한 고 김씨 장의 ─ 오백 명 동지의 침통한 영결」, 『동아일보』, 1926.5.13.
56 "지난 5일 오후 3시 반 시내 견지동 서울청년회관에서 조선노농총동맹, 조선청년총동맹, 조선형평사, 노동당, 전진회, 한양청년연합, 경성청년연합회, 여성동우회, 중앙여자청년동맹 외 십여 단체 대표 오십여 명이 모여 협의회를 개최하고 명칭은 '故 解光 金思國 동지 일주년 사회단체연합 추도회'라 결정"(「사회단체연합으로 고 김사국 씨 추도 ─ 오는 8일 오후 8시에 견지동 시천교당에서」, 『조선일보』, 1927.5.7, 석간 2면).
57 "시내 원동 221번지에 회관을 두었던 조선여성동우회와 조선여자청년동맹은 14일부터 견지동 80번지로 회관을 이전하였다."(「녀성동우회관 이전」, 『조선일보』, 1927.6.15).

이 아니라 죽음을 통해 부활하는 성소로 상징화했다.

임화는 의례와 상징의 장소였던 종로를 자신의 시에서 환유적 감
각으로 수용하였다.

언제나 철없는 제가 옵바가 공장에서 도러와서 고단한 저녁을 잡수실

때 옵바 몸에서 新聞紙 냄새가 난다고 하면

옵바는 파란 얼골에 피곤한 우슴을 우스시며

…… 네 몸에선 누에 똥내가 나지 아니-하시든 世上에 偉大한 勇敢한

우리 옵바

(…중략…)

門지방을 때리는 쇠스소리 마루를 밟는 거치른 구두 소리와 함께-가버

리지 안으섯서요"

—「우리옵바와 화로」⁵⁹ 부분(강조-인용자)

이 시에서, 여동생의 몸에서 나는 "누에 똥내"가 제사공장 노동자
의 환유적 감각이듯이, 오빠의 몸에서 나는 "신문지 냄새"는 인쇄노동
자(또는 유인물을 찍어 나르는 운동가)의 환유적 감각이다. 「우리옵바와 화

---

58 종로는 노동운동가들에게는 노동운동의 성지로 발견되기도 하였다. "오는 12일 오후 3시
견지동 80번지 시천교당 내에서 경성노동회 주최로 故 李民台 氏 追悼會를 연다. 노동대회
창립의 한 사람이자 조선노동운동 초기의 공로자, 조선노동자들과 지우"(「故 李民台 氏 追
悼會—경성노동회의 주최로 견지동 시천교당에서」,『조선일보』, 1925. 5. 11).
59 『조선지광』, 1929. 2(『임화문학예술전집1-시』, 380~381면에서 재인용).

로」의 오빠와 "위대한 용감한 오빠 친구들"은 인쇄직공들이었고, 그들의 "이야기가 세상을 뒤집"은 사건은 바로 인쇄노동자들의 연대 동맹파업을 말한다. 「우리옵바와 화로」는 종로 우정국로에서 벌어졌던 대동인쇄주식회사 인쇄노동자들의 파업과 견지동 80번지 시천교당에서 계속된 인쇄직공조합의 연대 투쟁을 직접적인 배경으로 했을 것이다.

인쇄직공조합은 1924년 7월 견지동 80번지 시천교당에서 총회를 열고 창립했다.[60] 종로 공평동 55번지에 있는 대동인쇄주식회사에서는 1925년 2월과 8월 두 차례에 걸쳐 9시간노동제, 상여금지급 등을 요구하는 문선공들의 파업이 일어났다. 파업은 회사측의 완강한 태도와 종로경찰서의 개입으로 실패로 끝났지만,[61] 2년 뒤인 1927년 7월 다시 동맹파업에 돌입하여 산업별 조합인 조선인쇄직공조합은 물론 일반 사회단체와 연대하여 강력한 투쟁을 벌인 결과 임금인상과 노동시간 연장 반대 등 요구 조건을 관철시킬 수 있었다.[62] 대동인쇄

---

60 『동아일보』, 1924.7.13.
61 1925년 12월 "시내 관수동 경성인쇄직공조합에서는 부산인쇄직공 파업에 동정 강연을 개최하려던 바 소관 종로서로부터 금지하엿스며 (…중략…) 동조합 내에 사무소를 둔 서울 인쇄직공청년동맹 주최로 오는 6일 오후 2시반에 시내 견지동 시텬교당에서 개최하려던 전경성인쇄직공토론대회도 동뿔로서 금지를 식혓다는데 그 금지식힌 리유를 무른 즉 (…중략…) 절대로 허가할 수 업다함"(「京城印工 會合 禁止와 中止」, 『동아일보』, 1925.12.6).
62 "공평동 대동인쇄주식회사 직공의 盟罷 사건으로 경성인쇄직공조합에서는 임시총회를 재작 29일 오후 8시반부터 시내 견지동 시천교당 안에서 개최하엿던 바 회원 약 200명 가량이 참석 방청자가 약 50명 가량이 잇섯는 바 경찰의 엄중한 경계리에"(「八個條項決意 — 인쇄직공총회」, 『동아일보』, 1927.7.31).

주식회사 동맹 파업은 1920년대 중반의 대표적인 노동쟁의였다. [63]

대동인쇄주식회사 동맹파업이 최고조를 이룰 시점에 프로예맹도 프롤레타리아예술운동사상 기념비적인 제1차 방향전환을 위한 총회를 개최하였고, 임화는 이에 참가했다. 그러나 1928년 들어 상황은 역전된다. 종로 경찰서 고등계가 ML당 검거를 주도하였고, 그 결과 종로의 좌익운동과 카프의 문예활동은 심각한 타격을 받았다. [64] "門지방을 때리는 쇠ㅅ소리 마루를 밟는 거치른 구두 소리"는 검거선풍 당시의 긴박한 상황을 환유적으로 표현한 것이다.

이 국면에서 임화는 「네街里의 順伊」를 통해 적들에게 침탈된 종로 네거리를 탈환하자고 촉구한다.

자 좃타 바루 鐘路 네거里가 아니냐―

어서 너와 나는 번개갓치 손을 잡고 또 다음 일 計劃하러 또 남은 동모

와 함께 거문 골목으로 드러가자

　　　　　　　　　　　―「네街里의 順伊」[65] 부분(강조―인용자)

---

63 장규식, 『서울, 공간으로 본 역사』, 혜안, 2004, 294면.
64 "1928년에 들어서자, 3월 초에 종로경찰서에서는 김준연 이하 수십 명을 잡아가됐다. 미구에 일본 경찰은 이를 속칭 ML당이라는 제3차공산당이라고 발표하였다. (…중략…) 속칭 ML당의 검거 선풍은 3월부터 시작해서 그해 가을까지 6~7개월을 끌어왔기 때문에 좌익운동은 전멸상태였었으니까, 더군다나 카프의 실질적인 조종자 노릇을 하던 김복진이 없어진 뒤야 모두 쭈그리고 앉아 있을밖에, 아무도 나서서 활동하지 못했다."(김기진, 「나의 회고록」, 앞의 책, 205~207면).
65 『조선지광』, 1929.1(『임화문학예술전집1―시』, 379~380면에서 재인용).

"자 좋다 바로 종로 네거리가 아니냐"라고 외치는 것은, 종로의 장소 성 — 조직과 운동의 기억과 아우라를 동력 삼아 지금의 공안 정국과 침체 국면을 포월(匍越)하자고 호소하는 것이다. "검은 골목으로 들어가" "다음 일을 계획"한다는 것은, 비합법적 투쟁을 더욱 공고히 하자는 결의로 읽힌다. 이렇듯 임화는 종로 네거리에서 일어난 사건들에 자신의 열정과 감각을 담아서 「우리옵바와 화로」와 「네街里의 順伊」라는 단편 서사시를 창조하였다. 임화 시들이 단순한 관념적 이념의 상관물이 아니고, 실재 사건을 바탕으로 하였기에 당대에 큰 울림을 줄 수 있었다.

임화는 '좌익운동'과 카프의 침체 국면에 맞서, 감옥에 간힌 혁명가들과 밖에 있는 동지들의 공고한 연대감을 더욱 적극적으로 매개하였다. 감옥이 중요한 시적 장소가 되는 시들이 이때 집중적으로 창작된다. 그리고 1931년 8월 임화도 공산주의협의회사건으로 박영희와 함께 종로경찰서 고등계에 피검되어 3개월간 옥살이를 하였다.[66] 이귀례는 운동가의 감옥행을 예사로운 일로 담담하게 기술한다.

기자 전번 림화씨가 감옥 가 계시게 되엇슬 때에 얼마나 상심하시엿습니까.

---

[66] "종로경찰서 고등계에서는 약 3주일 전에 조선프로예술동맹 중앙집행위원 박영희 씨를 검거 인치하고서 (…중략…) 5일 아츰에는 형사대가 崇三洞 방면에 출동하야 역시 예술동맹 중앙집행위원 림화(林和) 씨를 검거 인치하고 취조중인데 사건 내용은 알 수 업다." (「林和 氏 被檢」, 『조선일보』, 1931.8.7, 석간 2면).

이귀례 우리는 투옥을 각오하고서 투쟁하는 까닭에 과히 상심할 필요
가 업서요. 그저 몸만 건강하기를 바랄 뿐이지요.[67]

임화와 이귀례에게 투쟁과 투옥은 분리된 것이 아니었다. 투쟁이
그의 열정과 감각을 실천하는 행위라면 투옥은 그에 대응하는 '적'의
행위이다. '적'은 두려워하거나 피해야 할 대상이 아니라 오히려 '분
노'와 '용기'를 이끌어내는 원천으로, 운동의 전술과 전략의 대상이었
다. 그 '적'의 실체가 종로경찰서와 경성법원이었다. 종로 네거리 관
문에 나란히 있던 종로경찰서와 경성법원은 소년시절 등하굣길에서
부터 프로시인 임화에 이르는 동안 그의 신체가 되었고, 그의 사상과
예술의 성장에 깊이 각인되었다.

6. 종로 네거리의 침탈, 그리고 현해탄으로 이동

임화에게 종로의 장소성은, 우정국로통에서 기획·모의·조직한
청년·사회운동으로 종로경찰서와 경성법원을 돌파하고 마침내 종

---

67 「자유결혼의 신가정 방문기－동지애 인류애로 악수 최첨예 프로시인 가정－프로시인 임
　화 씨 부인 김(이－인용자)귀례 여사」, 『조선일보』, 1932.1.7.

로 네거리로 진출하여 종로통을 점령하는 구도를 가지고 있었다. 3·1운동 이후 1920년대에 종로에서 이런 공방이 계속되었다.

1932년 임화는 이귀례와의 신혼살림집(혜화동 190번지 등)에 집단사를 설치하고 『집단』을 발간하는 한편, 그해 8월에 '집단사'(숭일동 32)[68] 안에 극단 '신건설'을 결성하였다.[69] 극단 '신건설'은 임화가 주도했다. 1934년 3월 극단 '신건설' 전주 공연 중 선전 삐라가 발각되고 카프2차검거 선풍이 몰아쳤다. 1934년 7월 프로문학 단체에 대한 해산 조치가 보도되고 10월 말까지 이기영, 송영 등 100여 명이 검거되었다. 결국 서기장 임화는 1935년 5월 22일 경기도경찰부에 카프 해산계를 제출하였다.

2개월 후 임화는 「다시 네거리에서」(『조선중앙일보』, 1935.7.27)를 써서 "오오 그리운 내 故鄕의 거리여! 여기는 鐘路 네거리." "내 故鄕의 鐘路여!"라며 초혼하듯이 종로를 애타게 부른다.

번화로운 거리여! 내 故鄕의 鐘路여! / 웬일인가? 너는 죽엇는가 모르는 사람에게 팔렷는가 / 그럿치 안흐면 다 이것는가? / 나를! 일즉이 뛰는 가슴으로 너를 노래하든 사나희를 / 그리고 네 가슴이 메여지도록 이

---

68 임화·이귀례의 거처였는지는 알 수 없다.
69 김남천은 카프서기장인 임화가 자기집에 집단사를 차리고 조직과 출판 사업을 통일하는 점에 대해 평가하면서도 '편집국과 서기국의 권리의 혼돈'에 대해 우려를 표명하였다. 김남천, 「잡지문제를 위한 각서」, 『신계단』 9, 1933.6(정호웅 외편, 『김남천전집』 1, 박이정, 2000, 26~27면에서 재인용).

길을 흘러간 靑年들의 거세인 물결을

—「다시 네거리에서」 부분(강조 — 인용자)

지금 종로 "네거리 복판엔 文明의 新式 기계가", "붉고 푸른 '네온'이"
번화롭지만, "누구 하나 네 우에서 靑年을 ××(빼앗 — 인용자)긴 원한
에 울지도 안"는다. 종로 거리에서 '청년을 빼앗'겼다는 것은 종로 자
체를 침탈당한 것이며, 이는 곧 종로의 죽음을 의미했다. 이에 임화도
"잘 있거라! 고향의 거리여!"라며 종로에서 퇴각하였다.

看板이 죽 매어달렷든 낫닉은 저 二階 지금은 新聞社의 흰 旗가 쭉지를
느린 너른 마당에 / 장꾼가티 웅성대며 확 불처럼 훗허지든 네 옛 친구들도
/ 아마 大部分은 멀리 가버렷슬지도 모를 것이다. / 그러고 順伊의 어린 딸
이 죽어간것처럼 쓰러저 갓슬지도 모를 것이다. / 허나 일즉이 우리가 다만
멧사람의 偉大한 靑年들과 가티 / 眞實로 勇敢한 英雄의 다ー ㄴ(熱한) 발자욱
이 네 위에 끄닌 적이 잇섯는가? 나는 이들 모든 새롭은 世代의 얼골을 하나
도 모른다. / 그러나 「정말 健在하라! 그대들의 쓰린 압길에 光榮이 잇스라」
고 / 願컨대 거리여! 그들 모두에게 傳하여다오! / 잘 잇거라! 故鄕의 거리
여! / 그리고 그들 靑年들에게 恩惠로우라 지금 돌아가 내 다시 일어나지를
못한 채 죽어가도 / 불상한 都市! 鐘路 네거리여! 사랑하는 내 順伊야! / 나는
뉘웃침도 付託도 아무것도 遺言狀 우에 적지 안흐리라. (三五, 七, 二三)

—「다시 네거리에서」 부분(강조 — 인용자)

"낮닉은 저 이층" 신문사는 1935년 현재 조선중앙일보사(견지동 111번지)이다. 그 대각선 건너 견지동 60번지는 1927년 조선프로레타리아예술동맹이 있던 자리이다.[70] 카프가 해산된 지금 임화는 과거 프로예맹 회관이었던 곳을 바라보며 종로에 서 있다. "장꾼가티 웅성대며 확 불처럼 훗허지든 네 옛 친구들도" 없이 적막하다.

정말로 가시덤불은 茂盛하여 좁은 앞길을 덮고, / 깊은 밤 날씨는 언짢아, 두터운 暗黑이 / 그 위에 자욱 누르고 있다. / 이미 / 자네는 負傷한 채 사로잡히고, 나는 병들어 누워, / 벌써 몇 사람의 진실로 존귀한 목숨이 / 고난에 찬 그 험한 길 위에 넘어졌는가? / 이제 우리들의 긴 대오는 허물어지고 '전선'은 어지럽다.

—「나는 못 믿겠노라」[71] 부분

---

70 그간 프로문학에 대한 조사 연구가 축적 심화되었는데도 불구하고, 그 회관이나 사무실의 위치에 주목하지 않은 것이 의아하다. "소화 2년 9월 1일 경성부 견지동 60번지 조선푸로레타리아예술동맹 회관에 회합하야 협의한 결과 푸로레타리아예술을 무기로 하야 뿌르주아예술을 배격하고 ○○주의를 선전하야 일반 대중에게 계급의식을 주입하고 궁극에는 조선에서 ○○○○○○를 ○○하고 ○○주의 사회의 ○○을 목적하는 조선푸로레타리아예술동맹을 조직하고"(「〈신건설〉 사건 예심종결서 전문(1)」, 『동아일보』 1935. 7. 2); "(1925년−인용자) 팔월 하순에 창립총회를 열었고, 〈프로예맹〉의 간판을 견지동 시천교당 입구 큰 길 가에 있는 서울청년회관에다 걸었는데"(김기진, 「프로예맹의 요람기」, 김기진 외, 『한국문단의 역사와 측면사』, 국학자료원, 1996, 537면); "프롤레타리아예술동맹과 문예운동사는 한 몸이 되어 견지동 8번지의 3호에 회관을 마련하였다."(「단체소식」, 『조선일보』, 1927. 3. 5, 2면); "1928년 1월 18일엔 조선프롤레타리아예술동맹 본부 사무소를 桂洞 73번지의 6호로 이전하였던 적이 있다."(「프로예맹 이전」, 『조선일보』, 1928. 1. 19, 석간 2면).
71 임화, 「나는 못 믿겠노라」, 『현해탄』, 동광당서점, 1938(『임화문학예술전집1−시』, 39

이 시는 감옥의 동지로부터 온 편지를 받고 답장하는 형식으로 쓴 시이다. 동지들은 대부분 감옥에 갇혔거나 사상전향의 위기에 처해 있었다. 임화는 병세가 위중했다. 카프는 해산되고 1935년부터 정세가 악화되면서 종로=청년=정치·사상운동으로 맺어진 활동은 심각하게 위축되었고, 비합법적 투쟁 공간도 협소해졌다. 운동의 대오는 허물어지고 전선이 위태로워지면서, 종로를 대체할 새로운 거점이 요구되었다.

"靑年들의 거세인 물결"(「다시 네거리에서」 부분)이 아닌 사상과 열정의 "거센 물결"의 총합으로서, 그가 발견한 장소는 현해탄이었다. 임화의 시에서 '현해탄'은 '일본 제국' 혹은 식민지 근대의 표상으로만 환원할 수 없는 장소성을 갖고 있다. '현해탄'은 '종로 네거리'를 연장·대체하는, 또 다른 혁명적 이상의 장소로서 발견된 것이다.

임화가 현해탄을 생각하기 시작한 시점은 1934년 6월이다. 그 저작은 "1934.6 앓으면서" 썼다는 「현해탄의 백일몽」(『동아일보』, 1934.7.14)이다. 서술 시점은 1934년 3월 전주에서 '신건설' 사건을 시작으로 카프 맹원들에 대한 검거선풍이 불어 닥치던 때였다. 임화는 「현해탄의 백일몽」에서 "장차 닥쳐 올 운명을 생각하는 것 또는 똑똑히 예측하는 것도 의심할 수 없이 일종의 미래에 속하는 꿈으로 보이는 것이다"[72]

9~400면에서 재인용).

72 임화, 「현해탄의 白日夢」, 『동아일보』, 1934.7.14.

라고 했다. 앞으로 닥쳐올 불행을 예견하고 있었다. 폐결핵의 악화와 카프 검거 선풍 속에서 그는 '운명'을 생각하고 '정신적 행장'을 꾸렸다. 행선지는 1929년 22살에 근대 예술과 철학, 모든 학문을 내 것으로 만들겠다는 굳은 결심을 안고 건너갔던 '현해탄'이었다.[73]

> 비록 靑春의 즐거움과 希望을 / 모두 다 땅속 깊이 파묻는 / 悲痛한 埋葬의 날일지라도, / 한 번 玄海灘은 靑年들의 눈 앞에 / 검은 喪帳을 내린 일은 없었다.
>
> —「현해탄」[74] 부분

카프가 해산되고, 청춘의 열정과 이상을 신체로 각인시켜주었던 '종로 네거리'도 침탈당한 채 다시 현해탄을 건너고 있는 지금, 현해탄의 물굽이는 여전히 높다. 이를 반영하듯 시집 『현해탄』 표지에는 무겁고 두텁게 드리운 먹구름, 휘몰아치는 폭풍, 격동하는 파도가 그려져 있다. 하지만 그의 앞을 가로막는 파도가 높을수록, 적의 탄압이 심해질수록 청년의 이름은 더욱 빛났다.

---

73 "일천구백이십구년, 내가 아즉 나이 스물두 살 때 지금으로부터 여섯 해 전 7월 어느 몹시 더운 날 아침에 나는 이천 톤짜리 관부연락선 우에 삼등 손님이 되엇든 일이 잇다. (…중략…) 문학에 대하야 명화에 대하야 연극에 대하야 또 건축, 회화, 또 그밖에 예술과 철학 등 모든 학문을 나는 반듯이 내 것을 만들 수가 잇다. 이것을 담문 이 머리 속에 넝치 않고는 두 번 이 조선해협을 건느지 않으리라!"(임화, 위의 글).
74 임화, 『현해탄』, 동광당서점, 1938(『임화문학예술전집1 – 시』, 448면에서 재인용).

〈사진 4〉 시집 『현해탄』(동광당서점, 1938) 표지

　현해탄의 먹구름과 '거센 물결'은 한편으로 폭압적인 현실에 대한 비유이면서, 다른 한편으로는 이 현실세계를 재편할 기운, 즉 조선-일본의 경계를 넘어 태평양과 연결되는 국제주의적 대의를 표상하고 있다고 해석할 수 있다. '현해탄'의 이중성, 즉 '지금 여기'(종로)의 연장이자 대체장소이면서, 그 '밖'에 위치한 장소 또는 그 '밖'을 상상할 수 있는 장소성을 생성한다.

7. 맺음말

임화는 생의 전환기에 직면할 때마다 '종로 네거리'에 서서 역사와 운명을 가늠하는 시를 창작했다. 그래서 이 글은 소년 임인식이 13세 (1921년)에 종로에 착지한 이래 시집 『현해탄』(1938)에 이르기까지 그의 생과 문학을 '종로의 사상지리'라는 개념으로 살펴보았다. 먼저 '종로의 사상지리'의 형성과 성격을 고찰했다. 이를 바탕으로 임화와 그의 문학을 배치해 보았다.

이전에는 종로를 청계천 남쪽의 일본 거리에 대비되는 낙후성, 또는 제국·'내지(內地)'·식민성에 대항하는 전통적 민족성의 장소로 이해해 왔다. 임화 시의 '종로 네거리'도 이런 경성의 지리 구도의 연장 속에서 설명되었다. 그런데 임화의 '종로'는 전통성이나 전근대성 또는 내셔널리티로 설명되지 않는 사상지리적 특성을 갖는다. 실제로 임화는 조선을 대표하는 장소로 '종로 네거리'와 더불어 '부산 잔교', '신의주 세관', '경성역두'를 꼽았다. '종로 네거리'는 임화에게 단순한 시적 기제이거나 미학적·사상적 메타포에 머물지 않았다.

본 연구는 임화가 민족·계급·운동의 공간으로서 종로를 발견하고 표상했다기보다는 종로가 임화의 신체와 시를 생성했다는 관점을 취했다. 소년시절부터 청년기까지 임화에게 종로는 시간과 장소, 운동성으로 교직된 구체적 사건들의 총합이었다. 그가 종로 복판의 보성고등보통학교를 다닌 1921년~1925년은 한국 근대사상·청년·

사회운동이 과학적 틀을 갖추고 격렬하게 진출하던 때였으며, 그 거점이 종로의 공평동·청진동과 견지동 쪽이었다.

'종로'는 네거리 길목을 틀어쥐고 있는 사법·치안 통치기구인 경성법원과 종로경찰서를 빼고서 사상지리적 성격을 설명할 수 없다. 그래서 임화에게 종로경찰서와 경성법원은 '적'이자 '분노'이며 동시에 '용기의 원천'이자 '시의 동력'이었다. 궁극적으로 임화에게 종로의 장소성은, 우정국로통에서 기획·모의·조직한 청년·사회운동으로 종로경찰서와 경성법원을 돌파하고 마침내 종로 네거리로 진출하여 종로통을 점령하는 구도를 가지고 있었다.

이러한 종로의 구체적인 장소성과 구체적인 사건들 속에서 사회운동가이자 프로시인 '임화'가 탄생하였다. 그래서 임화는 종로가 '고향'이라고 선언했다. 임화는 종로라는 장소를 신체화하였으며, 그가 쓴 '종로 네거리' 계열의 시들은 신체화된 종로의 실체적·경험적 지각과 감각의 기록이자 확장이며 연장이었다.

그런데 1934년 이후 카프 검거를 비롯한 사상·민족운동에 대한 탄압으로 종로는 침탈당했다. 이에 임화는 종로를 연장·대체할 장소로 '현해탄'을 새로이 거점화하였던 것이다.

프롤레타리아 영화와 종족지(ethnography) 사이에서
임화의 영화론, 1929~1930

백문임

1. 병약한 사람의 살아가는 생리

임화(林和)와 영화에 대해 이야기한다는 것은 어떤 패배의 기록을 더듬는 일인 동시에 그 패배의 도정에 수반된 이론적, 수사학적 고투들을 들춰내는 작업이기도 하다. 식민지 조선에서 "모든 예술 중에서 가장 중요한 예술"[1]인 영화를 두 차례나 포기(해야)했던 사연, 바꿔 말

---

1 1922년 루나찰스키와의 대화에서 레닌이 한 말로, 조선의 많은 평론가들이 인용하고 있다.

하면 두 차례나 무언가를 시도했던 사연을 건드려야 한다.

지금 내가 염두에 두는 장면들은 임화의 출연작 〈지하촌〉(강호 감독)이 상영 허가를 받지 못해 "필름채 어둠 속에 사라진" 1931년, 그리고 그가 격앙된 어조로 수사학의 줄타기를 하며 마지막 영화론을 쓰던 1942년이다. 첫 번째 장면의 임화는 배우로 출연한 세 번째 영화이자 조선에서 생산된 네 번째 프롤레타리아 영화인 〈지하촌〉을 끝마친 참이며 여기에 같이 출연했던 이귀례와 함께 청복극단에서의 공연도 준비하고 있었다. 김윤식은 임화가 1928~1929년에 출연했던 〈유랑〉(김유영 감독, 1928), 〈혼가〉(김유영 감독, 1929)가 대중의 주목을 받지 못하자 일단은 영화를 포기했다고 말하지만,[2] 1929~1930년 동경에 머무는 동안 임화는 일본 프롤레타리아 영화잡지 『신코에이가(新興映画)』에 최초의 조선 프롤레타리아 영화사인 「조선영화의 제경향에 대하여(朝鮮映画の諸傾向に就いて)」(1930.3)를 기고한 바 있었고, 경성으로 돌아온 뒤에도 '〈화륜〉(김유영 감독, 1931) 논쟁'을 통해 영화조직의 문제를 정비하고 다시 배우로 〈지하촌〉에 출연하는 등 여전히 영화에 깊이 관여하고 있었다. 더욱이 동경에서 함께 돌아온 이귀례와 같이 〈지하촌〉과 청복극장, 신건설사의 연극에 출연하고 1936년에도 영화 〈최후의 승리〉에 출연하기로 하는 등 배우로서의 작업에서는 활동폭을 넓혔던 것처럼 보이기도 한다. 그러나 검열로 훼손된 채로라도 상

2　김윤식, 『임화연구』, 문학사상사, 1989, 146~166면.

영이 되었던 과거 영화들과 달리 〈지하촌〉은 여러 우여곡절을 거쳐 제작되지만[3] 결국은 필름을 압수당한다. 『신코에이가』에 기고한 글에서 임화가 "검열의 가위에 맞서려면 일본 프롤레타리아 영화동맹의 직접적이고 철저한 원조"가 필요하다고 역설했던 이유를 떠올리게 만드는 사건인 셈이다. 그리고 몇 달 후 임화는 구속된다.

두 번째 장면에서 임화는 일본의 식민지 중 조선에서만 시행되었던 조선영화령(朝鮮映畵令, 1940)으로 단일한 국영 영화사가 설립될 무렵, 민간영화사가 아닌 조선군(軍)의 프로파간다 영화 〈그대와 나(君と僕)〉(허영 감독, 1941)가 장차 "국민적 영화"의 모델로 제시된 상황에서 여전히 조선영화의 "재출발"을 꾀해야 한다고 말하고 있다. 전시체제하 모든 예술인들이 국가에 등록된 기능인으로 전락하는 상황에서 그는 여전히 조선영화의 가능성이 있다고 말하는 셈인데, 그 방도를 찾지 않고 눈앞의 이익에 연연하는 영화인들에 대한 답답함을 표하는 것이 이 마지막 영화론[4] 이다. 전쟁 프로파간다 영화 외에 다른 가능성이 차단된 이 상황은 일견 1931년보다 더 나빠 보이지만, "병약한 사람의 살아가는 생리", 즉 늘상 빈약하게 살아왔던 사람은 종종 건장

3　1930년 말 조직된 청복키노에서 〈늘어가는 무리〉를 제작하려던 것을 제목을 〈지하촌〉으로 바꿔 1931년 1월 촬영을 시작했고, 이 과정에서 출연진도 대폭 교체된다. 한편 강호는 출자주의 호의로 제작이 시작되었으나 자금결핍으로 제2의 출자주가 나서게 되었는데, 이 출자주가 개작을 요구하고 상영권을 독점하려고 하는 등 "무리하고 횡포한 요구"를 했고 그 와중에 "김유영 일파"가 출자주와 결탁하여 훼방을 놓았다고 말한다(강호, 「조선영화운동의 신방침─우리들의 금후 활동을 위하여」, 『조선중앙일보』, 1933.4.7~4.15).

4　임화, 「조선영화론」, 『매일신보』, 1942.6.28~6.30.

한 사람이 살아가기 힘든 조건에서도 견뎌내는 재주가 있음을 지적하는 그의 태도는 노회한 식민지 이론가의 단면을 보여준다. "특수한 국민적 예술로서의 우수한 조선영화"라는, 이중삼중의 줄타기의 소산인 임화의 영화론은 국영회사 설립과 파국을 향해 치닫는 전쟁 상황에서 제출될 수 있는 어떤 논리의 정점이다.[5]

그래서 어찌보면, 첫 번째 장면이 있었기에 두 번째 장면이 가능해졌다고 할 수 있다. 가장 젊고 대중적인 예술인 영화에 매혹되었던 한 청년이 막다른 골목을 맞닥뜨리지 않았더라면, 지배자의 코드를 전유하며 운신 공간을 만들어가는 "병약한 사람의 살아가는 생리"가 터득되지 않았을 것이다.

2. 아메리카니즘에서 러시아니즘으로

이 글에서 나는 〈지하촌〉의 좌절이 있기 전인 1929~1930년 사이에 임화가 발표한 매우 흥미로운 영화론 세 편을 고리로 삼아, 당시 조선의 프로영화인들이 공통적으로 가지고 있던 세계영화에 대한 인식

---

5 이 두 번째 장면의 임화의 영화론에 대해서는 졸고, 「임화의 조선영화론」(성균관대 동아시아학술원, 『대동문화연구』 75, 2011.9)과 「조선영화의 존재론」(상허학회, 『상허학보』 33, 2011.10) 참조.

을 살펴보고, 임화가 제국-식민지 관계 속에서 조선 영화의 위상을 구축하는 양상을 짚어보려고 한다. 위에서 말한 첫 번째 장면이 있기 전까지, 즉 처음 영화평을 발표한 1926년부터 1931년까지 임화가 발표한 영화관련 글은 조선에서 발표한 5편과 일본 프롤레타리아 영화잡지 『신코에이가』에 일본어로 발표한 1편 등 총 6편이다. 그중에서 소비에트를 포함한 서구영화의 경향을 진단한 「최근 세계영화의 동향」(『조선지광』 83호, 1929.2)과 당시 최대 화제작 〈메트로폴리스(Metropolis)〉(프리츠 랑 감독, 1927)를 분석한 「영화적 시평」(『조선지광』 85호, 1929.6)은 1920년대 후반 미국-유럽-소비에트를 꼭짓점으로 삼아 영화라는 매체를 통해 조선의 영화인이 어떻게 '세계'와 동시성을 호흡하고 있었는가를 잘 보여준다. 그리고 일본 프로 영화인들을 독자로 발표한 「조선영화의 제경향에 대하여」는 뚜렷한 사관에 의해 쓰여진 최초의 조선영화사라는 의미 외에도, 사회주의와 영화라는 매체가 제국-식민지 사이에 '시차(時差)'를 생산하는 것이 아니라 동시성을 구현한다는 점을 강변하는 글이다. 즉 이 글들은 그야말로 사회주의라는 세계관과 영화를 통해 전지구적이면서 동시대적인 공간적, 시간적 좌표를 획득하려는 식민지 이론가의 감각을 잘 보여준다고 할 수 있다.

「최근 세계영화의 동향」은 당시 조선의 프로 영화인들이 공통적으로 가지고 있던 세계영화의 흐름에 대한 관념, 즉 단순화시켜 표현하자면 '미국영화는 자본주의적 상품이고 유럽영화는 예술 텍스트이며 소비에트 영화는 새로운 미래를 보여준다'는 관념을 단적으로 보여주는 글이다. 1차 대전을 계기로 전세계 영화시장을 석권한 미국의 영화사들은 유럽의 "저명한 감독과 배우와 기타 기술자"(감독으로는 에른스트 루비치와 무르나우, 배우로는 에밀 야닝스와 콘라드 바이트, 폴라 네그리 등)를 스카웃했고 또 유럽의 영화인들 역시 최적의 제작여건을 갖춘 할리우드로 몰려가기도 했다. 그러나 이미 철광업, 자동차산업과 더불어 미국내 최대 산업으로 시스템화된 할리우드에서 개인적인 스타일을 고수하기란 쉬운 일이 아니었다. 1920년대 유럽 아방가르드 영화의 자유로운 실험정신을 높이 사는 평자들은 유럽으로 이주한 영화인들을 비난하거나 그들이 할리우드에서 만든 영화들이 상품으로 전락했다고 비판하기도 했는데, 임화 역시 동일한 시각을 보여준다. 영화광으로서의 면모를 유감없이 발휘하여 임화는 당시 조선의 지식인들 사이에 인기있었던 감독 무르나우가 독일에서 만든 〈최후의 인(Der letzte Mann)〉(1924)에 비할 때 그가 할리우드로 간 뒤 만든 〈썬라이즈(Sunrise : A Song of Two Humans)〉(1927)는 형편없다고 비난하며, 할리우드로 간 유럽 영화인들이 혹자는 "아메리카니즘에 동화"되어 타락하고 혹자는 "상업주의에 염증이" 나서 다시 유럽으로 돌아올지도 모른다고 말한다. 한편 프랑스와 독일은 "평범무미한 미국영화의 범람하는 세계에서 새로운 자극을 주"었던 영화를 생산한 것으로 평가되는데, 프랑스의 "가난한 청년 예술가" 디미트리 키르사노프가 만든 〈메닐몬탄(Ménilmontant)〉(1926)은 저예산 중편으로서 자막이 거의 없는 실험작이었고, 1920년대를 풍미한 "대서특필할 제명작" 독일 표현주의 영화는 프리츠 랑의 대작 〈메트로폴리스〉에서 정점을 찍는다. 그런데, 유럽 영화가 할리우드의 상품과 달리 '예술작품'이라 하더라도, 임화가 보기에 유럽영화가 할리우드의 대안이 될 수는 없고 나아가 조선영화 혹은 "인류"가 지향해야 할 방향이 되어서도 안 된다. 할리우드와 유럽을 뛰어넘어 "인류의 문화의 새 기록을 만들고 있는 소비에트 연방의 영화"가 등장했기 때문이다.

여기서 내가 주목하는 지점은, 1929년 당시 임화 및 조선의 영화인들에게 있어서 할리우드와 유럽의 영화는 친숙한 것이었던 반면 소비에트 영화는 완전히 낯선 대상이었다는 사실이다. 서광제같은 평론가는 "아메리카니즘에서 러시아니즘으로" 향하자고 여러 차례 이야기하는데, 문제는 "영화 자본주의"의 미국영화에 대안이 되는 소비에트 영화를 1929년 당시 조선 관객들은 단 한 편도 접할 수 없었다는 사실이다. 임화는 "저 기적적 천재" 에이젠슈테인의 영화들부터 최근 제작 중인 〈자유의 가책(돌아오지 않는 영혼 : Prividenie, kotoroe ne vozvrashchaetsya)〉(아브람 룸 감독, 1929), 〈영화기계를 가진 남자(Chelovek s kino-apparatom)〉(지가 베르토프 감독, 1929)의 소식까지 전하며 "열정과 감격"을 느낀다고 말하지만, "우리는 아직 그 영화의 하나도 못보았"다고 말할 수밖에 없었다. 일본에서는 1927년부터 간헐적으로 소비에트 영화가 상영되긴 했으나, 에이젠슈테인의 〈전함 포템킨(Bronenosets Potemkin)〉(1925), 푸도프킨의 〈모(母, Mat)〉(1926)와 같은 대표작들이 상영허가를 못받았던 사정은 일본이나 조선이나 마찬가지였다. 조선에서는 1930년에서야 "처

음 보는 소비에트 영화"라 소개된 〈산송장(Zhivoy trup)〉(표도르 옷셉 감독,
1929)이 개봉되었고(정확히 말하면 이 영화는 소비에트와 독일의 합작품이다),
1931년 푸도프킨의 〈아시아의 람(嵐, Potomok Chingis-Khana)〉(1928)이 상
영되긴 하지만, 클라이막스 부분은 삭제된 채였다. 『신코에이가』와
같은 일본 프롤레타리아 영화잡지에는 소비에트 영화에 대한 최신 뉴
스와 화제작의 시나리오 등이 지속적으로 소개되었고 조선의 신문잡
지에도 간헐적이나마 그에 대한 기사들이 실리지만, 조선에서 소비에
트 영화의 실체란 1930년대 초까지는 '부재'했던 셈이다. '몽타주'와 같
은 소비에트 영화이론의 경우도 푸도프킨의 『영화 감독과 영화 각본
론』이 일본에 번역되는 1930년이 되어서야 소개되기 시작한다.[6]

이에 비해 미국영화는 1916년부터 조선인 극장에서 상영되는 영화
의 90% 이상을 차지했을 정도로 영향력이 있었다.[7] 일본의 대표적인
맑스주의 영화이론가이자 프로 영화운동의 지도자였던 이와사키 아
키라(岩崎昶)가 1920년대 말~1930년대 초에 다름 아닌 '미국영화'의
흐름에 비판적인 관심을 기울였다는 점, 그리하여 『영화와 자본주의

---

6 야마모토 키쿠오(山本喜久男)는 일본 영화에 소비에트 영화가 영향을 끼치기 시작한 것은
1930년부터라고 말한다. 그 직접적인 원인으로 그는 경향영화의 유행, 〈투르크십(Turksip,
Victor A. Turin 감독, 1929)〉, 〈아시아의 람〉과 같은 본격적인 소비에트 영화의 공개, 푸
도프킨의 『영화감독과 영화각본론』의 번역출간 등을 거론한다(山本喜久男, 『日本映画に
おける外国映画の影響』, 早稲田大学出版部, 1983, 186~187면).
7 1916~1949년 사이 조선에서 할리우드의 문화적 의미에 대해서는 연구모임 시네마바벨
편, 『조선영화와 할리우드』(소명출판, 2014) 참조.

(映畵と資本主義)』라는 책을 펴냈다는 점을 염두에 둘 때, 임화 등 조선의 프로 영화인들이 "대자본의 영화"인 미국영화를 극복의 대상으로 여겼다는 점을 이해하기는 어렵지 않다. 조선영화에서 최초로 '평론'이라는 담론장을 만든 프로 영화인들에 의해 처음으로 미국영화는 타락한 자본주의 산업의 전형으로 간주되기 시작하고,[8] 나운규와 이경손, 김영환 등 기성 영화인들의 영화는 미국영화를 모방했다는 비판에 직면하게 된다. 이에 비해 1920년대에 "영화사상의 대서특필할 제 명작을 낳은 나라" 독일의 표현주의 영화는 당시 임화를 비롯한 조선의 지식인들을 가장 매료시켰던 것으로 보인다. 몇가지 예외를 제외한다면, 이들이 언급한 주요 유럽 영화들은 조선에서 대체로 개봉이 되었다. 임화가 언급한 〈최후의 인〉, 〈곡예단(Varieté)〉(E. A. 듀퐁 감독, 1925), 〈대백림교향악(Berlin : Die Sinfonie der Grosstadt)〉(발터 루트만 감독, 1927), 그리고 임화가 자세히 분석한 〈메트로폴리스〉는 모두 독일 우파(UFA)사가 낳은 걸출한 촬영기사 칼 프로인트(Karl Freund)의 작품들이기도 한데, 과감한 앵글을 구사하고 여러 대의 카메라를 활용해 역동적인 흐름을 보여주는 그의 스타일은 무성영화 전성기를 대표하는 것이었다.

저 먼 곳에서 "인류의 문화에 새로운 방향"을 제시한다는 소비에트

---

8 예컨대 서광제는 조선에서 영화평론의 효시가 미국의 초특작 〈벤허(Ben-Hur : A Tale of the Christ)〉(프레드 니블로 외 감독, 1925)를 비판하는 글들이었다고 말한다(서광제, 「영화비평소론」, 『중외일보』, 1929.11.21~11.26).

영화들의 실체는 접할 수 없는 상황에서, 유럽영화는 조선에서 제작되고 소비되는 영화들에 짙은 그림자를 드리운 미국영화에 대해 소비에트 영화를 대신해 일종의 대안의 기능을 했다. 임화가 세계영화를 스케치할 때 중심이 되는 것은 "천재적 예술가"라는 낭만주의적 개념으로, 자본주의 상품으로서 퇴폐적, 반동적 쾌락을 제공하는 미국 영화에 대립되는 범주로서 제출된다. 그는 미국 영화에 유일한 희망이 있다면 채플린과 스턴벅, 스트로하임이라는 '예술가'들이 있기 때문이고, 유럽 영화는 프랑스와 독일의 감독, 작가, 카메라맨 등 '예술가'들이 일구어낸 성과라 말한다. 소비에트 영화의 특성이 "감독이나 스타의 개인주의"를 절대로 용납하지 않는 집단적 지도 시스템이라고 하면서도 에이젠슈테인, 푸도프킨, 베르토프 등 "천재" 감독을 소개하면서 "진정한 영화예술은 러시아의 젊은 천재의 손에서 성장"된다고도 한다. 이와 같이 유럽 예술영화를 소비에트 영화의 대체제로 삼았던 사정은 임화를 비롯한 여타 조선 영화인들에게도 마찬가지였다. 그렇다면 문제는 유럽 예술영화와 소비에트 영화를 어떻게 구별할 것인가 하는 점이다.

임화와 비슷한 시기에 이와사키 아키라가 발표한 유럽영화에 대한 글들은 이에 대한 힌트를 제공한다. 요컨대, 1929년경 유럽 영화 중 모델이 될만한 것은 "서구에서 가장 강한 노동자 조직을 갖고 있으며 민중영화동맹이라는 좌익적 영화단체를 갖고 있는" 독일의 프롤레타리아 영화이고, 그 외의 영화들은 반동영화(이탈리아와 독일의 군국주

의 영화), 부르주아 퇴폐영화(할리우드), 도피의 영화(유럽 아방가르드)로서 비판 및 극복되어야 한다는 것이다. 에이젠슈테인과 푸도프킨의 혁명선전영화가 원본 그대로 상영되는 독일은 지리적으로도 소비에트와 가까워 그 영향을 많이 받으며, 일찍이 프롤레타리아 생활에서 취재하고 자본주의의 모순을 폭로한 영화들(특히 〈喜びなき街(Die freu-dlose Gasse)〉(1925), 〈第五階級(Die Verrufenen)〉(1925))로 일본에 큰 영향을 미치기도 했고, 1927년에는 "독일의 〈전함 포템킨〉"이라 불리는 서구 유일의 프롤레타리아 영화 〈직공(Die Weber)〉(프레데릭 젤닉 감독)을 생산하기도 했다. 소비에트의 주요작들이 그러하듯 〈직공〉과 같은 프롤레타리아 영화 역시 일본과 조선에서 상영될 가능성은 요원한 상황이지만, 이제 이름만 "전위"일 뿐 정치적으로 결코 급진적이지 않은 유럽 예술영화들, 즉 감독들의 "예술적 소요(逍遙)"를 보여주는 영화들에 대해서는 비판을 해야 한다는 입장이 명확히 표명된다.[9] 임화 역시 '부재'하는 소비에트 영화의 대체제 역할을 유럽 예술영화가 해낼수는 없다고 생각하고 있었던 것 같은데, 그러나 이와사키 아키라처럼 이 영화들을 "도피의 영화"로서 낙인찍기 위해서는 '내용'과 '형식'을 기계적으로 분리시켜야만 했다.

그리하여 (소비에트 영화는—인용자) 과거 1년에 그런 것과 같이 언제

---

9 岩崎昶, 「ドイシに於けるプロレタリア映畫の歷史」, 『新興映画』 창간호, 1929.9, 12~18면.

든지 인류의 문화에 새로운 방향으로의 전개를 촉진하고 예술로서의 영화가 갈길을 독불(獨佛) 등의 사람들과 같이 형식이나 기교뿐이 아니라 내용의 전방면에서 그 새로운 전개국면을 지시하고 있는 것이다. 우리들은 그렇게 주저치 않고 모든 다른 문화와 예술영역에서 그런 것같이 진정한 영화예술은 러시아의 젊은 천재의 손에서 성장된다고 말하는 것이다.[10] (강조-인용자)

여기에서 임화는 독일과 프랑스의 영화가 "형식이나 기교" 면에서만 새로운 방향을 보여주는 반면 소비에트 영화는 "내용의 전방면"도 포함하여 새로운 전개국면을 지시하고 있다고 말하는데, 이러한 이원론을 적용하여 분석한 유럽 영화의 사례가 바로 독일 우파의 최대작 〈메트로폴리스〉이다. 이 영화가 개봉하기 전에 임화는 〈대백림교향악〉 이상의 감격과 경이를 기대하는데,[11] 실제로 〈메트로폴리스〉는 당시 최대의 화제작이었다. 이 영화는 프로 영화인들이 비난해 마지않던 할리우드 대작영화 〈벤허〉를 능가하는 "1년 반의 제작기간, 3만 6천 명의 대규모 엑스트라, 세 배나 초과한 530만 마르크라는 기록

---

10 임화, 「최근 세계영화의 동향」, 82면.
11 "기원2000년대의 기계문명의 말로 자본주의의 기결을 취급한 레아 폰 발보어사작의 극을 푸리츠 랑 감독과 명기사 칼 푸로인트의 촬영과 오토 푼더(유명한 구성주의화가)의 장치와 루돌푸 크라인록케의 주연등 미증유의 명 '트리오' 밑에서 생산된 명영화 〈메트로폴리스〉의 출현이다. 이 영화도 전일 우리가 본 〈대백림교향악〉(칼 푸로인트)의 촬영 이상의 감격과 경이를 가지고 대하게 될 것이다."(임화, 앞의 글, 79면).

〈그림 1〉 영화 〈메트로폴리스〉의 로봇 마리아
출처 : http://intergalacticrobot.blogspot.kr/2012/06/helen-oloy.html
(최종접속일 : 2014.6.7)

적인 예산으로 세계에서 가장 비싸고 가장 거대한 영화, '슈퍼 영화 (Überfilm)'"[12]였다. 고도로 문명화된 미래 세계를 다룬 S.F.물로서 웅장한 세트와 획기적인 로봇, 그리고 앞서 말했던 칼 프로인트의 역동적인 카메라가 무성영화 최고의 스펙터클을 생산해 낸 것이다. 임화는 계급대립이 극화되지 못하고 종교적 화해라는 이데올로기를 통해 타협에 이른 것을 극렬하게 비판하면서 결국 내용상 이 영화가 "반동" 영화임을 지적하지만, 이 영화에서 초점화되는 것은 팜므 파탈 이미지와 결합된 로봇 마리아, 익명의 노동자 군중을 시각화하는 몹씬, 그리고 임화가 상세히 분석했던 세트의 화려함이다. 즉 계급대립의 문제와 기계문명을 시각화하는 문제는 불가분 결합되어 제시되는 셈인

---

12 볼프강 야콥센 외, 이준서 역, 『독일영화사 1 ─ 1890년대 ~ 1920년대』, 이화여대 출판부, 103면.

데, 임화는 "① 내용, ② 연기 세트 기타"로 나누어 분석을 하면서 전자면에서의 반동성과 후자면에서의 선진성을 별개로 평가한다. 그리고 이런 이분법적인 태도는 당시 다른 평자에게서도 발견된다.

여기에 우리는 무엇보다도 〈메트로폴리스〉란 일편 영화의 내용에서나 기교에서나 그들의 정치적인 야도(野圖)를 보게 되는 것으로 제일 보고 배운 데를 찾는다면 첫째 세트이고 그다음에는 감독 프리츠 랑의 놀라울만치 통일화한 군중연출 등을 들 뿐이다.[13]

온갖 영화는 한 개의 사상을 갖는다. 〈메트로폴리스〉의 사상은 크리스천이즘이요 협조주의다. 그러나 동란이 일어날 때까지의 묘사는 실로 지금까지의 영화에서 보지 못하던 놀라울 만큼 심각한 노동자들의 생활을 보인다. 찬란한 기계문명에 대한 상상이 끔찍하게 훌륭하다. 그 세트의 무대 그 카메라워크의 교묘 ── 이것이 우리의 눈을 빼앗는다.[14]

남궁옥의 지적대로, 당시 조선 지식인들은 분명 〈메트로폴리스〉로 정점에 달한 무성영화 전성기 유럽 '예술영화'들의 세트, 카메라워크, 세련된 연출 등에 "눈을 빼앗"기고 있었고, 직접 보지는 못했지만

13 임화, 「영화적 시평」, 『조선지광』 85, 1929.6, 66~67면.
14 남궁옥, 「백년 후 미래 사회기」, 『중외일보』, 1929.5.2.

소비에트 영화들도 그와 대등한 "형식이나 기교" 수준에 도달해 있다고 믿고 있었던 듯하다. 다시 말해, 임화가 "천재 예술가"라는 개념을 모든 세계영화 분석에 통용되는 보편적 개념처럼 사용했듯이, "형식이나 기교"는 그것이 올바른 이데올로기와 결합되는 한, 그것 자체로는 문제시되는 범주가 아니었던 것이다. 그렇기 때문에 〈메트로폴리스〉와 같은 영화를 거부할 수 있는 유일한 방법이란, "눈을 빼앗"는 "형식이나 기교"로부터 내용을 분리하여 그 반동적 성격을 명확히 지적하고 비판하는 것이었다.

어찌 보면, 식민지 지식인들에게 사회주의와 영화는 '세계'와 공유하는 동시성의 감각을 제공한다는 점에서 많은 공통점을 갖고 있었다. 하지만 사회주의와 영화는 제국-식민지의 맥락에 놓일 경우 식민지를 비동시적인 시간대로, 가시성(visibility)의 대상으로 밀어 넣는 역할을 하기도 한다. 그것은 사회주의의 진화론적 시간성과 영화의 지표성(indexicality)이 발현되는 특수한 맥락 내에서 작동되는 하나의 방식인 셈인데, 1930년에 임화가 동경에서 맞닥뜨린 것이 그중 하나였다.

3. '우리들의 영화'

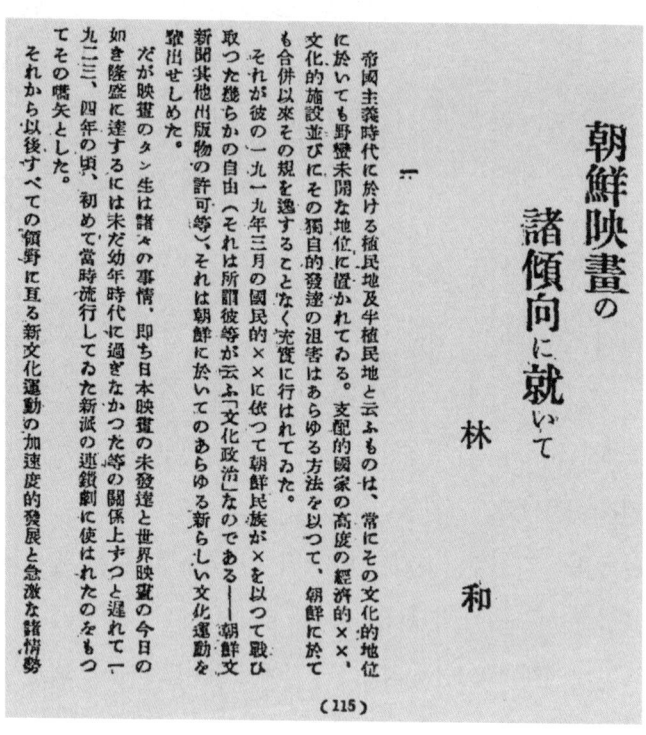

朝鮮映畫の
諸傾向に就いて

林　和

帝國主義時代に於ける植民地及半植民地と云ふものは、常にその文化的地位に於いても野蠻未開な地位に置かれてゐる。支配的國家の高度の經濟的××、文化的施設並びにその狗目的發達の沮害はあらゆる方法を以つて、朝鮮に於ても合併以來その規を逸することなく完實に行はれてゐた。

それが彼の一九一九年三月の國民的××に依つて朝鮮民族が×を以つて戰ひ取つた幾らかの自由（それは所謂彼等が云ふ「文化政治」なのである──朝鮮文新聞其他州版物の許可等）それは朝鮮に於いてのあらゆる新らしい文化運動を釀出せしめた。

だが映畫のタン生は諸々の事情。即ち日本映畫の未發達と世界映畫の今日の如き隆盛に達するには未だ幼年時代に過ぎなかつた等の關係上ずつと遲れて一九二三、四年の頃、初めて當時流行してゐた新派の逃鎖劇に使はれたのをもつてその嚆矢とした。

それから以後すべての領野に亙る新文化運動の加速度的發展と急激な諸情勢

（115）

〈그림 2〉『신코에이가』(2권 3호, 1930.3)에 실린 임화의 「조선영화의 제경향에 대하여」

　임화가 동경에 있을 당시 일본 프롤레타리아 영화잡지인『신코에이가』에 발표한 「조선영화의 제경향에 대하여」는 프롤레타리아의 입장에서 기술된 최초의 조선영화사라 할 만하다. 1926년부터 1931년 사이에 발표한 영화평론 중 단연 선명한 입장을 취하고 있는 이 글은, 조선에서 1928년을 기점으로 하여 "값싸고 로맨틱한 애수과 감격적 경향"을 드러내는 방계적 계통에서 벗어난 "프롤레타리아와 농민들의" 영화가 등장했다고 분석하고, 1929년 말에는 이 "중요한 역사적 움직임"에 당면하여 드디어 프롤레타리아 영화운동의 조직적 주체 즉 '신흥영화예술가동맹'이 탄생했다고 선언한다. 프롤레타리아적 역사관을 조선영화에 적용한 최초의 사례라 할 수 있는 이 역사서술은, 식민지 검열제도와 경제적 제약 등 모든 불리한 조건 속에서도 대담한 조직체를 구성해낸 조선 영화인들의 현재(1930년 초) 상황을 진보적 시간관 내의 정점에 위치짓는다. 식민당국의 "검열의 가위에 맞서려면 일본프롤레타리아 영화동맹의 직접적이고 철저한 원조"가 필요하다고 역설하며 글을 맺고 있지만, 일본보다 훨씬 더 열악한 상황임에도 프롤레타리아 영화들을 생산해 왔으며 마침내 조직체까지 만들었다는 데 대한 자부심을 숨기지 않는다.

실제로 조선에서 1928년부터 프롤레타리아 영화를 제작했다는 사실은 일본의 상황과 비교할 때 특이한 것이었다. 임화가 프롤레타리아 영화로 거론하는 〈유랑〉(1928), 〈암로〉, 〈혼가〉 등 세 편은 1927년 결성되어 프롤레타리아 영화운동의 전위들을 배출해낸 조직 '조선영화예술협회'에서 제작되거나 그 자장 안에서 만들어진 것이다. 일본의 경우 '프로키노'가 결성되어 야마센(山宣) 고별식과 메이데이 등을 촬영한 것이 1929년이었고, 상업영화회사에서 만든 '경향영화'로서 최초라고 일컬어지는 〈산 인형(生ける人形, 우치다 토무(內田吐夢))〉이 개

봉된 것도 1929년이었다.[15] 즉 작품 생산만 놓고 보았을 때 조선의 프롤레타리아 영화운동이 일본의 그것보다 1년 정도 앞서 진행되고 있었던 셈이다. 이 점을 명시하는 것이 임화가 이 글을 쓴 동기 중 하나로 보인다.

여기서 잠깐 조선과 일본의 프롤레타리아 영화운동이 갖는 성격에 있어서 근본적인 차이점 하나를 지적하도록 하자. 적어도 임화가 이 글을 발표하는 1930년 초까지, 조선에서는 소위 비합법적 독립영화운동, 즉 '자주(自主) 제작, 자주(自主) 상영'이라고 하는 일본 프롤레타리아 영화운동의 모토가 구현되는 것이 불가능한 상황이었다. 조선에서 생산된 세 편의 프롤레타리아 영화는 각기 조선영화예술협회, 남향키네마, 서울키노 등 '합법'적인 소형 프로덕션에서 제작한 것으로, 극장에 배급하여 경제적 이윤을 얻는 것을 목적으로 하는 상업적 시스템 내에서 나온 것이다. 다시 말해 일본보다 더 엄격한 통제 하에 놓인 식민지에서 영화의 제작과 상영은 법률의 테두리 바깥에서, '독

---

15 기타가와 데츠오[北川鐵夫]는 프롤레타리아 극장영화반이 9.5미리 '파테 베이비'로 메이데이를 촬영한 1927년을 일본 프로영화의 기원으로 삼지만(新興映畵史 編, 『プロレタリア映畵運動理論』, 天人社, 1930, 4면), 사토 다다오는 그것이 실질적으로는 사사 겐쥬[佐々元十]의 개인적인 활동에 가까운 것이었기에 조직적 산물이라고 보기 어렵다고 말한다(佐藤忠男, 『日本映畵史 : 1896~1940』 1, 岩波書店, 2006, 305~306면). 한편 프로키노 창립 과정에 대해서는 마키노 마모루[牧野守], "Rethinking the Emergence of the Proletarian Film League in Japan(Prokino)", A. M. Nornes(trans.), (Aaron Gerow · A. M. Nornes (eds.), *In Praise of Film Studies*, Kinema Club, 2001, pp.15~45) 및 이효인, 「카프영화와 프로키노의 전개과정 비교연구」(『한민족문화연구』 41, 2012.10) 참조.

립'적으로 이루어질 수 없다는 큰 차이점을 갖는 것이다. 그렇다고 해서 상업적 시스템이라는 것이 구미나 일본에서와 같이 자본과 설비를 갖춘 산업으로 구축되어 있는 것도 아니었다. 주지하듯 조선 영화산업은 메이저 영화사라는 것이 존재하지 않은 채 소규모 프로덕션이 "난립"[16]하는 방식으로 형성되었기에 주먹구구식 제작방식이 횡행했지만, 그렇기 때문에 역설적으로 영화 감독들이 자유롭게 재량을 발휘할 운신폭이 넓었다. 훗날 임화는 이렇게 자본의 혜택도 못입은 대신 그 폐해도 입지 않았기에 생겨났던 "자유"를 언급하면서, 이로인해 조선영화는 시스템화된 산업 내에서 생산되는 것과는 다른, 일본영화와도 "이질적인" 특성을 갖게 되었다고 말한다.[17] 요컨대 1930년 초까지 조선에서 프롤레타리아 영화의 제작과 배급, 상영은 일차적으로는 식민지 영화정책의 경직성 때문에 합법성의 테두리를 벗어나서 전개되기 어려웠고, 다음으로는 청산 혹은 저항할 기성 부르주아 영화산업이라는 것이 형성되어 있지 않았기에 '독립'영화의 노선을 택할 근거가 없었다.

일본 영화운동과의 이 차이점은 임화의 글과 동일한 지면에 실린 우에다 이사오上田勇의 「조선의 프롤레타리아 영화운동」에서도 지적된다.

---

16 임화, 「조선영화발달소사」, 『삼천리』, 1941.6, 200면.
17 임화, 「조선영화론」, 『춘추』, 1941.11, 92면.

신흥영화예술가동맹의 강점은 그들의 손안에 서울키노 영화공장이 있다는 것이며, 제작영화는 바로 조선 내에 배급되고 상영된다는 것이다.

조선프롤레타리아 영화운동은 정치적 ✕압과 극도의 검열의 손이 예상되는 한 ✕합법적 활동은 허용되지도 않을 것이며(이 점은 우리 일본 프롤레타리아영화동맹의 창립 당시와는 다르다), 당연히 앞으로 진행되어야 할 방향으로 현재 진행 중이며, 앞으로는 그 합법성의 범위를 대중의 힘과 함께 넓혀 가면서 진전시켜야 할 것이다.[18]

이 글은 당시 일본 영화동맹 교토지부를 방문하고 있던 김유영으로부터 전해들은 조선영화의 상황을 소개하는 것인데, 소규모 프로덕션으로 제작을 하여 상업영화로서 유통되는 조선 프롤레타리아 영화의 상황이 일본과 다르다는 점, 그리고 조선의 영화계가 "우리 일본 내지에서는 상상 이상의 정치적 경제적 압박"을 받고 있기에 합법적 프레임 내에서 진행될 수밖에 없다는 점을 지적하고 있다. 따라서 조선에서는 '경향영화'와 '프로영화'의 구별, 즉 이와사키 아키라가 정의하듯 상업영화의 시스템 내부에서 제작되었는가 여부를 기준으로 두 가지를 구별하는 방식[19]은 적어도 1930년 조선의 상황에서는 무의미한 것이었다.

---

18 上田勇,「조선의 프롤레타리아 영화운동」,『新興映畵』, 1930. 3, 114면; 번역본은 한국영상자료원 영화사연구소 편,『일본어 잡지로 본 조선영화』 1, 2010, 204면.
19 岩崎昶,「傾向映画の問題」,『映画と資本主義』, 往來社, 1931, 247~263면.

그런데, 임화의 이 글은 단순히 조선영화를 '소개'하는 글이 아니다. 주목해야 할 것은 집필 동기로, 이 글이 말걸고 있는 대상이 누구이고 임화가 문제삼고 있는 지점이 무엇인가 하는 점이다. 앞당겨 말하자면, 임화는 일본의 영화인들에게 조선영화가 피식민의 스테레오타입을 생산하는 매체로 간주되는 것을 경계하고 있다.

이 글은 일본 프롤레타리아 영화운동의 주체들과 그 운동에 관심을 갖고 있는 독자들을 대상으로 쓰여진 것으로, 세심하게 독해할 경우 임화의 집필 동기는 두달 전 같은 지면에 게재되었던 일본 프롤레타리아 시인 고오리야마 히로시[郡山弘史]의 「조선영화에 대해서」[20]를 반박하기 위한 것이었음을 알 수 있다. 1924~1928년 초 경성에 머물렀던 고오리야마 히로시는 "조선영화계의 대표자"로 나운규를 지목하면서, 조선민중의 민족감정 즉 식민지적 상황에 대한 반감이 나운규의 영화를 매개로 소통되고 있다고 말한다.

---

[20] 『新興映畵』(1930년 1월호)에 실린 이 글은 한국영상자료원 영화사연구소 편, 『일본어 잡지로 본 조선영화』 1(2010)에 번역되어 있다. 그런데 이 번역본에서는 저자를 "고오리야마 히로부미"로 잘못 표기하고 있다고 생각된다. 郡山弘史는 1924~1928년 사이 경성에 머물렀던 일본 시인인 고오리야마 히로시로, 현재까지 확인할 수 있는 그의 약력은 다음과 같다. 센다이[仙台]의 도호쿠가쿠인[東北学院] 영문학과를 졸업하고 1924년부터 1928년까지 경성부립 제일보통고등학교의 교사로 일했다. 이 기간 동안 「경성시화회(京城詩話会)」를 결성해서 시를 쓰기 시작하고 프롤레타리아 시인회에 가입하여 나프에서도 활약했다. 1926년에는 생전의 유일한 시집인 「일그러진 달[歪める月]」을 펴냈고, 재조선 체험을 바탕으로 「ちある・か・しょ」, 「くるとうく」, 「京城駅」이라는 3편의 시를 남겼다. 『日本浪曼派』(1935~1938년 발행)의 동인이기도 하다. 고오리야마 히로시의 경력이 『新日本文学』(38卷8号(1983년 8월))에 게재되어 있다는 사실을 알려준 이정욱, 와시타니 하나 선생에게 감사한다.

물론 다른 나라들처럼 조선에서도 영화는 그 영업 가치에 의해 좌지우지되고 있으며, 내용 또한 일반민중의 쁘띠부르주아적 향락에 그 중심을 맞추고 있는데, 아무리 그렇게 침투를 당하더라도 그들의 머릿속에서 조선민족 전체가 무거운 짐을 지고 있는 현재의 식민지적 상황이 그들의 뇌리에서 없어지지는 않을 것이다. 다른 열강국민들은 이성적 의식에 의존해 획득한 것이, 그들에게는 거의 선천적이라고 할 수 있을 정도로 뿌리깊이 어떤 명료한 반역적인 감정에까지 침투되어 있다. 이런 의욕은 다른 여러 기술상의 미비한 문제로 가득한 그들의 영화를 그 점에서는 월등 탁월한 외국 작품과 대립하게 하여, 때로는 민중들이 그들의 영화에 훨씬 강하게 매료되는 원동력을 발휘했다. (…중략…)

버나드 쇼가 어리석게도 유럽 각국의 영화에 대한 관객의 수준이 연애물이나 에로스물 이상으로 발달한 것을 증명하기 위해, 픽포드나 채플린이 얼마나 환영받는가를 말한 적이 있는데, 동양의 한 식민지인 조선민족은 일찍부터 훨씬 앞서가고 있던 것이다. 이는 일본 내지에서는 흥행영화와 프롤레타리아 영화가 아직 같은 수준의 대중성을 가지고 있지 못한 현상보다 더 여러 의미에서 주목할 만한 현상이라고 생각한다. 조선 내에서 나운규의 영화에 숨은 반역성은 항상 대중을 대표하고 있다. 그래서 만약 그의 영화가 경성, 평양, 부산 이 세 도시 이외의 상영관에서도 상영될 때는 그 반향과 침투력은 상상 이상의 것이 될 것이다.[21] (강조─인용자)

---

21 郡山弘史,「朝鮮映画に就いて」,『新興映畵』, 1930. 1, 133~134면. 한국영상자료원 영화사

고오리야마가 조선에 머물던 시절 조선영화계의 화제작은 단연 〈아리랑〉(1926)이었으며 최고의 스타 역시 나운규였던 게 사실이다. 고오리야마는 나운규에 대한 조선 관객들의 열광을 "어떤 반역적인 감정"의 코드로 읽어내면서, 메리 픽포드나 채플린과 같은 할리우드 스타들보다는 이런 "민족영화"를 환영하는 식민지의 상황을 고무적이라 지적하고 있다. 검열로 1/3이 삭제된 〈풍운아〉(나운규 감독, 1926) 같은 영화에서도 연애와 활극이라는 장르의 틀 속에서 서양문화와 제국주의에 대한 풍자와 폭로를 읽어내는 것은 이런 열광의 힘이라는 것이다. 프롤레타리아 영화가 대중적 인기를 얻지 못하고 있는 일본 상황과 비교했을 때, 상업영화이면서 이런 "반역성"을 지닌 영화가 대중성을 지니는 조선의 현상은 주목할 만하다고 말한다. 고오리야마에게 있어서 〈풍운아〉는 그래서 당시 조선영화의 상황에서 생산될 수 있는 최대치의 "프로파간다"였던 셈이다.

반면 프롤레타리아 영화 〈유랑〉, 〈혼가〉에 출연했고 평론활동을 통해 이경손, 안종화, 나운규 등 기성 영화인들의 '반동적 성격'을 비판하는 데 투신했으며 마침내 '신흥영화예술가동맹'의 결성까지 이루어낸 임화의 입장에서, 고오리야마의 관점은 받아들일 수 없는 것이다. 우선은 물론 고오리야마가 1928년 초까지만 조선에 머물렀기에

연구소 편, 『일본어 잡지로 본 조선영화』 1(2010, 192~193면)에 실린 번역본을 인용하되 원본과 대조하여 수정했다.

나운규 프로덕션의 그후 행보를 알지 못하고, 〈유랑〉에서 시작된 프롤레타리아 영화의 흐름을 경험하지 못했기 때문이다. 그런 제한된 정보와 경험을 가진 일본인이 조선영화를 비교적 상세하게 소개하는 첫 글을 일본 프롤레타리아 영화잡지에 기고한 것에 대해 개입하려는 의도가 임화에게는 있었을 것이다. 두 번째는 고오리야마가 나운규를 "반역성"의 표상으로 의미화하면서 조선영화를 피식민의 "민족영화"로 환원해 버리기 때문이다. 1930년의 맥락에서 임화는 조선 내에서의 계급적 분화에 몰두하고 있었기 때문에, 조선에서 프롤레타리아 영화의 발흥을 간과하고 조선영화를 "민족영화"로만 환원하는 시각에 대해 강하게 개입할 필요성을 느꼈던 것으로 보인다. 다음과 같은 구절에서 임화는 고오리야마를 겨냥하며 조선 내에서의 계급적 분화를 명확히 천명한다.

조선의 프롤레타리아트는 고오리야마 씨가 말하는 것같은 '국민적', '민족적'의 이름으로 그 반동성을 방치할 어떤 이유도 갖고 있지 않다.[22]

임화는 이 글의 서두에서도 이미 고오리야마의 이름을 언급한 적이 있는데, 여기에서는 고오리야마가 조선영화를 소개하는 태도의

---

22 임화, 「조선영화의 제경향에 대하여」, 『新興映畵』, 1930.3, 123면. 한국영상자료원 영화사연구소 편, 『일본어 잡지로 본 조선영화』 1(2010, 210면)에 실린 번역본을 인용하되 원본과 대조하여 수정했다. 이후의 인용도 마찬가지이다.

저변에 깔린 식민주의적 (무)의식을 건드리고 있어 좀더 흥미롭다. 일단 임화는 일본의 독자들에게 조선영화가 "보기 드문" 것, 다시 말해 그것의 존재여부 자체가 그간 관심의 대상이 되지 못했던 것이었다는 데 대해 예민하게 반응하고 있으며, 고오리야마의 글이 그 조선영화를 "단편적 소개"하는 데 치중함으로써 일종의 '이국취미'에 호소하고 조선영화의 본질, 즉 역동적인 움직임 중에 있는 "제 경향"을 파악하지 못하게 했다고 보고 있다.

그래도 조선영화는 억압받는 민족의 감정을 그 작품 속에 담는 한편, 분화되고 변해가는 계급도 명료하게 표현하기까지에 이르렀다. 그러므로 지금 여기에서 조선영화의 발달사를 보기 드물게 여기며 소개하기보다도, 그것이 가진 제 경향을 불충분하게나마 서술하는 것이 보다 더 의의가 있으리라고 생각한다. 본지 신년호에 고오리야마 히로시라는 사람이 소개한 조선영화에 대한 기사에서 여러분들은 식민지 조선에도 영화가 존재하고 있다는 것을 알았겠지만, 나는 그 보기 드문 단편적 소개보다도 보다 더 기뻐해야 할 일, 즉 조선의 프롤레타리아트와 농민들이 진정한 '우리들의(我々の) 영화'"를 가지게 되었다는 점을 전해주고 싶다.[23]
(강조-인용자)

---

23 임화, 위의 글, 116면.

임화가 일본의 프롤레타리아 영화인들에게 조선영화에 대해 가장 강조하고 싶었던 것은 어떤 '복음(福音)', 즉 조선에 드디어 프롤레타리아트와 농민들의 영화가 탄생했다고 하는 소식이다. 앞서도 언급했듯 이 탄생은 일본에서보다 1년 정도 앞선 것이었고, 선후(先後)를 떠나 일본과 조선의 영화인들이 같이 기뻐할 만한 일이어야 하는 것이다. 즉 일본의 프롤레타리아 영화잡지에 기고하는 조선의 영화인 임화는 제국 / 식민지의 종속, 위계 관계보다는 이것이 더 중요한 것이 아니냐며 '복음'을 강조하는 것이다.

그 존재조차 알 수 없었던 조선영화에 프롤레타리아의 영화가 탄생했다는 이 소식은 그래서 고오리야마 같은 일본 지식인들에게 기쁜 소식이었을까 놀라운 소식이었을까. 임화가 "기뻐해야 할 일"이라는 표현을 쓴 데에는 이 소식이 그저 놀라운 소식이 아니라 '마땅히 기쁜' 소식이어야 하는 것 아니냐고 '강변'하려는 의도가 느껴지기도 한다. 그리고 이에 심증을 더하는 것은 바로 "우리들의(我々の) 영화"라는 표현이다. 이때 "우리"에 속하는 건 조선의 프롤레타리아트와 농민들인가, 조선인들인가, 아니면 일본과 조선의 프롤레타리아트와 농민들 모두인가? 임화가 여기에 강조부호를 해놓았던 것은, 이것이 바로 고오리야마 히로시가 사용했던 다음의 표현을 자신이 의도적으로 반복하는 것임을 드러내기 위해서이다.

조선에서 새로운 영화운동의 서막은 〈춘향전〉 및 〈심청전〉으로 열렸

지만, 두 작품 모두 조선고대문학, 아니 전설에 가까운 내용을 영화한 것이어서 촬영기사의 노력을 보여주는 데 그쳤다. 물론 그 영화들을 제작하기 시작하면서, 조선민족은 '우리(我等の) 영화'를 가지게 되었다.[24]

고오리야마가 사용한 '우리[我等]'라는 단어와 임화가 사용한 "우리[我々]"라는 단어의 사전적 정의는 동일하고, 그 뉘앙스에 있어서도 차이가 없다. 임화가 고오리야마가 사용했던 단어와 일부러 상이한 표현을 채택한 것인지 여부는 명확하지 않다. 그러나 분명한 것은 고오리야마가 사용했던 단어를 고의로 반복 / 차용하면서 차이의 효과를 발생시킨다는 점이다.

조선에서 처음 상업용 극영화가 제작되던 1920년대 초반을 얘기하는 고오리야마의 맥락에서 "우리"란 "조선민족"을 의미한다. 즉 고오리야마의 입장에서 이때의 "우리 영화"란 (고오리야마 자신은 제외된) '조선민족의 영화', 나아가 '그들의 영화'로 치환되는 것이다. 이로써 그가 조선영화를 소개하면서 나운규 영화의 대중성을 중심에 놓고 민족영화로 소개하는 글의 논지와도 호응하는 의미, 즉 '피식민자들의 영화'로서 조선영화라는 의미가 드러난다.

임화는 고오리야마가 "우리"라는 기표와 피식민성, 민족이라는 기의 사이에 만들어놓은 이 배타적인 결박 관계를 흔들어놓는다. "조선

---

24 郡山弘史, 위의 글, 131~132면.

의 프롤레타리아트와 농민들이 진정한 '우리들의(我々の) 영화'를 가지게 되었다"는 문장에서 "우리"는 누구인가? 만약 "우리"가 프롤레타리아트든 농민이든 그들이 '조선인'이라면, 이 글을 읽는 일본의 영화인들에게 그것이 '복음'이 되어야 할 이유는 무엇인가? 일본어로 쓰여진 임화의 글의 독자들(일본인)이 이 소식을 "기뻐해야 할 일"로 받아들이기 위해서는, "조선의 프롤레타리아트와 농민들"과 자기자신을 "우리"라는 이름으로 묶어야만 한다. 즉, 고오리야마처럼 "우리"라는 단어에서 자기자신을 제외해서는 안 되는 것이다.

4. 매혹적인 카니발리즘

고오리야마는 다년간 조선에서 직장을 갖고 생활했던 일본인으로서, 이 글에서 처음으로 조선의 영화를 본격적으로 일본인들에게 소개한다는 자의식을 갖고 있었을 것이다. 그리고 그의 의도는 특별히 조선인이나 조선영화를 폄하하려던 것이 아니라, 오히려 '나운규'로 대표되는 조선(영화)의 "반역성"을 일본인들에게 각인시키려는 연대의식마저 갖고 있었을지도 모른다. 하지만 그것은 영화라는 매체를 통해 조선(인)을 종족적인 '게토'로 만드는 "시각적 인류학(visual anthropology)"의 관점을 도입하는 대가를 치러야 했다. 파티마 토빙 로니는

20세기의 매체인 영화를 통해 서구의 식민주의가 비서구 식민지인을 시각화함으로써 그 이미지를 소비하는 양상을 "매혹적인 카니발리즘 (fascinating cannibalism)"이라 이름 붙였는데, 이때 카니발리즘이란 (비서구 야만인들이 그러하다고 알려진 것처럼) 사람의 신체를 먹어치우는 게 아니라 사람의 신체의 이미지를 (눈으로) 먹어치우는 걸 말한다.[25] 주지하듯 이러한 이미지 소비를 뒷받침한 것이 진화론과 거기에 기반한 역사관인데, 조선에 거주했던 프롤레타리아 시인 고오리야마가 다음과 같이 나운규의 이미지를 묘사하는 시각 역시 이 카니발리즘에서 그리 멀리 떨어져 있는 것 같지는 않다.

나운규는 활동사진 배우들 사이에서 흔히 볼 수 있는 호남도 악한의 얼굴도 아니다. 그의 약간 밋밋한 얼굴에 대해 조금 익숙한 사람들은 조선인 특유의 얼굴이라고 할 것이다. 게다가 너무 어두운 그의 표정도 음산한 지하실의 분위기이다. 또렷하게 움직이는 눈동자, 움푹 들어간 볼, 크게 벌려진 입, 그 속에서 언제나 뾰족하게 정렬된 치아, 조금 허약하게조차 보이는 중간 체격이면서도 종종걸음과 큰 보행을 재주 있게 구별해서 사용하는 양 다리, 그래서 그에게는 〈아리랑〉의 광인이나, 〈풍운아〉, 〈들쥐〉의 부랑자 등이 가장 잘 어울리는 역이었다. (…중략…) 나

25 Fatimah Tobing Rony, *The Third Eye : Race, Cinema, and Ethnographic Spectacle*, Durham and London : Duke University Press, 1996, p.10.

운규의 용모는 배타적이고 너무 제한이 많아, 배우로서의 포용성이 모자라는 것도 사실이다. 이는 그의 단점이라고도 할 수 있는데, 이후 조선영화가 발전할 방향을 생각할 때, 이런 그의 결함이 민족영화의 궤도를 왜곡시킬 수 있을까? 나는 아니라고 본다. 오히려 나운규가 가진 부랑자적인 측면이야말로 보다 많이 필요하게 되리라.[26] (강조-인용자)

〈그림 3〉 고오리야마 히로시의 글에 실린 삽화
"〈아리랑〉의 한 장면-나운규와 신일선(여)"

호남의 얼굴도, 악한의 얼굴도 아닌 "음산한 지하실"의 분위기, 배우로서는 분명 단점이 많은 외모이지만 그 자신이 제작한 영화들의 광인, 부랑자 주인공의 페르소나와 잘 부합하는 이 나운규의 용모를

---

26 郡山弘史, 위의 글, 132면. 이 부분은 한국영상자료원의 번역본 190~191면을 그대로 인용했다.

고오리야마는 "조선인 특유"의 것이라 말하며 미래의 조선영화에서 나운규의 역할에 기대를 보내고 있다. 그러나 이 광인과 부랑자란 피식민의 트라우마를 구현한 이미지에 다름 아닌 것으로, '미래의 주역' 프롤레타리아트 및 농민과는 거리가 먼 것이었다.

그리하여 임화의 대응은 조선(인)을 게토화하는 제국의 사회주의자에 맞서 그가 말하는 '우리'의 내포와 외연을 반성할 것을 촉구하는 데 더해, '나운규'로 이미지화되는 피식민의 에스노그라피화(ethnographization)에 개입하는 것으로 이루어진다. 이를 위해 흥미롭게도 임화는 조선의 프롤레타리아 영화 〈암로〉에서 구사된 "몽타주"를 언급한다.

> 이후에는 조선영화예술협회의 프롤레타리아적 경향을 지닌 김유영 일파가 '서울키노'의 이름으로 발표한 〈혼가〉와 김영환이라는 활동변사의 손으로 만들어진 〈약혼〉이 1929년의 중요한 작품이었다. 전자인 〈혼가〉는 내용적으로는 이렇다 할 만한 것은 별로 없었지만, 화면구성의 역학성과 선명한 몽타주 기법으로 젊은 감독 김유영의 새로운 진보를 선보였다.[27] (강조 – 인용자)

앞서도 언급했듯 소비에트 몽타주 이론은 일본과 조선에서 1930년에 소개되기 시작한 것, 즉 일본과 조선의 영화인들이 동시에 접하게

---

27 임화, 위의 글, 123면.

된 사회주의적 창작방법론이었다. 이 혁명적 창작방법으로 임화는 '나운규'라는 피식민의 이미지를 치환하고자 했던 것이고, 이것은 사회주의와 영화라는 것이 진화론적 역사관과 시각적 인류학의 도구로서 '시차(時差)'를 생산하는 것이 아니라 동시성, 나아가 혁명이라는 미래를 구현하는 것이어야 한다고 말하는 행위였다.

5. 남는 문제들

1931년 3월 「서울키노 〈화륜〉에 대한 비판」을 마지막으로 (1939년 다시 영화관계 일을 시작하기까지) 임화가 더 이상 (1936년 〈최후의 승리〉 출연을 시도했던 것을 제외하고) 배우로도, 평론가로도 영화에 관여하지 않게 된 것은 비단 검열과 구속이라는 정치적 상황 때문만은 아니었던 것 같다. 임화가 동경으로 떠나던 1929년 무렵에는 '소문'으로만 들려오던 토키(talkie, 발성영화)의 존재가 1930년부터는 조선의 극장에 그 실체를 드러내게 되었다는 사실, 이것은 프롤레타리아 영화운동만이 아니라 조선영화의 위상 자체를 위태롭게 만들었다고 생각된다. 1929년 초 임화는 영화의 본질적 특성으로 첫째, "기계"적 메커니즘에 의해 만들어진다는 물적 조건을 지적하고 둘째, 자본주의적 상품으로서 점점 더 "자본적 세력의 우월한 영화를 생산케 한다"는 이데올로기적 특성을 "결정적인 자본주의적 사실"로 언급한 바 있지만, 1927년 미국에서 시작된 토키가 초래할 급격한 변화에 대해서는 심각하게 의식하지 못하고 있었던 듯하다.

　　과거의 문화가 가진 바 모든 예술의 영역에서 그 기능을 탈취하고 있다고 해도 좋은 문화사의 사생아 영화라는 이름한 예술은 지금 우리가 안전에 보는 것과 같이 그 표현수단이 다른 모-든 예술같이 단순하지 않으며 따라서 그것은 근대사회의 기계문명의 발달에 의거하여 생산된 그만치 그것은 완전히 한 개의 산업으로 자본가 기업가의 손을 거치지 않으면 아니되게 되었다. 그러므로 이것은 근대사회의 일반적 법칙과 함께 그것은 벌써 산업의 부문을 구성하는 훌륭한 기계공업으로서 큰 규모 밑에서 발달하는 것이다. 그리하야 소위 우리들의 예술이라고 명목한 부문에서 생산하는 예술품과는 전연 한 개의 의의를 달리한 물건이 놀라울만한 거량으로 생산되는 것이다. 그러므로 영화란 예술은 완전히 근대 기계공업의 생산물으로 시장에서 다른 상품과 같이 순연한 경제적 조건하에서 서로 경쟁하게 된 것이다.

　　그리고 우리가 여기서 혼동하여서는 아니될 것은 연극예술과 같이 영화는 종합예술이란 명목만으로 물려버릴 수가 없다는 것이다. 그것은 연극보다 그 종합이란 영화의 전요소를 구성하는 요소는 예술 이외의 과학적으로밖에 동정(動靜)하지 않는 한 개의 기계의 참가에 있다는 것이다. 그리고 다음의 요인은 영화제작의 각부문의 종업(從業)상태는 결코 연극의 그것과 같은 단순한 의미의 것이 아니다. 영화는 대자본(적어도 거만(萬) 이상) 밑에서 움직이는 완전히 그것은 기타 산업부문에 그것과 같이 분업상태를 띄이고 있는 것이다. 그리고 이것은 종업원 즉 제작관계의 예술가의 이해와는 전연 상위한 입장에서 자꾸자꾸 대량으로 생산된다는 제사실이 더욱더욱 영화를 근대 자본주의의 일반적 법칙에 의거케 하야 자본적 세력의 우월한 영화를 생산케 한다는 결정적인 자본주의적 사실을 맞는 것이다.[28](강조-인용자)

반면 같은 시기 이와사키 아키라는 "영화 자본주의"의 종주국 미국을 예로 들어 토키를 기술이나 예술적인 측면보다 경제적인 측면에서 봐야 한다고 주장한다. 1920년대 중반까지 금융산업과의 결합을 통해 포화상태에 이른 미국 영화산업은 토키 계발을 가능케 하기도 했지만 또 산업의 위기를 타개하기 위해서 토키를 도입하기도 했다. 제작과 상영 과정에서 대부분의 설비를 개조해야 하는 이 새로운 시스템의 도입은 산업을 활성화시키기에 적절한 계기가 되었으며, 그렇기 때문에 고정자본과 높아진 제작비를 마련하지 못하는 중소규모의 영화사들(유나이티드 아티스트, 메트로, 파테 등)은 몰락하게 되었다. 토키의 도입은 영화산업으로 하여금 영화사들끼리 통합(횡단적 결합)하거나 토키 관련 특허를 갖고 있던 여타(전기, 라디오, 축음기 등) 산업자본들

---

28 임화, 「최근 세계영화의 동향」, 『조선지광』 83, 1929. 2, 76~77면.

과 결합(종단적 결합)하게 강제함으로써 자본주의화를 촉진시킨 것이다.[29] 이와사키 아키라는 물론 이런 상황이 영화 노동자들이나 관객 등 프롤레타리아트에 대한 착취를 수반하는 것이기 때문에 영화 자본주의의 종말로 귀결될 것이라고 진단하지만, 1930년 경성에 돌아온 임화가 맞닥뜨려야 했던 상황은 토키 영사시설을 갖춘 극장들에서 상영되는 미국과 유럽의 화려한 토키 영화들, 그리하여 토키를 제작할 수 없는 조선영화의 입지는 이전보다 훨씬 줄어들어버린 "자본주의적 사실"이었다.

무성영화 제작비의 최소 2배 이상을 필요로 하는 토키 영화 만들기를 거부하고, 프롤레타리아 영화운동의 다른 길을 모색하는 것은 가능했을까? 역설적으로 바로 이 시점부터 조선의 프로 영화인들은 독립영화, 즉 '이동영화', '소형영화' 등을 실험하기 시작하는데, 임화의 마지막 영화 출연작 〈지하촌〉은 이 언저리에서 생산되어 1차 카프 검거사건으로 이어지는 문제작이었다. 이에 대한 본격적인 논의는 다음으로 미뤄야하겠다.

---

29 岩崎昶, 「資本主義映画發達史」, 앞의 책, 23~33면.

식민지 조선에서 '전위'가 된다는 것[*]

손유경

1. 예술적 · 정치적 전위와 뫼비우스의 띠

카프(1925~1935)가 두 번의 방향전환을 거치는 동안 변화의 주요 국면마다 임화가 동료들에게 요구한 것은 '전위의 눈'으로 세계를 보라는 것이었다. "노동계급은 무산계급의 전위의 눈을 가지고 세계를 보는 것"[1]이라든가 각각의 역사적 순간에 있어 계급의 제 관계는 "프

* 이 글은 2013년 10월 11일 제6회 임화문학 심포지엄에서 발표한 글을 수정, 보완하여 『한국현대문학연구』 41(2013.12)에 게재한 논문과 동일하다.

1 임화, 「무산계급 문화의 장래와 문예작가의 행정 ─ 행동 선전 기타」, 『조선일보』, 1926.

롤레타리아 전위의 눈"[2]으로 보아야 한다는 그의 말들이 보여주듯 "철칙 규율 하에서 움직이는 조직적인 생활"[3]을 영위하는 전위야말로 프롤레타리아 예술운동을 주도하는 이상적 주체로 상정되었다. 우리 문학사에서 대표적인 "조직 만능주의자"[4]로 일컬어지는 김남천의 문학 또한 전위로서의 자기규정을 전제하지 않고는 이해하기 힘들다. 이런 사정들 때문에 1930년대 카프 조직의 면모를 일신한 대표적인 소장파 임화와 김남천을 한데 묶어 고찰하는 작업은 매우 자연스러운 일이었다. 다만 임화의 초기 활동에 드러난 다다이스트로서의 면모라든가, 김남천의 일제 말기 문학에 나타난 전향자의 내면 문제 등이 두 작가에 대한 차별화된 논의를 이끌어내는 논점들이었다.

"다다이즘에서 카프에로의 길"[5]이라는 표현은 1920~1930년대 식민지 조선에서 전위가 되고자 한 일군의 지식인·예술가가 걸어간 길을 집약적으로 보여주는 면이 있다. 그러나 잡지 『신흥』(1929~1937)이나 『혜성』(1931~1932), 『제1선』(1932~1933), 그리고 '신흥문학', '신흥미술', '첨단', '모던', '전위' 등과 같은 당대의 클리셰들이 갖는 복잡한 미학적·정치적 함의를 간과하게 만드는 측면도 분명 존재한다.

12.28; 신두원 편, 『임화문학예술전집』 1, 소명출판, 2009, 25면.
2 임화, 「탁류에 抗하여-문예적인 時評」, 『조선지광』 86, 1929.8; 위의 책, 139면.
3 임화, 「노풍 詩評에 항의함」, 『조선일보』, 1930.5.15~5.19; 위의 책, 157면.
4 채호석, 「임화와 김남천의 비평에 나타난 '주체'의 문제」, 상허문학회 편, 『1930년대 후반 문학의 근대성과 자기성찰』, 깊은샘, 1998, 193면.
5 김윤식, 『임화연구』, 문학사상사, 2000, 35면.

먼저 근대 초기 일본에서 아방가르드라는 용어가 어떻게 번역·변용되었는지를 고찰한 나미가타 츠요시에 따르면, 1920~1930년대 일본의 신흥미술(예술)은 서구 최전선 파리의 아방가르드 미술과 그 영향력 아래에서 창작된 일본의 전위적인 미술 작품들을 의미했다.[6] 아방가르드라는 말은 전쟁 시 주력부대를 이끌던 소수정예의 돌격대를 가리키는 군사 용어에서 유래하는데, 이것이 문학과 예술의 맥락으로 확장되어 주요 비평용어로 자리를 잡게 된 것은 19세기 프랑스의 급진주의자들, 특히 생시몽과 올린드 로드리그 등의 활동 덕분이었다. 이들은 "예술가가 인류의 도덕사에서 '전위대'를 구성해 왔다"는 사상을 지니고 있었다.[7] 『제1선』이라는 도발적 표제의 잡지가 지향하는 바를 짐작하게 하는 대목이다. 1932년 5월호 『제1선』 권두언은 "'혜성'이라는 명칭은 넘우도 막연하고 현실의 '사람'과의 각가운 늣김이 적엇기 때문"에 '혜성'에서 '제1선'으로 이름을 변경했다면서 앞으로는 "대중과 한가지로 제1선에 나서서 그 여론을 위하야 문화의 계몽과 향상을 위하야 그리고 특히 침체된 문예의 진흥을 위하야 전력을 다하려"[8] 한다는 포부로 이루어졌다. 대중과 여론의 중요성을 환기하면서 스스로를 식민지 조선의 전위로 자처하려는 욕망을 드러낸 것이다.

---

6 나미가타 츠요시, 최호영·나카지마 켄지 역, 『월경의 아방가르드』, 서울대 출판문화원, 2012, 83~86면.
7 M. 칼리니스쿠, 이영욱 외역, 『모더니티의 다섯 얼굴』, 시각과언어, 1998, 130~132면.
8 「권두언-제호 내용 체재를 변경하면서」, 『제1선』, 1932.5, 5면.

1930년대 전반기에 두드러지기 시작한 이러한 현상을 포괄해 전위에 대한 대중적 상상력의 확대라고 이름붙일 수 있다면 이에 대응하는 문학·예술가들의 고민과 실천에 대해서도 이전과는 조금 다른 각도에서의 고찰이 필요할 듯하다. 특히 당시에 시대의 전위가 되려는 욕망에 부풀었던 일군의 문학·예술가들은, 레닌의 팸플릿 『무엇을 할 것인가』에 등장하는 혁명가로서의 전위라는 정치적 모델과, 다다이즘과 초현실주의 그리고 미래파에 이르는 다양한 전위예술이라는 미학적 모델 사이에서 끊임없이 흔들렸다. 이 요동은 어쩌면 자신들이 무엇을 지향해야 하는지가 아니라 무엇을 부정해야 하는지가 확실하지 않았기 때문에 야기된 것인지도 모른다. 즉 문제는 1930년대 식민지 조선이라는 시공간에 과연 적극적인 부정이 필요할 만큼 '충분히 부패한' 부르주아 예술이 존재했었는가 하는 점이다. 부패란 건강한 부르주아 문화가 쌓일 만큼 쌓인 뒤에야 진행되는 것이 아닐까? "전통을 제대로 증오할 수 있기 위해서는 그것을 자신 속에 가지고 있어야만 한다"[9]라는 아도르노의 지적을 떠올린다면, 난숙한 부르주아 문화 자체가 형성되지 못한 1930년대 식민지 조선에서 시대의 전위가 되려던 일군의 예술가들이 무엇을 '제대로' 부정할 수 있었는지는 여전히 의문이다. 예술이라는 사회적 부분체계가 독립적으로 분화함으로써 형성된 유미주의에 대한 대응으로 역사적 아방가르드 운동이

---

9 테오도르 아도르노, 김유동 역, 『미니마 모랄리아』, 도서출판 길, 2009, 77면.

발생했다고 보는 페터 뷔르거의 관점[10]을 빌려 오더라도 사정은 마찬가지이다. 그러나 목표가 불확실했다고 해서 과정이 치열하지 않았던 것은 아니다. 우리가 흔히 구별해서 부르는 예술적 전위와 정치적 전위되기의 길이, 적어도 1930년대 식민지 조선의 예술가들에게는, 뫼비우스의 띠처럼 궁극적으로는 서로 통할 수밖에 없는 동일한 유토피아적 충동의 소산이었다. 최고의 예술을 지향하면서 바로 그것으로써 식민지 조선의 전위가 되고자 한 이들에게, 예술적 전위와 정치적 전위는 삶과 예술을 분리하고 예술의 자율성이라는 온실 속으로 도피한 재래의 부르주아 예술을 부정하고 공격하는, 같은 뿌리에서 나온 두 가지로 인식될 수밖에 없었다. 칼리니스쿠의 말대로 예술적 아방가르드와 정치적 아방가르드는 모두 "동일한 전제, 즉 삶은 근본적으로 변화해야 한다는 데서 출발"했다는 사실이 1930년대 식민지 조선의 상황을 논할 때 각별히 시사적일 수밖에 없는 이유이다. 칼리니스쿠는 예술적 아방가르드와 정치적 아방가르드의 '돌연한 결별'이라든가 '완벽한 결합'을 상정하는 일부 학자들의 의견에 동의할 수 없다면서, 둘의 관계는 실제로 매우 복합적이며 특히 "심지어 역사적 아방가르드라고 불리는 것마저도 적어도 한 번 이상 정치적으로 고무된 바 있"었음을 강조한다.[11] 전위는 실패함으로써만 성공한다는 역설

---

10 페터 뷔르거, 최성만 역, 『아방가르드의 이론』, 지만지, 2013, 36~37면. 페터 뷔르거는 유미주의가 만들어 낸 고립된 미적 경험을 다시금 실생활과 실천의 영역으로 돌려보내려는 시도로 역사적 아방가르드 운동을 규정한다. 같은 책, 78~81면.

이 널리 알려져 있기는 하나, 식민지가 된 조선 땅에서 지식과 예술에 종사하는 공인(公人)들에게 이런 '멋진 실패'는 불가능하거나 너무 사치스러운 것이 아니었을까? 식민지 조선에서 전위가 된다는 것은 이러한 의미 있는 실패조차를 허용하지 않는 척박하며 절박한 정치·문화적 환경에서 그럼에도 불구하고 지속적으로 부정과 저항의 몸짓을 대중에게 보여주어야 함을 의미했는지도 모른다. 이는 주어진 질문에 대한 해답 찾기의 과정이 아니라 새로운 질문을 구성하는 지난한 과정에 들어섬을 뜻한다. 시대의 전위가 되고자 했던 수많은 예술가들이 프롤레타리아 예술운동의 길로 나아갔다면, 그것은 대항할 적을 확정하기 위한 필연적 선택이었을 수도 있다.

이러한 문제의식을 바탕으로, 이 글은 카프가 지향한 정치적 전위되기와 구인회가 지향한 예술적 전위되기의 모델이, 가시적 분화 이전뿐 아니라 그 이후에도 끊임없이 상호 침투할 수밖에 없었다는 가설에 따라 쓰인 것이다. 이 글에서는 김남천과 박태원을 마주 보게 하는 우회로를 걷는데, 여기서 우선 논하려는 것은 '조직 만능주의자'로 알려진 김남천 특유의 정치적 성향이 예술적 전위라는 모델에 대한 지속적인 동경과 참조에 기반을 두고 있었다는 사실이다. 사실 위의 가설을 그대로 따른다면, 카프가 지향한 정치적 전위되기의 길이 구인회 출신 작가들에게 구체적으로 어떠한 호소력을 띠고 있었는지를

11 M. 칼리니스쿠, 앞의 책, 143~144면.

아울러 구명해야 하나, 이에 관한 논의는 후속 작업에서 좀 더 구체화하기로 한다. 그런 점에서 이 글은 스스로가 제기한 문제의 일부만을 시론(試論)적으로 다룬다는 한계를 안고 전개된다.

전위, 신흥, 첨단, 모던 등의 용어가 익숙해질 대로 익숙해진 1930년대 문학 장을 생각할 때 가장 먼저 떠오르는 구도는 카프와 구인회가 그리는 평행선이다. 양 진영에서 특권화되다시피 한 예술적 재현의 대상도 농촌과 도시로 구별되는 것이 보통이다. "전투적인 마르크스주의의 이름으로 표명된 반도시적 열정"[12] 때문일까? 카프의 비평 담론에서 본격적인 도시문학론을 찾기 어렵다는 것은 사실이다. 그러나 이러한 지적은, 김남천을 위시한 카프 진영의 문학·예술가들이 자본주의화한 근대 경성을 순례하며 '세속의 계시'[13]를 경험한 장본인들이라는 엄연한 사실까지를 설명해주지는 못한다. 세속적 계시란, 벤야민이 종교적 깨달음이나 약물('해시시')에 의존하지 않고도 보이지 않는 것을 볼 수 있게 하는 지상의 깨달음을 설명할 때 쓴 개념으로, "독서하는 자, 사유하는 자, 기다리는 자, 거리 산보자는, 아편 복용자, 몽상가, 도취된 자와 마찬가지로 각성한 자의 유형들"[14]이다.

---

12 앤디 메리필드, 남청수 외역,『매혹의 도시, 맑스주의를 만나다』, 서울, 2005, 15면.
13 벤야민이 사용한 'profane Erleuchtung'이라는 용어는 국내에서 '세속의(세속적) 계시'와 '범속한 각성' 두 가지로 번역되어 있는데, 본고에서는 어감을 고려하여 전자로 통일해 부르고자 한다.
14 발터 벤야민, 최성만 역, 「초현실주의—유럽 지식인들의 최근 스냅 사진」,『역사의 개념에 대하여 外—발터 벤야민 선집 5』, 도서출판 길, 2009, 164면.

일상을 비밀로 만들고 그 비밀을 일상 속에서 재발견하는 "변증법적 시각의 힘"[15]은 독서나 사색, 산보에 도취된 자들의 일상적 경험 속에서 얻어진다는 것이다. 맹목적 도취를 불러일으키는 종교를 아편 같은 것이라고 비난한 레닌과 달리 벤야민에게 도취란 현실과 이상을 변증법적으로 결합하는 동력이며, 따라서 그에게 꿈은 빠져듦이 아니라 깨어남과 관련된다. 김남천 문학에 등장하는 몽상가와 순례자는 바로 이처럼 일상생활에서 '세속의 계시'를 받은 '깨어난 자들'이라고 할 수 있다.

기존의 문학사에는 마르크스주의 문예운동가들의 도시 체험과 이들의 현대적 감각을 해석할 만한 담론이 존재하지 않는다고 해도 크게 틀린 말은 아닐 것이다. 그러나 폐허 속에서 유토피아를 발견하려던 벤야민의 작업을 상기한다면, 1930년대 문인들의 도시 체험과 현대적 감각을 일부 모더니스트의 취향 문제로 국한시킨다는 것은 별로 적절해 보이지 않는다. 독서와 사색을 즐기는 몽상가들이나 도시를 거닐며 상념에 빠지는 순례자형[16] 인물은 구인회가 중심이 된 모더니즘 문학의 특성으로 규정되던 방식에서 벗어나 좀 더 확장된 시야에서 재조명될 필요가 있다. 1930년대 문학이 도시의 일상적 삶에서 이루어지는 병든 감각의 회복과 '미학적 실천'[17]의 중요성을 환기하

---

15 위의 책, 163면.
16 당대의 신문과 잡지에서는 도시 산책이나 산보라는 말보다 도시 순례라는 용어가 압도적으로 자주 사용되었다. 이 문제에 관해서는 지면 관계상 따로 상술하지 않기로 한다.

는 주인공을 자주 등장시키고 있다는 것은 새삼 강조될 필요가 있다. 그간 소위 1930년대 리얼리즘 문학 연구자들로부터 별다른 주목을 받지 못했던 몽상가·순례자의 형상을, "반노동의 시간과 비화폐의 형태"[18]를 향한 유토피아적 갈망과 결부지어 해석할 수 있다면, 그야말로 뜬금없이 주인공의 '정치적 각성' 여부를 놓고 작품의 성패를 논하는 관습적 독해에서 벗어나는 길이 열릴지 모른다.

2. 평양의 몽상가들

김남천이 카프 제1차 검거 사건을 겪은 후 자신의 옥중 체험을 그린 단편소설 「물!」을 발표한 것이 1933년 6월이다. 그해 11월 「생의 고민」이라는 소설을 『조선중앙일보』에 연재하려다 미완에 그친 후 김남천은 1934년 1월 『조선중앙일보』에 「문예구락부」를 연재하기 시작한다. 상처(喪妻)한 직후의 김남천이 이 소설을 연재할 당시 『조선중앙일

---

17 '미학적인 것'은 고정된 어떤 상태가 아니라 구체적인 생성의 과정을 의미한다. 따라서 대상을 감각적(미학적)으로 파악한다는 것은 '자기'의 활동이지 한갓 수동적인 인상이나 임의적 효과가 아니기 때문이다. "미학은 주체를 본질적으로 실천적인 것으로 이해한다."(크리스토프 멘케, 김동규 역, 『미학적 힘─미학적 인간학의 근본개념』, 그린비, 2013, 45∼51면).
18 앤디 메리필드, 김채원 역, 『마술적 마르크스주의』, 책읽는수요일, 2013, 54면.

보』학예부장은 이태준이었는데[19] 이태준이 재직할 당시 이상의 「오 감도」(1934.7.24~8.8)와 박태원의 「소설가 구보씨의 일일」(1934.8.1~ 9.19)이 연재되었다는 것, 그리고 김남천이 이 소설을 마지막으로 이후 3년여간을 창작의 공백기로 남겨두었다는 것 등 몇 가지 사실만 열거해 보아도, 지금껏 김남천 관련 주요 연구사에서 왜 「문예구락부」가 본격 적으로 논의되지 않았는가 하는 점은 다소 의아스럽다. 그는 이 작품을 끝으로 「남매」(『조선문학』, 1937.3)를 발표할 때까지 오랜 기간 소설을 쓰 지 않았는데 그 사이 카프 해산이라는 사건이 있었고 해산 직후에는 조 선중앙일보사에 입사한 경험도 있다.[20] 1930년대의 한복판을 창작의 공백기로 남겨 둔 김남천에게 이 공백이 무엇을 의미했는가를 밝히기 위해서는 「문예구락부」와 「남매」 연작 간의 거리를 가늠해야 한다. 3 장에서 상술하겠지만, 이 시기에 발표된 김남천의 유려한 산문들이 이 가늠의 기준이 될 것이다.

김남천의 「문예구락부」는 평양의 한 고무·양말공장 단지 안에 있는 창성 양말공장을 배경으로 한 작품이다. 공장 주변 환경에서 시 작해 비좁고 뜨거운 공장 내부와 그 안에서 일하고 있는 주요 인물의 모습이 차례로 클로즈업되면서 시작되는 이 소설은, 평양 보통문안

---

19 김남천 역시 대략 1935년을 전후로 하여 『조선중앙일보』에서 일했고 일장기 말소사건 직 후인 1936년 9월 퇴사한다. 『조선중앙일보』는 1937년 11월 5일자를 마지막으로 폐간된다.
20 김남천, 「『비판』과 나의 십년-회고의 몇 토막」, 『비판』 10-5, 1939.5; 정호웅·손정수 편, 『김남천 전집』 II, 박이정, 2000, 333면.

창광산 가는 길에 흩어져 있는 공장과 부락의 음울한 풍경을 밑그림으로 삼고 있다. 춥고 음산한 바깥 풍경과는 대조적으로, 웬만한 유행가는 다 꿰고 있는 '소리의 선수' 원찬과 변사 흉내 잘 내는 '활동사진쟁이' 국선, 원찬과 연인 사이인 듯한 경숙, 그런 경숙과 원찬을 놀리는 동두 등의 젊은 직공들은 그들 나름의 활기와 정열, 그리고 은근한 반항심을 드러낸다. 원찬의 구성진 노랫소리를 질투하는 국선이 원찬에게 결투 비슷한 것을 신청하면서 "목소리엔 젓스니 주먹으루 하잔말이지, 꽤 맛설 맘 잇거든 잇다―파하구 보통문안으루 가자"[21]며 충동질 하자 와자지껄 다들 한 마디씩 거들기도 하고, "엥헤라 좃쿠나 와인다―노리로구나"를 흥얼거리던 원찬이 갑자기 "공장에서 보는달은 왜저리도 파랄가. 기름과 먼지에 ×뭇친 녀직공의 얼골일세" 또는 "×××의 배땍이는 웨저리두 부를가 아마도 우리들×가 그속안에 가득찻네"와 같은 불온한 노래를 부르고는 시치미를 뚝 따자 "직장안은 일시에 조용하여"[22]진다.

아침 일곱 시 반부터 밤 열두 시까지 계속 '와인다―'를 지켜야 하는 고된 노동에도 불구하고, 원찬은 공장 밖에서 문예구락부 회원으로 활동하는 문학청년이다. 경숙과 국선이 여기에 합류하면서부터 문예구락부 멤버와 내부 사정이 작품에서 묘사되기 시작하는데, 이 구락

---

21 김남천, 「문예구락부」, 『조선중앙일보』, 1934. 1. 25.
22 김남천, 「문예구락부」, 『조선중앙일보』, 1934. 1. 26.

부의 장소 제공자인 일룡은 『추월색』을 읽고 있고 "연전 하이카라라는 별명을 가진"[23] 현옥은 『신여성』을, 골-뎅 쓰메에리를 해 입은 갑손은 『별나라』를 각각 읽고 있다. 학생모를 쓴 인호도 뒤늦게 등장한다. 원찬이 『추월색』을 읽고 있는 일룡의 취향을 탓하자 일룡이 소설의 재미와 효용을 언급하면서 자신의 독서를 변호하기도 한다. 개인별로 작문을 발표하는 순서에서는 원찬이 시를, 현옥과 인호가 감상문을 각각 낭독하는데, '태양고무의 화부'인 일룡이 자신의 협소한 경험(공장 경험)을 탓하며 글을 써 오지 못했다고 변명하자 자신의 경험을 잘 살려서 글을 쓰는 것이 옳다는 취지에서 저마다 한 마디씩들 한다. 문제는 인호의 다음 글이다.

우리들이 일하는 것가튼 공장 안에두 도서관가튼 것이 설비된 곳이 땅우에 잇다는 것을 알엇다. 나는 그런 때를 꿈꾸엇다. 얼마나 조흐랴! 마음대로 일하고 자미난 책을 읽고 휴계실에 가 이야기하고 우렁찬 노래를 부르고 우리끼리 연극두 하고 뽈두 차고. 나는 지금 밥도 못먹을 형편이다. 그러나 내가 생각하는 건 결코 꿈이 아닐 줄 안다. 그러기에 나는 비관하지 안는다. 울지도 안는다.[24] (강조 - 인용자)

---

23 김남천, 「문예구락부」, 『조선중앙일보』, 1934.1.27.
24 김남천, 「문예구락부」, 『조선중앙일보』, 1934.1.31.

자료 보존 상태가 좋지 않아 1월 30일자 연재분과 2월 1~2일 연재분 내용이 거의 파악되지 않는다는 난점 때문에, 인호와 갑손을 제외한 구락부 다른 멤버들의 작문 내용을 구체적으로 알기는 어렵다. 그러나 전후 문맥을 따져볼 때 이 장면 이후 원찬은 자꾸만 창가를 불러 공장에 소동을 일으키는 문제 인물로 지목되고, 마침내 그와 공장 감독이 갈등을 일으키는 것으로 소설이 마무리되는 듯하다. 소설 도입부에서 원찬이 불렀던 구성진 노랫가락이 실제로는 얼마나 불온한 메시지를 전하는가는 노래를 들은 직공들의 무거운 침묵에서 충분히 짐작되는데, 원찬을 비롯한 문예구락부 멤버들이 꿈꾸는 삶은 이처럼 노동과 예술, 행동과 사유가 조화롭게 공존하는 이상적 공동체였다. 여가 시간에 공장 안에서 독서와 토론, 연극, 스포츠를 즐길 수 있는 권리를 '꿈꾼다'는 인호의 말에 일룡은 "공장안에다 공장주인이 도서관을 맨들어준 게 잇단 말인가? 서울에 그런 게 잇나?"를 물으면서 그의 감상문에 큰 호기심을 보인다. 이 작품에서 또 하나 주목되는 지점은 서로가 서로의 취향에 개입하여 그들 나름의 문화적 자의식을 형성하거나 표현하는 대목이다. 예컨대 원찬이 일룡에게 "형님은 추월색이 그리 자미나우?"라는 질문을 던지자 멤버들 간에 작은 논란이 일어난다. "그게 뭐 소설이야 껄넝한 거"라는 원찬의 말에 일룡이 『추월색』은 숙영낭자전 같은 부류와 다른 엄연한 '신식소설'이라고 변호하자 다시 갑손이 "나는 원 그런 건 보기 실터라. 책껍질이 울긋불긋한 게"[25]라면서 일룡의 취향에 반기를 드는 식이다. 그뿐만이 아니다.

원찬이가 "요놈 너 평양좌 십전빵 구경갈려는 게구나"라면서 갑손의 의중을 슬쩍 떠보자 갑손이 "그런 엉터리 인치키 연극은 졸업한지 오래"[26]라면서 발끈한 데 이어 "갑손이는 평양좌 십전빵 구경이 퍽으나 불명예스럽게 생각되는 모양이엿다"라는 서술자의 논평이 나오는 대목도 흥미롭다.

소설 속 문예구락부 멤버들의 높은 문화적 욕망과 세련된 취향에 다름 아닌 김남천 자신의 욕망과 취향이 투영되어 있을 가능성은 매우 높은데, 김남천이 호세이대학에서 '독서회 및 적색 스포츠단'에 가입했다 제적되었고 평양 고무공장노동자 총파업에 관여하여 격문을 작성하는 등의 선전선동활동을 한 적이 있다는 개인사[27]가 이러한 추측을 뒷받침한다. 불온한 젊은이들이 조직한 구락부(클럽)의 활동 무대를 대학에서 공장으로 옮겨 놓은 김남천에게 과연 문예클럽은 무엇을 의미했을까. 김남천이 지니고 있던 '조직 만능주의자'로서의 면모[28]를 언급하는 것만으로는 설명이 부족하다.

이 질문에 답하기 위해서는 우선 「문예구락부」의 배경이 되는 창성양말공장 안팎을 재현하는 작가의 시선에 주목할 필요가 있다. '조직'의 중요성에 대한 김남천의 신념은 기존 연구에서도 여러 번 지적

---

25 김남천, 「문예구락부」, 『조선중앙일보』, 1934.1.29.
26 김남천, 「문예구락부」, 『조선중앙일보』, 1934.1.27.
27 정호웅, 『김남천─그들의 문학과 생애』, 한길사, 2007, 25~26면.
28 채호석, 「김남천 문학 연구」, 서울대 박사논문, 1999, 43면.

되어 왔는데, 노동자의 문예클럽을 소재로 삼은 「문예구락부」의 주요 무대가 전반적으로 몽환적인 분위기에 감싸여 있다는 점이 새롭게 덧붙여질 필요가 있다. 평양 보통벌 근방의 고무공장을 배경으로 하는 이전 작품인 「공장신문」(『조선일보』, 1931.7.5~15)이나 「공우회」(『조선지광』, 1932.2)와 비교해볼 때 「문예구락부」의 무대는 상당히 공들여 묘사된 흔적이 있다. 「문예구락부」의 배경이 되는 보통벌 근방은 김남천의 수필에 산재한 고향에 대한 그의 기억과 밀접히 결부되어서인지 상당히 사실적이면서도 동시에 환상적인 필치로 그려지고 있음을 알 수 있다.

밤도 열시가 넘엇다. 양력설을 지낸 겨울은 눈속에 뭇처서 얼어들어 간다. 보통벌을 건너오는 바람이 움집가튼 초가○어리를 흔들고 빠락크의 양철집웅을 울린다. 철도길을 넘어서서 토성○우에 나라니 하여 섯는 아카시아와 백양목이 보통강을 건너오는 눈석긴 바람에 떨면서 그 미테 훗터저 잇는 공장과 부락을 둘러싸고 잇다. 네모난 노픈 굴뚝을 달빗 속에 뚝 벗틔고 잇는 다섯여섯 공장은 문간에 매여달은 등불이 희미하게 빤짝거리는 외에는 어둠 컴컴안 그림자에 잠겨잇슬 뿐이다. 고무공장은 전긔불이 올무렵엔 작업을 마치고 대문을 굿다란 쇠뭉치로 닷처진다. 밧과 논속에 한뭉치 두 뭉치씩 모혀잇는 땅에 부튼 집들은 불빗조차 보이지 안는다. 이 적적한 보통벌 넓은 공긔 속에 그러나 바람에 석겨서 희미한 긔계소리가 아직도 날너오고 잇다. 그 소리는 흰눈과 찬바람

에 차잇는 넓은 뜰우에 헛터지고 휠○리워 기퍼가는 겨울밤의 정적을
깨트릴 수는 업섯다. 그러나 그 소리는 끄닐 줄을 몰른다. 보통문안, 양
○○ 오정포○○○ 창광산가는 길 ─ 이것을 ○○○○ 보통집과 다름
업는 조고만집, ○○날님으로 홀딱홀딱지은 유리창달린 빠락크-그속
에서 긔계소리는 끈임업시 흘너나왓다.[29]

보통강을 넘어오는 매서운 겨울바람, 아카시아와 백양목에 둘러싸
인 눈 덮인 보통벌의 공장과 부락들, 희미하지만 끊이지 않고 새어나
오는 기계소리 등은 독자의 오감(五感)에 호소하는 방식으로 공장 주
변 풍경을 각인시킨다. 이어지는 공장 안쪽 풍경은 장시간 노동에 시
달리는 젊은 직공들의 누적된 피로와 분노, 그럼에도 불구하고 감추
어지지 않는 이들의 활기와 생명력으로 가득 차 있다. 공장 안과 문예
구락부 내부를 특징짓는 이러한 묘한 대위법적 조화는 이 텍스트가
그리는 세계의 몽환적 성격을 더욱 강화한다. 이들이 읽는다는 『신여
성』이니 『별나라』니 하는 잡지들이나 『추월색』 같은 소설, 그리고
직접 지어서 발표하는 동시나 감상문 등은 실제 현실 속에 지시 대상
을 갖고 있는 리얼한 대상인 양 가장하고 있으나, 실제로 이것들은 김
남천 특유의 "리얼리스트한 몽상의 소치"[30]일 가능성이 높다. 『인간

---

29 김남천, 「문예구락부」, 『조선중앙일보』, 1934. 1. 25.
30 김남천, 「江南을 그리는 향수─몽상의 순결성」, 『조광』 4-3, 1938. 3, 72면.

문제』(『동아일보』, 1934.8.1~12.22)에서 강경애가 실감나게 묘사했듯 당시 대부분의 노동자들은 작문은커녕 삐라조차 읽을 수 없었다.[31]

김남천은 자신이 말하는 리얼리스틱한 순결한 몽상이 현실도피적 공상이나 관념적인 "로만티크한 몽상"과는 판이한 것임을 강조한다. 정치의 병졸을 자처하며 입으로는 예술을 버리겠다고 했던 시절에조차 자신은 추운 하숙에서 웅크리고 앉아 소설과 희곡을 쓰는 데 온 정열을 쏟아 부었고, 그것을 가능케 한 힘이 바로 이 순결한 몽상이었다는 것이다.

'정치를 위하야는 예술을 버려도 좋다. 예술의 대가가 되는 것보다 정치의 병졸을!' 나는 이렇게 입으로도 중얼거렸고 혼자 결심도 하였었다. 그러나 이 바쁘고 긴장한 시기에 나는 밤마다 틈을 타서 동경 하숙의 니불속에 허리를 꾸푸리고 조고만 이야기를 소설과 희곡으로 꾸미고 있다.[32]

결국 「문예구락부」 전체를 가로지르는 특유의 몽환성과 이를 뒷받침하고 있는 작가 자신의 리얼리스틱한 몽상이야말로 김남천이 추구한 전위되기의 진면목이라고 해야 할지 모른다. 스스로를 정치의 병졸이자 전위로 자처하던 시기에도 자신은 '남천'이라는 센티멘털한

---

31 손유경, 『프로문학의 감성구조』, 소명출판, 2012, 280~281면.
32 김남천, 「江南을 그리는 향수 - 몽상의 순결성」, 71면.

필명을 짓고 추운 하숙에 웅크리고 앉아 '이야기(소설)'를 꾸미곤 하던 문학청년이었다는 것을 숨김없이 밝히는 김남천은, 요컨대 한 번도 예술을 포기한 적 없었다. 그의 말을 따르면 '런던의 객사에서 방대한 저술을 한 선구자' 마르크스조차도 순결한 몽상가였다.

"전위와 공장의 행복한 결합"[33]으로 표현되는 김남천 초기 소설은 조직화의 과정이 지나치게 단선화 되어 있고 전위의 활동이 신비화되어 있다는 점 때문에 당대뿐 아니라 후대에 와서도 비판을 받아왔다. 감옥 체험 이후 이 행복한 결합이 깨어졌다는 시각은 그러나 재고의 여지를 남기는데, 그것은 「문예구락부」에 이르러 전위와 공장의 행복한 결합이 김남천의 내면에서 깨어진 것이 아니라 오히려 더 단단해졌다고 보는 것이 더 적절하기 때문이다. 「문예구락부」에서 전위와 가장 가깝게 그려지는 원찬이라는 인물은 하루 종일 와인더 앞에서 일하지만 누구보다 좋은 음색을 지닌 소리꾼이자, 구락부 다른 멤버의 소설이나 연극 취향을 조롱할 만큼 비평가적 기질 또한 갖추고 있으며, 그 자신 좋은 시를 쓰고 싶어 하는 시인이기도 하다. 「공장신문」과 「공우회」에서 그려지던 공장과 전위의 낙관적 결합이 비현실적이고 추상적이었다면, 「문예구락부」에 와서는 그 몽환에 가까운 비현실성이 해소되기는커녕 한층 더 심화된 셈이다. 시를 쓰고 노래를 부르는 주인공의 예술적 실천과 공장에서 전위되기라는 정치적 실

---

33 채호석, 앞의 글, 1999, 39면.

천이 동궤를 돌고 있기 때문이다.

김남천은 출옥 후에도 여전히 혹은 더 열렬하게 공장과 전위의 행복한 결합을 꿈꾸었고, 그 결합은 독서와 작문, 그리고 사색이라는 미학적 실천에 의해 최고 수준에 도달할 수 있다는 리얼리스틱한 몽상이 김남천을 여전히 깨어 있게 했다. 몽상함으로써 깨어있던 김남천에게 현실과 비현실은 어쩌면 전도된 형태로 존재한 것이 아니었을까? 리얼리스틱한 몽상은 과학적인 역사 인식을 기반으로 한다는 그의 표현이 뻔한 수사법에 불과한 것이 아니었다면, "오늘은 이 일 내일은 저 일을" 하고 "아침에는 사냥하고 오후에는 낚시하고 저녁에는 소를 치며 저녁 식사 후에는 비판"[34]할 수 있는 이상적 삶은 그에게 엄연히 실재하는 현실이었음이 틀림없다. 낮에는 격문을 쓰고 밤에는 소설과 희곡을 짓는 자기 자신을 그러한 현실의 주인공으로 설정했을 수도 있다. 그러나 "이것은 續문예구락부라는 제목으로든지 또 딴 일홈으로든지 엇잿든 인호와 동무들의 인물에 의하야 더욱 발전될 이야기다"라는 附記까지 남겼음에 불구하고, 「문예구락부」를 끝으로 「남매」로 창작을 재개하기까지 김남천은 3년여 간 소설을 쓰지 못한다.

한 가지 덧붙일 것은, 기존 연구에서 서북 지역, 특히 "평양의 로컬리티가 흔히 일본의 식민지 문화자본이 이식된 경성과의 대립구도 속

---

34 칼 맑스 · 프리드리히 엥겔스, 최인호 외역, 「독일 이데올로기」, 『칼 맑스 · 프리드리히 엥겔스 저작 선집』 1, 박종철출판사, 2001, 214면.

에서, 전통 문화와 풍류를 간직한 정신적 구심으로 해석"[35]되어 온 것은 문제가 아닐 수 없다는 점이다. 이태준의 「패강랭」(1938)이 이렇게 반복되는 평양 로컬리티론의 핵심에 있었다. 그러나 앞에서 언급된 김남천의 「문예구락부」(1934)나 3장에서 다루어질 「녹성당」(1939) 등으로 시야를 조금만 더 확장하면 전통과 풍류의 지역이라는 평양에 대한 규정이 실은 매우 일면적인 관찰의 소산임을 알 수 있다. 김남천의 작품을 중심으로 평양의 '로컬 모더니티'가 우리 문학에 나타나는 양상에 관해서는 차후 더 깊은 논의가 필요하리라 생각된다.

3. 경성을 순례하는 마르크스주의자

고경흠 주도의 당 재건 운동이 일찌감치 실패로 돌아가고 카프마저 해산을 코앞에 둔 시점에[36] 김남천은 경성의 혜화동 하숙집으로 삶의 거처를 옮겨 온다. 이후 창작상의 극심한 부진을 겪으며 경성 거리를 순례하던 그는 뜻밖에도 다음과 같은 초현실적 감각을 지면에 드러내게 된다.

---

35 정주아, 「움직이는 중심들, 가능성과 선택으로서의 로컬리티」, 『민족문학사연구』 47, 2011, 17면.
36 해산계 제출은 1935년 5월 21일, 이 수필의 집필 시점은 5월 15일이다.

다섯 평도 안 되는 세모 혹은 네모난 땅조각에 대문과 마조 서서 변소
가 잇고 그 엽흐로 장독대 물독 나무후간 그리고 두 줄 세 줄 가로세로
매여 노혼 쇠줄에는 명태가티 꼿꼿한 와이샤쓰의 팔대기다리를 꺽거서
매여달닌 부인네의 속옷 중의 심지어는 방 걸네조로 ── 스 구멍 뚜러진
양말 三科의 미술품 갓고 초현실파의 회화 가튼 지저분한 풍경 ── 골목에
서 떠드는 졸망구니 아해들의 재재거리는 소리를 귀를 막을 듯이 피하
여 들어오는 내 집 대문에서 문턱을 넘어서자 맥고모자를 벗기듯이 떠
러트리는 빨내를 얼골에 들쓰는 일이 우리들의 정원이 주는 첫 인사가
안인가![37] (강조─인용자)

아름답게 잘 꾸며진 고급 정원과, 자신이 사는 후미진 지역의 비좁
고 지저분한 풍경을 대조적으로 그리고 있는 위의 산문에서 김남천은
'三科'와 '초현실파' 미술이라는 문제적 단어를 등장시킨다. 여기서 말
하는 '三科'란 1924년 10월 일본에서 결성된 전위적 미술운동 그룹 '三
科造形芸術協會'[38]를 일컫는다. 反아카데미즘의 정신을 기반으로 하는

---

37 김남천, 「얼마나 자랏슬가 내 고향의 '라이락'」, 『조선일보』, 1935. 6. 17. 『김남천 전집』 II
에는 이 글이 『조선일보』 5월 15일자로 소개되어 있는데 여기서 바로잡는다. 김남천이 자
신의 글 말미에 1935년 5월 15일로 글 쓴 날짜를 밝히고 있어 착오가 생긴 듯하다.
38 『월경의 아방가르드』 번역자 나카지마 켄지와 三重県立美術館長 酒井哲朗의 「生きられた
混沌─1920年代の日本美術」(www.bunka.pref.mie.lg.jp/art-museum/catalogue/
1920_nihonbi/sakai.htm)에 따르면 '三科'의 정식 명칭은 '三科造形芸術協會'이다. 그러나
많은 논저들에서 이를 三科造型美術協会로 쓰고 있어 바로 잡을 필요가 있어 보인다.

일본의 전위적 미술 운동은 대정 데모크라시기를 지나며 점차 확산되었는데, 다다이즘 경향의 신흥미술운동단체였던 '三科'도 그러한 분위기에 힘입어 결성되었다. 그러나 이 그룹은 1926년에 해체되어 일부는 보다 사회참여적인 프롤레타리아 미술 운동으로, 나머지는 보다 전문적이며 탈정치적인 예술 운동으로 나아가게 된다.[39] 김남천이 위의 글을 쓸 당시 김복진도 같은 지면에 「서울의 면모」라는 수필을 연재하고 있었다. 김복진은 일찍이 「신흥미술과 그 표적」이라는 글에서 三科를 비롯한 일본 전위미술운동의 경과와 특성에 대해 세세히 서술한 적이 있는데[40] 어수선하고 불결한 경성 골목에서 초현실주의 미술과 三科의 다다풍 회화를 떠올리는 김남천의 감각은 김복진이라는 콘텍스트 속에서 더 도드라져 보인다. 김남천의 이 시기 산문에 三科 회화나 초현실주의 미술에 대한 언급이 등장한다는 것은 예사로운 일은 아니며, 실제로 김남천은 『조선일보』에 직접 삽화를 그리기도 했다.[41]

1934년 1월에 발표한 「문예구락부」 이후 김남천은 소설을 쓰지 못했지만 그의 유려한 산문들이 그 공백을 메우고 있음은 다시 한 번 강

---

39 이현아, 「1950~60년대 일본 미술그룹의 전위적 성격 연구」, 이화여대 박사논문, 2007, 11~18면; 박계리, 「김용준의 프로미술론과 전위미술론―카프, 동미회, 백만양화회를 중심으로」, 『남북문화예술연구』 7, 2010, 217~218면.

40 김복진, 「신흥미술과 그 표적」, 『조선일보』, 1926.1.2.

41 권철호(서울대 박사과정)가 발굴한 김남천의 '유모어콩트' 「거북님」(『조선일보』, 1937.2.28~3.3)에는 김남천이 그린 세 컷의 삽화가 함께 실려 있다.

조될 필요가 있다. 여기서 눈에 띄는 점은, 굴욕감을 맛보면서도 어쩔 수 없이 생활로 복귀한 우울한 전향자의 내면이 아니라 번화한 경성 거리의 멋진 건물과 살진 도야지 같은 버스에 매료된 순례자의 미적 감흥이다. 이러한 면모에서 엿보이는 것은, 공백기의 김남천이 창작의 새로운 에너지를 얻기 위해 쏟은 안간힘 같은 것이다.

언제부터 버스 타는 데 즐거움을 느끼게 되었는가 하고 나는 지금 생각해본다. 아카시아 숲속에서 뛰뛰 크락숀을 울리고 커브를 휘어돌 때 그에게 길을 비켜 주면서 '앞으로 보니 그놈이 꼭 흰 양도야지 같고나' 하고 생각했을 때부터인가 혹은 대화정에서 종로를 넘어 돈화문을 향하여 달아나는 그놈의 뒷모양을 바라보면서 ○○○○○○ 궁둥이에 달아 매인 육중한 코끼리가 날쌔게도 달아난다고 미소한 때부터인가. 그러나 버스를 탈 때 가슴의 울렁거림을 느끼지 않고 버스에 올라앉아 상쾌한 바운드를 향락하면서 창틈으로 불어 들어오는 아침 공기를 면도한 얼굴 위에 희롱하며 둘 없는 만족을 가지게 된 것은 미상불 내가 혜화동에다 하숙을 잡고 동소문에서 안국동을 아침 아홉 시마다 이 친구의 신세를 지게 되면서부터일 것이다. (…중략…) 묵묵히 내려서 앞차로 가는 사람, 중얼중얼 불평을 입 안으로 씹으면서 차에서 내리는 사람, 자리를 잃지 않으려고 업푸러질 듯이 뛰어가는 늙은이-이 추한 풍경을 은색의 코끼리가 없애버릴 때, 나 그대의 향락자는 은색 도야지의 영원한 숭배자가 되리라.[42](강조-인용자)

「남매」 연작의 하이라이트로 꼽히는 「소년행」(1937)에서 주인공 봉근은 평양 인근 시골 마을에서 평양으로, 그리고 평양에서 다시 경성으로 거처를 옮기는데 그가 소설 끝부분에서 경성 거리의 아스팔트 위를 자전거로 질주하는 모습은 그래서 매우 인상적이다. "제비 같은 자동차와 산도야지 같은 사이드카-가 그의 경쟁의 대상이었다."[43]

그러나 이러한 도취가 찬탄의 감정만을 수반한 것은 아니다. "三科의 미술품 갓고 초현실파의 회화 가튼 지저분한 풍경"이 순례자의 시선을 좀 더 강렬하게 사로잡기 때문이다. 창작의 공백기에 쓰인 김남천의 산문에 등장하는 순례자들은 창작의 새로운 자양분을 찾아 헤매는 박태원의 '구보'와 놀라우리만큼 흡사하다. 작품다운 작품을 쓰지 못하는 자신의 생활을 자조적으로 돌아보는 「歸路 -내 마음의 가을」(1935)은 물론이려니와, 자신의 상상만큼 화려하지 않고 초라하기만 한 경성 풍경에 대한 실망감을 드러낸 「街路」(1938)의 화자도 눈여겨 봐야 할 인물들이다. 여기서 김남천과 박태원 문학이 공유하고 있는 사색과 순례의 모티프는 '반노동의 시간과 비화폐의 형태'[44]를 향한 주인공들의 유토피아적 갈망을 상징하는데, 이들의 세계에서 육체노동과 정신노동의 이분법, 그리고 여기에 기반을 둔 자본주의적 분업은 무화되기 때문이다. 한가롭게 몽상하고 산보하는 시간을 노동 시

---

42 김남천, 「夏日散話-버스」, 『조선중앙일보』, 1935.7.10; 『김남천 전집』 II, 33~36면.
43 김남천, 「소년행」, 『조광』 3-7, 1937.7, 170면.
44 앤디 메리필드, 앞의 책, 54면.

간의 일부처럼 보이게 함으로써 이들은 자신들의 노동 가치를 몇 배로 증가시키는 전략을 구사한다. "산책자의 무위는 분업에 반대하는 시위"[45]인 셈이다.

「귀로」의 화자는 "거리의 산책인들도 이미 이불 속에서 단꿈을 이루었을 시각"인 밤 열한 시 반 안국동에서 동대문으로 향하는 전차에 앉아 상념에 잠기는데, 소설다운 소설을 쓰지 못하는 자신의 처지를 비관하며 숨 막힐 듯한 고독을 느낀다. "언제부터 자전거와 버스의 충돌에 흥미를 가지게 되고 언제부터 나의 신경은 竊盜의 名簿를 노려보기에 여념이 없어지고 언제부터 나의 붓은 飮毒한 젊은 여자를 저열한 묘사로 갈겨쓰는 것에 취미를 가지기 시작하였던고?"[46] "이야기의 주인공을 거리로 끌고 나오면 그를 가장 현대적인 풍경 속에 산보시키고 싶은 충동"을 느낀다는 「가로」의 화자는 그러나 주인공의 눈앞에 펼쳐진 경성 풍경이 "옹졸스럽기 짝이 없"으며 "치사하고 초라하기 한이 없"다는 데 대단히 실망한다. "건물은 실로 돈냥이나 먹인 것들인 모양인데 서로 상의하고 짓지 못한 것이어서 그런지 조화라곤 맛볼 수 없게 되어 있다"고까지 한다. 그러나 그나마 볼 만한 곳, 그래서 '현대인'이자 '도회인'인 자신의 주인공들이 "현대적 긍지를 맛보며 5월의 페이브먼트를 양껏 즐"길 수 있는 곳은 태평통뿐이라는 것이

---

45 발터 벤야민, 조형준 역, 「산책자」, 『도시의 산책자』, 새물결, 2008, 31면.
46 김남천, 「歸路－내 마음의 가을」, 『조선중앙일보』, 1935.9.23; 『김남천 전집』 II, 36~38면.

다.[47] 시기적으로는 좀 떨어지지만 임화가 『국민신보』(1939.7)에 일문으로 게재한 「京城散步道 : 本町」[48]에도 "경성 시민에게 적절한 복도이고, 잿날 夜市이며, 좋은 사교장"이 되고 있는 본정 거리에 대한 세밀한 관찰과 묘사가 두드러져 주목된다. 임화와 김남천의 현대적 도시 감각은 이렇게 수렴하고 있었다.

1930년대 중반의 김남천은 이처럼 경성 번화가의 근대 문물을 놀라움과 찬탄의 시선으로 바라보면서 동시에 미적으로 세련되지 못한 조야한 건물이나 차라리 초현실적으로 보이는 더럽고 궁색한 경성의 이면을 대위법적으로 묘사하고 있다. 이 시기 김남천의 글에는 "사회적 실천에 참여하는" 이성적 주체 능력의 시원이자 심연인 "어둡고 유희적인 힘들의 심급" 즉 감성적 주체의 힘[49]이 감지되는데, 그것은 그의 산문이 도시 순례라는 '연습'에 기반을 둔 '미학적 실천'의 한 양상을 가감 없이 드러내고 있기 때문이다. 김남천을 한 항으로 하는 미학적 주체의 계보 그리기는 "미학이 발생한 어두운 메커니즘을 자기 안에 있는 타자로 견디는 방식으로 주체적인 능력을 사유"[50]하기 위한 필수적인 작업이 아닌가 생각된다. 일제 말기 전향문학을 대표하는

---

47 김남천, 「街路－長安今古奇觀」, 『조선일보』, 1938. 5. 10; 『김남천 전집』 II, 65~67면.
48 임화, 「京城散步道－本町」, 『국민신보』, 1939. 7; 나카지마 켄지 역, 『문학의 오늘』, 2012 가을, 351~353면.
49 이성적 주체의 시원이자 심연으로 자리 잡고 있는 '前주체적이고 反주체적'인 감성의 어두운 힘에 관해서는 크리스토프 멘케, 앞의 책, 63~80면 참조.
50 위의 책, 57면.

김남천의 이념가적 면모에는 경성 도시 순례라는 이러한 행적이 '자기 안의 타자'로 간직되어 있었음을 기억할 필요가 있다.

이러한 계보화 작업에서 빠질 수 없는 것이 바로 박태원이다. 김남천과 박태원은 동경의 호세이대학에 1929년 같은 해에 입학한 동문이지만 서로 다른 이유로 중퇴 및 퇴학한 후 1930년대 카프와 구인회의 기둥으로 각기 다른 문학적 여정을 밟는다. 문제는, 소설 창작의 공백을 메우고 있는 김남천의 산문들과 그 이후에 발표된 일련의 소설 및 비평에, 박태원의 문학적 성취에 대한 김남천의 숨길 수 없는 오마주가 곳곳에 드러나고 있다는 사실이다. 김남천이 마치 三科의 회화처럼 보인다고 표현한 경성의 어두운 속사정에 가장 밝았던 것은 『천변풍경』(1936)과 「성탄제」(1937), 「골목 안」(1939) 등을 쓴 박태원이었다. 실제로 김남천의 「녹성당」은 박태원 소설 문체의 가장 큰 특징으로 흔히 지적되는 '장거리문장'과, 작자의 목소리가 직접 개입하여 텍스트 안과 밖의 경계를 허무는 "메타렙시스"[51]를 곳곳에서 차용하고 있음을 주목해야 한다. 이를테면 "눅거리 상점이라면 눅게 파는 상점, 다시 말하면 싸게 파는 상점이라는 뜻인데, 웨 하필 '싸게 파는 눅거리상'은 뭐냐고 할런지 모르나, 도리우찌 쓰고 전반같은 동정을 달은 세루 두루막이 밑으로, 옹구 뿔바지를 척 느러트린 젊은 주인님

김미지, 「박태원 소설의 담론 구성방식과 수사학 연구」, 서울대 박사논문, 2008, 30~32면·62~86면.

에게 물을라치면, 따는 그럴뜻도 하야 가로대, 싸다는 말은 경언이오 눅다는 말은 평안도사투리다, 그러니까 북도사람 남도사람 모두 끌어드릴 셈치고 붙였다 하니, 조선 안의 잇속은 혼자 차지할 뱃심인진 몰라도, 제법 한글어학자 따운 설명이 재미스럽지 않은배 아니다"[52] 와 같은 대목이나 "이렇게 이 부근의 상인신사 제시를 소개할려면 한이 없을테니 인제 이만해 두고, 그러니까 이런 틈에 끼어 있는 우리 녹성당 약국으로 이야깃머리를 돌리야겠는데 ……"[53]라는 구절 등이 눈에 띈다.

무엇보다도 김남천은, 『천변풍경』의 주요 등장인물과 작가 구보가 나누는 대화 형식으로 구성한 그의 독보적인 서평에서 경성이라는 도시를 표피적으로 바라볼 때에는 '결코 볼 수 없는 (지저분하고 초라한) 것을 보는' 작가의 저력을 아래와 같이 풀어쓰고 있다. 벤야민이라면 박태원의 이러한 힘을 '세속적 계시'에서 말미암은 것이라고 불렀을 것이다.

점룡이 어머니 그래 당신이 무슨 턱에 우리 천변 사람들의 가난한 살림살일 모두 소설루다 써서 인제 낯을 들고 거리에 나다닐 수도 없게 헌단 말유.

(…중략…)

---

52 김남천, 「녹성당」, 『문장』 1-2, 1939. 3, 71면.
53 위의 글, 73면.

구보 너 누구들헌테 그런 건 들었니.

재봉이 아니 그럼 우리들이 걸 모를 줄 아셨어요. 이래뵈두 무선 전신
대가 다 있어요. 순동이 집에 다마 치러 온 사람들이 이야기하는 것두 못
들어요. 최재서, 이원조, 임화, 안회남, 또 누군가 이 평양 녀석 김남천이
라던가, 그 분들이 모두 허는 소릴 우린 귀가 없다구 못들어요.

구보 (약간 노기를 띠며) 내가 한 푼의 가치도 없는 너희들에게 인간성
을 넣어 주고 너희들의 생활 가운데 휴머니티를 넣어 준 줄은 모르구서
백제 이게 무슨 배은망덕의 무지한 버릇들이야. 이쁜이를 강서방한테서
찾어다 준 건 누구야. 금순이를 유괴마의 손에서 뽑아 준 건 누구야. 기
미꼬의 의협심을 공개헌 건 누구며 빨래터의 매가를 올려 준 건 누구며
도대체 너희들이 사는 아레대, 이 천변가를 유명하게 헌게 다 누구 덕분이
란 말이냐.[54](강조 — 인용자)

김남천이 발견한 박태원 득의의 영역은 "한 푼의 가치도 없는" 인간
군상에게 "인간성을 넣어 주고" 그들의 "생활 가운데 휴머니티를 넣어"
주었다는 데에 있다. 도시 순례자 박태원은 다른 이들이라면 보지 못
했을 남루하고 보잘 것 없는 존재들의 삶을 포착한 것이다. 공백기의
김남천은, 실존 인물이자 소설 속 주인공인 도시 순례자 구보를 따라
걸으며 자신 또한 경성의 문물에 오감으로 반응하는 미학적 실천을 꾀

---

54 김남천, 「뿍 레뷰―박태원씨 저 『천변풍경』」, 『동아일보』 1939. 2. 18.

해 봤을 것이다. 여기서 김남천과 박태원 문학의 주인공들이 공유하는 순례와 사색의 체험은 '세속적 계시(범속한 각성)'의 전형적 계기들이라고 할 수 있다. 세속적 계시란, 종교적 깨달음이나 약물('해시시')에 의존하지 않고도 일상적인 독서와 사유, 몽상, 산보를 통해 보이지 않는 것을 보게 되는 힘, 즉 일상을 비밀로 만들고 그 비밀을 일상 속에서 재발견하는 변증법적 시각의 힘을 가리킨다.

이제 남은 문제는, 이러한 도취가 벤야민이 말한바 혁명의 씨앗으로 발전했는가 하는 점일 것이다.[55] 몽상이나 순례 같은 도취 체험의 핵심은 빠져듦이 아니라 깨어남이다. 일상과 비밀 혹은 현실과 초현실 간의 변증법적 결합에서 중요한 것은, 둘의 경계가 무화된 무아몽중의 상태가 아니라 자신을 그러한 경계에 위치 짓고 둘 사이를 오갈 수 있는 깨어 있는 상태를 지향하고 유지하는 것이다. 김남천이 말한 "리얼리스틱한 몽상" 즉 "과거에 있은 것과 현재에 있는 것이 미래에 있을 것과 연관을 갖이고 유구하게 흐르고 있다는 리얼리스트의 강렬한 역사적 인식의 우"에 건립된 "몽상"[56]이야말로 이러한 '각성으로서의 도취'라는 벤야민의 사유에 근사(近似)한 발상인 것이다. 『천변풍경』의 쾌활한 소년 재봉이를 상기시키는 「소년행」의 봉근을 속도감에 도취되어 아스팔트 위에서 질주하도록 만든 것은 '버스의 영원한

---

55 "혁명을 위한 도취의 힘 얻기"라는 벤야민의 초현실주의 목표에 관해서는 발터 벤야민, 앞의 책, 2009, 162~165면을 참조.
56 김남천, 「江南을 그리는 향수―몽상의 순결성」, 『조광』 4-3, 1938.3, 73면.

숭배자'가 되겠다고 한 김남천이다. 그러나 「요지경」의 박경호를 아편에 중독된 채 거리를 헤매게 만든 것 또한 김남천이다. 「소년행」에 등장하는 왕년의 사회주의자와 기생이 「요지경」(1938)에서는 둘 다 아편중독자로 등장한다. 보호관찰 대상인 경호는 위궤양을 치료하다가 "아편쟁이"가 된 자신이 더 이상 살아가야 할 이유가 없다고 생각한다. 지향 없이 거리를 헤매다가 오랜만에 만난 친구와 점심을 나누면서도 둘 사이에는 "묵어운 침묵"만이 흐르고 "본정 부근엔 전시기분이 농후"[57]해 거리는 살풍경하기까지 하다. 기생 운심이 역시 아편중독자로 금단 증상에 괴로워하기는 마찬가지이다. 여기서 중요한 것은, 아편에 중독된 경호의 진짜 문제가 무엇인지를 알아차리는 일이다. 경호의 위기는, 「문예구락부」의 주인공 원찬이 경험했던 것과 같은 현실과 비현실 간의 도치가 아니라, 현실을 현실로 감각하고 인식하게끔 하는 마음의 틀, 즉 리얼리스틱한 몽상이 파괴된 데서 비롯한다.

1930년대 중반의 김남천이 명과 암이 엇갈리는 경성의 풍경을 이미 주어진 그러저러한 현실(자연)로서가 아니라 초현실주의적으로 구성된 하나의 그림(인공물)으로 재구성하는 미학적 실천력을 발휘할 수 있었다는 것, 그리고 그 모색의 시간에 박태원이라는 모더니스트를 발견한 것은 행운임에 틀림없다. 김남천과 박태원이 1930년대 경성과 평양의 어두운 이면을 들춘 것이 식민지 현실을 고발하거나 폭로

---

57 김남천, 「요지경」, 『조광』 4-2, 1938.2, 253면.

하려는 정치적 결단의 소치가 아니라 다분히 초현실주의적인 감각에 기반을 둔 미학적 반응의 결과였다고 한들 그들을 비난해야 할 이유는 없는 것이다. 다만 안타까운 것은, 이들 작품에서 명멸하던 몽상과 순례라는 세속적 계시의 계기들이 결국은 뇌관이 제거된 폭탄처럼 중독과 방황으로 굴러 떨어져버렸다는 사실이다. "전위는 실패함으로써만 성공한다는 역설이 널리 알려져 있기는 하나, 식민지가 된 조선 땅에서 지식과 예술에 종사하는 공인(公人)들에게 이런 '멋진 실패'는 불가능하거나 너무 사치스러운 것이 아니었을까?" 이것은 이 글의 서두에서 던졌던 질문이다. 김남천 문학의 몽상가와 순례자들이 살아 숨 쉬던 공간은 바로 이렇게 실패조차를 허용하지 않는 일제 말기의 척박한 정치·문화적 토양이었다. 모더니스트 박태원을 따라 도시 순례에 나선 김남천이 결국은 왕년의 '주의자' 경호와 기생 운심을 아편중독자로 만들 수밖에 없었다는 사실이 이를 증명하고 있다.

4. 정치적 각성과 세속의 계시 사이에서

이 글은 '전위(前衛)'에 대한 대중적 상상력이 확대된 1930년대에 시대의 전위가 되고자 했던 식민지 조선의 문학가들이 품었던 유토피아적 상상력과 이들이 현실적으로 마주칠 수밖에 없었던 시련을, 김남천과 박태원 문학에 나타난 몽상가 및 순례자의 형상 분석을 통해 알아보았다. 김남천과 박태원을 마주세우는 이러한 작업이 혹여 김남천의 '본모습'이나 '진면목'을 은폐하거나 훼손할지 모른다는 우려를 낳을 수도 있겠다. 그러나 이 글의 목적은 김남천이 마르크스주의자가 아닌 모더니스트였다거나, 과학적인 마르크스주의자가 아닌 몽상에 빠진 이상주의자에 불과한 인물이었음을 밝히는 데 있지 않다. 평양에서 서울로 삶의 터전이 옮겨지고 소설 창작의 공백기를 맞이했던 김남천이, 박태원의 문학적 성취에 대한 오마주를 흔적처럼 남겼다고 한들 그것이 김남천의 비마르크스주의자로서의 면모를 보여주는 것은 아닐 것이다. 만일 그러한 기우를 버리지 않는다면, 식민지 조선 문학인들의 존재 방식을 리얼리스트냐 모더니스트냐라는 형해화한 도식으로 재단하는 관행이 다시금 반복될지 모른다. 1930년대를 대상 시기로 잡고 있는 기왕의 논의들에서 마르크스주의 문예운동가들의 독서 및 사색의 체험 혹은 도시 순례와 같은 일련의 미학적 실천 양상을 해석한 만한 담론을 찾기 어렵다는 점은 그 자체로 문제적이다. 아울러, 등장인물의 '정치적 각성' 여부를 놓고 그 작품의 진보성을 따지는 독법만으로는 카프도 구인회도 그 성취의 반쪽밖에는 보지 못할 것이다.

김남천이 자본주의화한 경성을 순례하며 '세속의 계시'를 체험하고 기록한 양상을 고찰한 본 글은, 카프가 지향한 정치적 전위되기의 길이 구인회 출신 작가들에게 어떠한 호소력을 띠고 있었는지를 구명하지 못했다는 점에서, 스스로가 제기한 문제의 일부를 시론(試論)적으로밖에 전개하지 못했다는 한계를 지닌다. 후속 작업을 통해, 박태원은 모더니스트이기는 해도 전위라고 불러주기 어렵다고 보는 일부 담론 ─ 리얼리즘이야말로 진정한 아방가르드라고 말한 루카치의 논법 ─ 을 문제 삼으면서, 본고의 문제의식을 좀 더 확장시킬 것을 기약한다. 마지막으로 다소의 비약을 무릅쓰고 첨언하자면, 카프의 김남천과 구인회의 박태원 간에 존재한 이러한 숨은 상생과 공감이 결국 해방기에 이들이 같은 길을 걷게 한 힘, 그리고 '지정학적 전위'[58]로서의 북한을 선택하게 한 아주 작은 하나의 씨앗이 아니었을까 조심스럽게 추측해본다. 경성을 순례한 두 작가는 식민지 조선의 전위이고자 했던, 슬픈 사회주의자들이었을 따름이다. 물론 이런 교감이 없었다면 1930년대 식민지 조선의 문예부흥은 가능하지 않았을 것이다.

---

58 1930∼1940년대 만주를 '지정학적 전위'로 표현하고 있는 나미가타 츠요시의 앞의 책 『월경의 아방가르드』에서 차용한 개념이다.